ボーダーズ

堂場瞬一

集英社文庫

目次

ボーダーズ

第一章　立て籠もり

1

「はい、王手」

「クソ……」八神佑《やがみたすく》は思わず吐き捨て、盤面を睨《にら》みつけた。顔を上げると、綿谷亮介《わたやりようすけ》がニヤニヤ笑っている。

「お前、本当に才能ないな。将棋はもう諦めろよ」

　ひどいことを言われても反論できない。将棋は子どもの頃からやっているのに、一向に強くならないのだ。綿谷がアマ三段の腕前だと知って教えを請うているのだが、ここまでの対戦成績は〇勝十五敗である。今日も飛車角落ちで始めたのだが、いいようになぶられた。

「八神さん、本当に弱いですねえ」朝比奈由宇《あさひなゆう》が呆《あき》れたように言った。警視庁ＳＣＵ

（特殊事件対策班）――英名の「Special Case Unit」から、ＳＣＵの略称で呼ばれている――では唯一の女性刑事で、八神と綿谷の対戦を、毎回見守っている。いかにも興味がありそうな感じなのに、本人は絶対に指そうとせず、きつい皮肉を浴びせてくるだけだ。可愛《かわい》い顔をしているのに、結構口は悪い。

「早指しだから、考えてる余裕がないんだよ」八神は思わず言い訳した。対戦は休憩時間の昼休みに限られており、勝負が早くなるのは仕方がない。

「いくら時間をかけても無駄だって」嘲るように綿谷が言った。「オセロか何かにした方がいいんじゃないか？　とにかく将棋は全然向いてない」

「うーん……」八神は唸《うな》りながら駒を片づけた。

「負けてそんなにストレスが溜《た》まるなら、将棋禁止にした方がいいんじゃないですか？」由宇が提案する。「だいたい、職場で将棋は、あまり褒められたものじゃないですよ」

「囲碁将棋は、警察では健全な趣味だよ。頭の体操にもなる」綿谷が反論した。「岩手県警では、毎年大規模なトーナメント戦をやってるぐらいだから。正式なレクリエーションで、本部長表彰もある」

「お父さんの話ですか？」由宇が訊《たず》ねる。

綿谷は岩手県出身のいわゆる二世警官だが、岩手で警察官になるのではなく、東京で警視庁に奉職した。父親は岩手県警の叩《たた》き上げで、最後は釜石《かまいし》警察署長まで務めたという。

「ああ。親父《おやじ》は将棋のトーナメントで三回優勝している。三回優勝すると、永世名人の称号をもらって、トーナメントに出られなくなるんだけどな。ちなみに親父以外に永世名人はいないそうだ」

「綿谷さんの腕前は、お父さん譲りですか」由宇が関心したように言った。

「譲られてないよ。去年帰省した時に対戦して、手もなく捻《ひね》られた」

「お父さん、何歳なんですか？」

「七十七。頭は冴《さ》えてる。将棋をやってるせいかもしれない」

二人のやりとりを聞きながら、八神は自席に戻った。午後〇時五十五分。昼休みの終わりに間に合うように、綿谷が勝負の時間を調整したとしか思えず、それもむかつく。

電話が鳴る。デスクに両足を乗せて居眠りしていたキャップの結城新次郎《ゆうきしんじろう》の席の電話だった。結城がゆっくり足を下ろし、受話器を取る。

「はい、ＳＣＵ――はい。なるほど」

結城が立ち上がり、すぐに四人のスタッフ全員が、結城のデスクの前に集まる。八神はここへ来てから初めて緊張感を抱いた。

「分かりました。見ておきますよ。もちろん、手は出しませんけど」

結城がそっと受話器を置いた。欠伸《あくび》を噛《か》み殺《ころ》すと「銀行で立て籠もりだ」とさらりと告げる。八神は、体の中を一気に緊張が走るのを感じた。立て籠もりって……そんな、欠伸混じりに気楽に言われても。このキャップは、どうも昼行燈《ひるあんどん》という感じがする。八神が捜査一課からＳＣＵに異動してきて一ヶ月、トップらしい「切れ」を見せたことは一度もない。

「現場は、東都《とうと》相互銀行新橋《しんばし》支店」

ＳＣＵのすぐ近く――八神は頭の中で地図を広げた。歩いて五分もかからないだろう。もしかしたら、所轄や警視庁本部の人間よりも先に到着できるかもしれない。

「二十分ほど前に銀行に押し入った犯人が、行員と客を人質に取って立て籠もっている。八神、最上《もがみ》と一緒に現場を覗《のぞ》いてきてくれないか」

「分かりました。何を手伝いますか？」

「ああ、特に手伝わなくていいから、黙って見てろ。専門家が現場に行ってるから、余計なことをする必要はない」

「――分かりました」

だったら自分たちが行く必要はないはずだ。警視総監直轄の組織であるＳＣＵは「何にでも手を出す」部署で、あらゆる事件現場に介入していい、というお墨つきを与えられている。今回も、「現場に行け」というのは、捜査に参加するためだと思ったのだが……ただ見ているだけでは仕事とは言えない。

「一応、新橋は俺たちの足元だから、状況ぐらいは把握しておいた方がいいだろう。わざわざ新橋署が伝えてくれたんだし」結城がつけ加える。

「人質は、何人ぐらいいるんですか？」八神は訊ねた。

「確認できているだけで、五人ほど」

東都相互銀行新橋支店は、そこそこ大きい。行員だけでも、もっと多くの人がいるはずだが……ちょうど昼時で、交代で休憩を取っていたのかもしれない。

「行員と客含めて二十人ぐらいが、既に無事に脱出した。長引かないとは思うが、気をつけて様子を見てくれ」

「了解です」

八神は、後輩の最上功太《こうた》に目配せして、ＳＣＵを飛び出した。階段を二段飛ばしで駆け下り、烏森《からすもり》通りに飛び出す。最上は遅れずついて来ていた。体はでかい——一八〇センチ、八五キロ——が、ＳＣＵで一番の若手、唯一の二十代なので体力は図抜けている。八神はかなりのハイペースで走っているのだが、最上はまったく遅れずついて来て、しかも普通に話している。

「立て籠もりなんて、今時流行《はや》らないですよね」

「自殺行為だよ」八神は同調した。早くも息が上がり始めている。というより、いきなりダッシュし始めたので、ふくらはぎが痛い。三十八歳という年齢を意識する。「成功例は一つもない」

とはいえ過去の立て籠もり事件では、警察側の失敗もある。仮に犯人を逮捕できても、人質に犠牲者が出たら、警察としては全面敗北なのだ。犯人を殺すような結末でも失敗。日本の警察は、立て籠もり事件では誰も傷つけず、無事に犯人を確保することを常に第一目標に掲げている。

「何でこんなことするんですかねえ」

「それは犯人に聞いてもらわないと」

八神はスピードを上げた。状況がまったく分からないから、現場にいち早く到着するのが、今できる最善のことだ。

ニュー新橋ビルの前の交差点で信号に引っかかり、足止めを食ってしまう。先ほど昼食を食べた松屋が目の前……銀行は、この交差点を左折して、ニュー新橋ビル、SL広場を通り過ぎた先の、道路を横断したところにある。最上が急に左に走り始めた。振り返ると「SL広場の手前に横断歩道があります！」と叫ぶ。そうか、あそこで渡ればいいのか……今度は最上の背中を追う格好になる。最上は見る間に八神を引き離していく。おいおい、スピードの出し過ぎだ。

ニュー新橋ビルを通り過ぎたところで、最上が横断歩道に突っこむ。直進してきたタクシーが激しくクラクションを鳴らして急停止したが、片手をさっと上げただけで、そちらを見もしない。危ないな……しかし八神も後に続くしかなかった。

SL広場の前を走っているうちに、現場がどこかはすぐに分かった。広場の先のビルの前に黄色い規制線が張られ、制服警官が歩行者を遠ざけている。道路脇には数台のパトカーが停《と》まり、赤色灯が十二月の街を赤く染めていた。一応現場封鎖には成功したようだが、遠巻きに見ている野次馬の数は相当なものだ。

最上は規制線のすぐ前まで、一気に体を潜りこませた。押しのけられる格好になった野次馬が「何だよ!」と文句を言ったが、気にする素振りも見せない。この男は堂々としているというか、どこか鈍いところがある。

一歩遅れて最上に追いついた八神は、呼吸を整えた。両のアキレス腱《けん》が緊張してぴりぴりと痛む。まったく、準備運動抜きで走り出すものじゃない……脈拍は速いが、それは走ったせいばかりではなかった。現場の雰囲気が八神を異常に緊張させている。一年前までは、こんなことはなかったのだが。

「様子、分かりませんね」

「誰か摑《つか》まえて話を聞こうか」言ってはみたものの、SCUの相手をしてくれる警官などいないだろう。現場を警戒している若い制服警官なら会話には応じてくれるかもしれないが、彼らが現場の様子をしっかり把握しているとは思えない。制服組は、あくまで現場を混乱させないようにするのが役目で、それ以上のことは絶対にしないだろう。

　背後から声をかけられる。

「ここで何してる、八神」

「コウドウさん……」

　振り返ると、捜査一課時代の先輩、石岡弘道《いしおかひろみち》――通称コウドウが、厳しい表情で立っている。特殊班の在籍が長く、立て籠もり事件対応などのエキスパートだ。ただし、実戦経験は乏しい。最近は、立て籠もり事件など、年に一件も起きないのではないだろうか。シミュレーションと訓練は毎日のように重ねているはずだが。

「こいつは、SCUの出番じゃないぜ」石岡が吐き捨てるように言った。

「いや、近くですから」説明にならないな、と思いながら八神は言った。「状況はどうなんですか」

「これから把握する」

　八神は腕時計をちらりと見た。結城の情報が正しければ、発生から既に三十分以上が経過している。それで「これから状況を把握」というのはいかにも遅い。それだけ現場が混乱している証拠かもしれないが。

「仕切りは特殊班ですよね？」

「当たり前だ」

「じゃあ……お手並み拝見ということで」

「偉そうなこと言ってるんじゃないよ」不愉快そうな表情を浮かべ、石岡がバッジを示しながら規制線の中に入っていった。

野次馬はさらに増え、身動きが取れなくなってしまう。

「制服組を手伝いましょうか？」最上が周囲を見回して言い出した。「ちょっと交通整理した方がいいんじゃないですかね」

「それはうちの仕事じゃない」

「何でもやるのがSCUですよ」

「部署の合間で溢《こぼ》れた事件を担当するだけだろう」

社会、そして事件が複雑化している現在、従来の警察の縦割り組織では、捜査が上手《うま》くいかないこともある。一つの部署では対応しきれない境界線上、あるいは複雑な事件が起きた時に捜査に当たるのが、五年前に立ち上げられたSCU、特殊事件対策班だ。ここへ来る以前、八神はあまりいい評判を聞いていなかった。いわく「人の事件を横取りする」「他部署に対して偉そうだ」——捜査一課時代、SCUと直接絡んだことがないので、そういう噂《うわさ》が本当かどうか判断できなかったが、火のないところに煙は立たない。

一ヶ月前、捜査一課からの異動を言い渡された時、八神は「左遷だ」とショックを受けた。実際、左遷されて然《しか》るべき理由もあった。過去のトラブルで、一年後に責任を取らされることもある。正式な処分ではなく、異動という名の懲罰。希望もしていない、得体の知れない部署へ異動させられるのは、罰以外の何ものでもない。

「仕事って感じじゃないですね」最上が愚痴をこぼす。「ここで待機して見ているだけじゃ、何もしてないのと同じですよ」

「キャップの命令だからな。でも、情報収集はしよう」八神は体を揺すりながら答えた。

十二月、寒さが身に沁《し》みる。今朝はこの冬一番の寒さだったが、八神は裏地なしのコート姿だった。寒い思いをするのは朝夕の通勤の時だけだからと、甘く見ていたのだ。今は真昼、朝に比べれば気温は少し上がっているはずだが、それでもかなり寒い。いくら野次馬連中に埋もれておしくらまんじゅう状態になっていても、吹きさらしの中にいるのは間違いないのだ。一方最上は、分厚いダウンジャケットに身を包んで、ぬくぬくしている。自分はやる気が足りないな、と八神は反省した。冬の現場では、少し暑いぐらいの厚着が必要だ。そうしないと、現場で震えてしまって仕事にならない——捜査一課時代には、十分気をつけていたのだが。

じりじりと時間が過ぎる。昼休みから午後の勤務に切り替わる時間なので、野次馬は頻繁に入れ替わったが、二人はずっとそのままだった。

「長引きますかね」最上が不満そうに言う。

「まあ……どんな立て籠もりでも、解決までに三時間、四時間はかかるよ」

「アメリカみたいに、犯人射殺で決着をつければ早いのに」

「そんなことしたら、マスコミにもネットにも叩かれるぞ。それに銀行は、警察としても攻めにくいんだ」

「そうなんですか？」

「大金を扱うから、造りも警備も普通の建物とは大違いなんだよ。外から見れば、要塞みたいなものだ」

二人はその後、バッジを示して規制線の中に入った。捜査の邪魔をするつもりはなく、白い目で見られないためにと、「ＳＣＵ」の青色の腕章をつける。これが現場での身分証明書のようなものだ。捜査一課や所轄の刑事たちは、この腕章を見ると反発するかもしれないが。

少しだけ銀行の入口に近づいたが、それでも状況は分からない。入口の自動ドアはずっと開きっぱなしだった。それを見て、犯人はあまり考えずに銀行に押し入って人質を取ったのではないかと推測した。本格的に立て籠もるつもりなら、まず中に入ってすぐにシャッターを閉めさせるだろう。そうなると銀行は、本当に「要塞」になってしまう。今は、正面入口から数人の刑事が中に入っている。犯人がどこにいるかは分からないが、カウンターを挟んで刑事たちと対峙《たいじ》しているのではないか、と八神は想像した。当然裏口もあって、そちらからも刑事たちが内部に入りこんでいるはずだ。いわば、挟み撃ちの格好になる。

「説得中ですかね」最上がささやくように訊ねる。

「それで済めば、一番いい」

「説得に三時間、四時間か……大変ですねえ」最上が諦めたように溜息《ためいき》をついた。交通捜査課出身のこの男は、体を動かさずにただ待っているのが苦手なのだろう。捜査一課の刑事と同じように、ひたすら待ち——張り込みすることもあるはずなのに。

突然、銀行内が騒がしくなった。ガラス越しに姿が見えていた刑事たちが、一斉に動き出す。

「始まったな」予想より早い、と思いながら八神は言った。最上が一歩を踏み出したので、慌てて腕を摑んで押さえる。引っ張られて転びそうになるぐらいのパワーを感じた。

「待てよ」低い声で忠告する。

「いや、ここは手助けが必要でしょう」

「駄目だ。特殊班に任せておいた方がいい」

振り返った最上が、険しい目つきで八神を見た。八神はゆっくりと首を横に振る。それで最上の精神的な武装解除は完了した。

「中で何かあったんですよ」それでもまだ不満そうな口調で言う。

「分かってるけど、俺たちには何の準備もない」特殊班の連中は、防刃ジャケットなどで自分の身を守っている。犯人がどんな武器を持っているか分からないのだから、丸腰の自分たちが中に入るのは危険だ。足手まといになる可能性が高い。

危ないことはしない——危なくならないように状況をコントロールするのが八神のモットーだ。

野次馬たちの間から、ざわざわした雰囲気が流れ出す。規制線から銀行の入口までの距離が近いから、中で何かあったことは誰にでも感じ取れただろう。この規制線を張ったのは所轄の連中……いかにもまずい。八神は周囲を見回し、中年の制服警官を見つけた。階級章を見ると、警視。所轄の地域課の課長だろうと見当をつけ、そちらに歩み寄る。警視は、八神に気づくと怪訝《けげん》そうに眉を吊《つ》り上げた。八神は彼からも確認できるように、左腕にはめたSCUの腕章を直したが、それを見た警視がさらに嫌そうな表情を浮かべる。

「SCUの八神です」

「腕章を見りゃ分かるよ」鼻を鳴らしそうな感じで警視が言った。

「新橋署の……」

「皆岡《みなおか》だ」

「地域課長ですよね」

「そうだけど、だから？」課長自ら現場に出て、規制の指揮を執っているわけだ。それだけでこの現場がどれだけ特別かが分かる。地域課は、警察署内の交番や駐在所、すなわち制服警官を統括する部署で、課長自ら現場に出ることはあまりない。署にいて報告を受けている方が、部下を上手くコントロールできるのだ。

「もう少し規制線を下げて、野次馬を追い払った方がいいんじゃないですか」八神は提案した。「うちも手伝いますよ」

「SCUにあれこれ言われる筋合いはない」低いが強い口調で皆岡が言った。それから八神をじろじろ見る。「だいたいSCUは、少年警察官でも雇ってるのか？」

これには八神も苦笑するしかなかった。八神は今年三十八歳になったが、童顔なのは自分でも意識している。双子の娘二人の授業参観に参加したら、後で二人は口を揃《そろ》えて、「パパだけ中学生みたいだって言われたよ」と馬鹿にした。当然、警察官としても頼りなく見えるだろう。

「とにかく、何とかした方がいいです。今、中で何か動きがありましたよね」

「それは分かってる。しかしあんたらに――」その時皆岡が、ぴくりと身を動かした。無線が入ったようだ。耳を人差し指で押さえて相手の言うことに耳を傾けていたが、最後に「了解」とだけ言う。

「ほら、あんたらも下がって」

「中からですか？」当てずっぽうに八神は言った。犯人を外へ出すから、野次馬を遠ざけろ、という指示だったのではないだろうか。

「それは言う必要はない」

「いえいえ、手伝いますよ」あくまで愛想良く八神は言った。

「いいから、下がっててくれ！」

皆岡に脅しつけられ、八神は肩をすくめながら規制線ギリギリまで下がった。最上は不満の表情を隠そうとしない。

「何でうちはこんなに嫌われてるんですかね」

「さあ」確かに八神もＳＣＵの悪口はいろいろ聞いていた。しかしいざ自分がその一員になってみると、嫌われる理由がよく分からない。まだ自分はＳＣＵでは現場を経験していないから、他の部署と衝突していないだけかもしれないが。

見ていると、皆岡は無線で指示を出していた。すぐに、規制線の内側に立っていた数人の制服警官が、「下がって下さい！」と声を張り上げながら野次馬を押し戻し始める。しかし、野次馬は二重三重に銀行の前で固まっていて、簡単には動かない。結局八神たちも、野次馬を押し戻す制服組に手を貸すことになった。

銀行の前の空間が広くなった。これなら何とか犯人を外へ出せるだろう。ほどなく、数人の刑事に囲まれた男が、外へ連れ出されてきた。スマートフォンのシャッター音が一斉に鳴り響く。八神は、自分のすぐ後ろにテレビ局のカメラがいるのに気づいて、素早く横へどいた。

制服警官数人がじりじりと前へ出て、野次馬をさらに押し戻す。背中に圧力を感じながら、八神は犯人の様子を見守った。頭からすっぽり誰かのコートをかけられているので、顔はまったく見えない。しかし小柄なのは分かる。足取りを見た限り、それほど若い人間ではないようだった。男……男なのは間違いない。グレーの地味なズボン、黒い革靴が見えている。

制服警官がさらに野次馬の輪を割り、刑事たちを通すスペースを作った。わずかな隙間をすり抜け、近くに停めてあるパトカーに向かう刑事たちの動きは、ボールを保持したまま密集を前へ進めるラグビーのドライビングモールのようだった。

犯人確保か……結城に連絡しないと、とスマートフォンを取り出したところで、一歩後から出て来た石岡を見つける。銀行の中で着替えたのか、いつの間にか防刃ジャケットを着用している。

「コウドウさん」

石岡がうなずきかけてくる。緊張と怒りのレベルは、先ほどから三段階ぐらい下がっていた。

「おう」

「マル被、確保ですね」

「ああ」しかし顔色は冴えない。

「何で正面から出したんですか？　裏口、ありますよね」

「素人か、お前は。捜査一課の刑事の勘がもう鈍ったか？」

言われて、八神もピンときた。

「裏からは、被害者を出したんですね？」

厳しい表情で石岡がうなずく。それを見て、八神は最悪の事態を悟った。それと同時に、また鼓動が速くなる。被害者というか、遺体――警察官は遺体と向き合うのも仕事で、八神も一年前までは平然と遺体に対峙していた。しかし今は、あの頃とは違う。自分はすっかり変わってしまった。

「被害者《ガイシャ》は……」

「俺たちが確認した限りではだが、心肺停止状態だ」

八神は顔が引き攣《ひっ》るのをはっきりと感じた。それを見て、石岡がからかうように言った。

「ほら、お前、うるうるしてるんじゃないよ」

慌てて目尻を指先で拭う。確かに泣いてる場合じゃない――我ながら甘いと思うが、こういうことは自分ではコントロールできない。いや、一年前まではこんなことはなかった。どんな死に対しても、プロとして対峙していた。

「被害者の身元は？」

「それはまだ分からない。六十絡みの男に見えたけどな」

「マル被は？」

「マル被も同じぐらいの年齢の男だ」

還暦男二人が、一人は殺人犯に、一人は被害者に――六十年も生きてきて、こういう人生のエンディングがやってくるとは、二人とも考えてもいなかっただろう。犯人も、元気なうちに刑務所を出ることはできないはずだ。

「ちょっと状況を教えて下さいよ」八神は食い下がった。

「俺は忙しいんだよ」そう言いながらも、石岡は分かっている限りの情報を教えてくれた。まだ曖昧だが、何となく状況が分かってくる。八神と最上は、野次馬の間を縫うように抜け出し、SL広場に入った。八神はすぐにスマートフォンを取り出し、結城に連絡を入れた。

「今、マル対を確保しました」

「被害は？」

「男性が一人、心肺停止状態のようです」

「そうか」

結城は淡々としたものだった。この男が慌てる様を、八神は一度も見たことがない。公安出身者は、この程度の事件では何とも思わないのだろうか。四十九歳の結城は、駆け出しの頃にオウム真理教事件などを経験しているはずだが、それ以外に公安で大きな事件があったかどうか。

「現在分かっている状況だけ報告します」

八神は頭の中で事件を整理しながら、報告を始めた。発生は午後〇時二十五分頃。銀行にふらりと入って来た犯人が、いきなり客の一人を刺したらしい。その後銀行のカウンターに飛びこみ、女性行員一人を人質に取って立て籠もった。その時点で警察に通報が入り、包囲戦が始まった——。

「強盗じゃないんだな？」結城が確認した。

「金を要求したという話はありません」

「分かった。引き上げてくれ」結城があっさり言った。

「いいんですか？」

「うちがいつまでもそこでウロウロしていると、嫌がる人もいるだろう」

「実際、さんざん嫌がられましたよ」

「だったら、それ以上状況を悪化させる必要はない」

それならそもそも、現場に派遣しなければよかったのに……結城の狙いがいまいち分からない。

「引き上げだってさ」八神は最上に告げた。

「そうですか……何しに来たのか、分かりませんね」最上が唇を尖《とが》らせる。

「視察ってことかな」

「視察って……」最上が苦笑する。「警察の仕事に視察なんか必要ないでしょう」

「そうだよなあ」

同意して、八神は首を捻った。

結城の目的は何なんだ？　自分たちが暇そうに将棋を指していたから、取《と》り敢《あ》えず現場に出してみた？

意味不明だ。

2

その日、八神は午後五時過ぎに引き上げた。仕事したようなしなかったような、中途半端な一日……ＪＲに乗るために新橋駅に向かったが、銀行の前にはまだ規制線が張られ、制服警官が数人立って警戒している。銀行の中では、まだ鑑識作業が行われているのだろう。八神は午後の残りをネットニュースに注目しながら過ごしたのだが、自分が知っている以上の情報は出てこなかった。捜査できるわけではないし、あまり興味を持っても無意味だ——しかし、捜査一課出身者としては、気にせずに済ませるわけにはいかない。しばらくその場に立ち止まって銀行の様子を見ていたが、目に見えて動きがあるわけではなかった。結局諦め、山手線に乗る。

目黒まで出て、東急目黒線に乗り換え。各停で四つ目の洗足《せんぞく》駅が、自宅の最寄り駅だ。駅から家までは徒歩十分ほど、住所では目黒区原町《はらまち》になる。低層のマンションで、購入した時に組んだ三十五年ローンは、まだまだ重く肩にのしかかっている。

洗足駅は各停のみの停車駅なので、駅前もこぢんまりとしている。改札を出た時の習慣で、自宅に電話を入れた。妻の彩《あや》が受話器を取る。

「今、駅だけど」

「今日、大丈夫だった？　新橋で大変だったんでしょう？」彩が息せき切って訊ねる。まるでどこかから走って帰って来たようだった。

「うちとは関係ないよ」現場には行ったのだが、そんなことを妻に言っても仕方ないだろう。彩は妙に事件好きで、八神が担当している仕事についてあれこれ聞きたがる。捜査一課時代には話すこともあったが、今はそういう話題に乏しいし、今日も彼女が好みそうなエキサイティングな場面があったわけではなかった。「それより、何か買い物は？」

「大丈夫。今夜、おでんだけどいい？」

「もちろん」十二月、おでんの湯気が恋しい時期だ。その瞬間に寒風が吹き抜け、八神は思わず首をすくめた。

電話を切り、円融寺《えんゆうじ》通りを歩き出す。家までの道のりも味気ない。商店街などがあれば、店を覗きながら歩くのも楽しいのだが、この街は駅前からいきなり住宅地が始まっているせいで、特に見る物もない。せいぜいコンビニがあるぐらいで、必然的に家を目指す歩みは速くなる。

２ＬＤＫの狭いマンションだが、玄関のドアを開けた途端にホッとした。二人の娘が示し合わせたように駆けて来て、「おかえり！」と揃って元気に声を上げる。双子の娘は、小学三年生。あと数年すると、父親と話すのも面倒臭がるようになるだろう。

「ただいま」娘たちの顔を見ると、緊張が一気に抜けるのを感じる。緊張するようなことは何もしていないのだけど、と八神は一人苦笑した。

双子とはいっても、髪型がまったく違うので、家族でなくてもすぐに見分けがつく。姉の美玖《みく》は背中の半ばまで伸ばした髪をおさげにしている。一方妹の美桜《みお》はショートカットだ。二人が小学校に上がる時に、突然彩がそうすると決めたのだ。「二人とも同じ髪型だと、同級生が混乱するから」というのがその理由だった。ただし不公平にならないように、片方の髪が十分に伸びたら、もう一人は一気にショートカットにする。勝手に髪型を決められたら機嫌が悪くなりそうなものだが、二人はこの状態を結構楽しんでいるようだった。女の子だと、髪が長い方がいろいろいじれて楽しいと思うが。

八神は寝室に荷物を下ろし、背広を脱いでカーディガンを羽織った。ふと気になって、スマートフォンでニュースをチェックする。まだ、先程の立て籠もり事件の詳細は報じられていなかった。どこのサイトも「第一報」のままである。捜査一課長の正式な会見も、もう少し先だろう。

ダイニングルームに入ると、既におでんの湯気が部屋を温めている。神戸生まれの彩は、ずっと「関東炊《かんとだ》き」と言っていたのだが、結婚してからいつの間にか「おでん」に修正された。ただし中に入るのは、東京生まれの八神には馴染《なじ》みのないものも多い。今ではすじやタコにもすっかり慣れたが……彩は、八神の好物のちくわぶを絶対に入れない。結婚して最初におでんを作った時、八神は勝手にちくわぶを入れたが、彩は一口齧《かじ》って「ただのお団子じゃない」と言ったきり食べようとしなかった。確かに小麦粉の塊に過ぎないのだが、それこそが出汁《だし》の利いたおでんの味なんじゃないか。しかし結局、八神家のおでんからはちくわぶが消えた。二人の娘も、そういうものだと思って育っていくだろう。

夕食は六時半から。何もなければ、この予定は絶対に変わらない。彩も元々警察官で、今も決められた時間を守りたがるのは、その頃の習慣の名残りかもしれない。

八神家の食卓には、必ず花がある。一輪挿しの時も、ちょっとしたフラワーアレンジメントの時も……結婚後、妊娠をきっかけに警察を辞めた彩は、双子が小学校に上がったタイミングで、近所の花屋でパートの仕事を始めたのだ。余った花をよく持って帰って来るので、食卓は明るい。

テレビはちょうど夕方のニュースの時間で、まさに新橋の事件が流れていた。気になりつつ、八神はなるべく観《み》ないようにしていたが、どうしても音は耳に入ってしまう。もっとも、銀行の前で記者が甲高い声でまくしたてているだけで、目新しい情報はなかった。それだけ現場が混乱していて、情報がまとまって入ってこないのだろう。捜査一課はマスコミに対して比較的オープンで、特に事件発生直後は積極的に情報を流すものだが。

聞いているうちに、食欲がなくなってきた。

「亡くなったのね」彩が言う。

「ああ」八神は低い声で答えた。犯人は無事に逮捕したものの、犠牲者が一人。捜査一課の感覚では「敗北」で、捜査が一段落したら反省会が開かれるだろう。もしかしたら査問も。しかし犯人は、警察に通報が入る以前に被害者に襲いかかったのだから、誰にも防ぐことはできなかったはずだ。

「パパ、この事件の捜査するの?」美玖が訊ねる。

「いや、パパは関係ないかな」

「でもパパ、刑事さんでしょう?」美桜が不思議そうな表情を浮かべる。

「この事件は、パパの担当じゃないんだよ」

「ふーん。変なの」美桜が首を傾《かし》げる。

「変じゃないよ」言いながら、八神は苦笑いしてしまった。警察の仕事の割り振りを、小学三年生に説明するのは難しい。

八神はチャンネルを変えた。そもそも、こんな血腥《ちなまぐさ》い事件を子どもたちに見せたくはない。いずれ嫌でも、世の中の汚い部分、怖い部分を見ることになるのだが、それは今でなくてもいいだろう。子ども時代には、できるだけこういうこととは距離を取っておいて欲しい。

国会関係のニュースをやっていたので、ホッとして食事に専念する。八神も彩も家では酒を呑《の》まないし、子どもたちも食事中はあまり喋《しゃべ》らないので、いつも静かなものだ。ニュースがすぐに、新橋の事件に切り替わる。結局この時間は、どこの局も同じようなニュースを流しているわけだ。

しかしここで、一歩踏みこんだ情報が流れた。アナウンサーが緊迫した表情で「今入ってきた情報です」と切り出した。

「この新橋の立て籠もり事件で逮捕された中内伸治《なかうちしんじ》容疑者ですが、大手自動車会社・新《しん》日《にち》自動車の社員と分かりました。間もなく新日自動車が会見を開く予定で、間に合えばこの番組内でお伝えします」

「あら」彩が驚いて声を上げた。「新日自動車って、あの新日自動車でしょう?」

「だろうね」

「そんなところの社員が立て籠もりって……そんなの、あり?」

「実際起きたんだから、あるとしか言いようがないな」

「うーん、これは気になるわね」

彩が真面目に言うのを聞いて、八神は吹き出しそうになった。元警官ということもあって、彩は事件のニュースが大好きなのだが、本人は刑事の経験はない。所轄の交通課から本部の交通総務課に異動になったところで八神と出会い、結婚して警察を辞めた。交通総務課では事故の統計分析を担当していたせいもあって数字には強いが、実際に靴底をすり減らして現場を歩き回ることはなかった。しかし今は、事件のニュースを観て、あるいは読んで、あれこれ推理を巡らすのを趣味にしている。他には本格ミステリの読書……本格ミステリで取り上げられる事件は、現実には起きそうにないものが多いのだが、現場を知らない彩の感覚では「謎」としては同じなのだろう。まあ、八神の仕事にあれこれ口を出してこないだけいいが。

食事の途中で、NHKの七時のニュースの時間になる。新橋の事件はトップニュースではなかったが、二番手の扱いで、まさに新日自動車の会見がインサートされた。会見を担当しているのは、広報と総務……社員が銀行で立て籠もり事件を起こしたら、会社としてわざわざ会見しなければいけないものだろうかと、八神は首を捻った。会社自体の不祥事ならともかく、これはあくまで個人が起こした事件である。会社として説明できることもないだろうし、謝罪するのも筋違いな感じがする。しかし、会見の冒頭で、広報課長と総務担当役員は深々と頭を下げた。とにかく謝ってしまって、会社に非難が及ぶのを防ぐつもりかもしれない。企業の危機管理も大変だ、と八神は同情した。

食事が終わるとすぐに風呂の時間になる。子どもたちは二人だけで風呂に入る。二年前までは一緒に入っていたのに、もう嫌がられているんだな、と少し寂しくなった。

子どもたちが風呂に入ると、八神は彩と並んで台所に立ち、洗い物を手伝った。残った分のおでんは、明日の朝食のおかずになる。朝からおでんは胃に重いのだが、彩はいつも「もっとちゃんと食べないと」と唇を尖らせて発破をかける。大抵の同僚は「結婚したら太った」と嘆くのだが、八神は何故《なぜ》か太らない。明らかに食べる量は増えたのに、体重の増減が一切ないのが不思議だった。そして彩は、「刑事はマッチョたるべし」という信念を持っていて、八神に散々食べさせ、さらに筋トレも勧めている。時々通販サイトを見て、ダンベルなどを購入しようとしているものの、狭い２ＬＤＫの家ではそういうものを置いておくスペースもないせいか、実行には至っていない。

これはたぶん、義兄の影響だと思う。十歳離れた彩の兄、稲葉孝敏《いなばたかとし》は地元・兵庫県警の警官で、暴力団担当の刑事である。柔道三段。今も筋トレと柔道の稽古を欠かさず、筋骨隆々の体型は緩んでいない。さらに一人息子の幸太《こうた》は高校でアメフトをやっていて、父親を一回り大きくした体型である。身内にそんなに大きな人間がいるから、八神が頼りなく見えるのも仕方がないのだろう。八神自身は一七五センチ、七〇キロの標準的な体型で、何の問題もないと思っているのだが。第一、そんなに鍛えてマッチョになったら、スーツも全部買い替えなくてはいけないので大変だ。この家の三十五年ローンに追われているのだし……。

そもそも刑事が筋骨隆々でも、何の役にも立たないだろう。実際には犯人逮捕で格闘になることなど、ほとんどないのだ。そういうことになったら——嫌な記憶が脳裏に蘇《よみがえ》る。犯人は「頭脳」で追いこむべきで、逮捕時に無茶をしては絶対にいけない。単純な体力勝負は不幸な結末を呼ぶ。

八神はそれで失敗した。自分だけの責任ではないと何度言い聞かせても、納得はできなかった。周りも、口に出さないだけでそう思っているだろう。被害妄想かもしれないが、自分が犯した失敗は許されるものではない。

「佑君、新橋の現場に行ったのよね？」彩が切り出した。

「ああ」現場の空気を思い出し、急に胃に痛みが走る。

「大丈夫だった？」

「大丈夫も何も、何かしたわけじゃないから」八神は無理に笑みを浮かべた。

「そう」

彩があっさりとうなずく。しつこく追及はしない。一年前、あの事件で八神が長く苦しんだのを毎日のように見ていたのだから。だったら、事件の話を出さなければいいのに、自分の好みまでは変えられないということか。彩は事件のことを話したがっていたが、八神は適当に相槌《あいづち》を打つだけにした。やはり今は、仕事の話はあまりしたくない。それに自分はこの事件を担当するわけではないのだから、無責任に適当なことも言いたくなかった。

「新日自動車って、六十歳定年じゃないのかしら。それとももう、六十五歳定年になってるのかな？」

「今は、六十五歳定年の会社も珍しくないだろうね」

「でも、どっちにしてもベテランよね。六十歳の人が銀行に立て籠もりって……新日自動車って、給料もいいはずよね」

「そうじゃないかな。自動車業界の最大手だからね」

「六十歳になって、そんなにお金に困るものかしら」

「役職定年で給料が下がって、家のローンが大変だとか」

「三十五年ローンとか？　でも今は、それが普通でしょう。ちゃんとした大手の会社にいる人なら、そんなに苦しまないで返済できると思うけど」

「でも、家計の事情は人それぞれだからね」今時珍しい子沢山で、教育費が重くのしかかり続けていたのかもしれない。

……いや、それも違うか。今のところ、中内が銀行に対して金を要求したという話は聞いていない。たまたま事件の舞台が銀行だっただけで、まるで通り魔のような犯行だ。あるいは中内は精神的に病んで、こんな犯行に至ったのか。あれこれ推理は頭に浮かんだが、口にしないように気をつける。夫婦二人、並んで食器を洗うのはいいけど、ついでに事件の話をするのは、あまりいい趣味じゃないよな……。

スマートフォンが鳴る。慌ててタオルで手を拭い、テーブルに置いたスマートフォンを取り上げた。結城。こんな時間に電話がかかってくるのは珍しい——いや、SCUに来て初めてだった。

彩に目配せして、スマートフォンを持って寝室に向かう。ややこしい仕事の話を妻に聞かせたくなかった。彼女は聞きたがるだろうが。

「八神です」

「遅くにすまない」結城はさほどすまないとは思っていない様子だった。「夜のニュース、見たか？」

「新橋の件ですか？　見ました」

「犯人は新日自動車の社員だった」

「そうですね……意外ですけど」

「他にもいろいろ、おかしな情報がある」

「何ですか？」急に何を言い出す？　八神はにわかに緊張するのを感じた。結城という自分たちのボスは、何を考えているのかよく分からないタイプだ。まだ一ヶ月だが、一緒に酒を酌み交わすこともないし、職場でも無駄口は一切叩かない。自分たちとは一定の距離をおこうとしている気配さえある。

「まだ確認できていない。君、申し訳ないが、明日、新橋署の特捜に顔を出してくれないか？」

「朝の捜査会議ですか？」

「ああ。ちょっと捜査の状況を探ってくれ」

「そういうことをしていいんですか？」

「それがSCUだ。必要だと思ったら、何をやってもいい」

「狙いは何なんですか？」

「それは特捜の会議が終わってから話す」

「しかし、それだけでは動けませんよ」キャップの狙いが読めない以上、簡単に「イエス」とは言えない。警察官は上に逆らわないように教育されるが、その分上司は、きちんと部下に説明するように教育される。

「詳細は明日、説明する。とにかく、特捜の動きを漏らさず確認しておいてくれ」

「はあ……」

電話は切れてしまった。かけ直そうかと思ったが、何度話しても、同じ結果になる可能性が高い。ダイニングルームに戻ると、彩が怪訝そうな表情を向けてきた。

「仕事?」

「ああ」

「今から?」

「いや、明日の朝」

「じゃあ、どうしてそんな顔してるの?」

左手にスマートフォンを持ったまま、八神は右手で顔をこすった。

「そんな顔って、どんな顔?」

「真冬の明け方に呼び出されて、現場に向かう時の顔」

「それよりひどいかもしれない」

彩が心配そうな表情を浮かべる。SCUの仕事は説明しにくいんだ――これが、SCUに来て初めてのまともな仕事になるのだが。

　翌朝八時、八神は新橋署の特捜本部に入った。捜査一課時代に、特捜は何度も経験しているが、今回はやけに人が多い。いや、ちょっと多過ぎる……事件が「動いている」時の特捜本部は、やたらと人が集まってくるのが普通だ。殺人事件などの特捜本部の場合は、所轄の刑事課と警視庁本部の捜査一課が中心になるが、犯人が割れていない、あるいは逃走中の場合は、機動捜査隊や所轄の刑事課以外の課、あるいは他の所轄から応援をもらうこともある。しかし、それにしても今回は多過ぎるようだ。

　今回は、犯人の身柄は既に確保されている。犠牲者が出て、警察としては「失敗」なのだが、捜査としては九割は解決していると言っていい。後は犯行の詳細を再現して、犯人の動機を解明するのが主な仕事になる。それほど人数が必要だとは思えないが、この混み具合……それだけ、特殊な事件と判断されたのかもしれない。

　特捜にちゃんと話は通っているのだろうか。石岡を探したが見つからない。かといって、黙って会議室の隅に座っていると何を言われるか分からないから、筋を通しておく必要はある。刑事課に飛びこみ、刑事課長を見つけて挨拶した。

「SCUが来る話は聞いてるけど、何の用だ？」五十絡みの課長が、露骨に嫌そうな表情を浮かべる。

「私は会議に出るように言われただけなので……オブザーバーのようなものかと思いま

す」

「思いますって、おたくらが言ってきた話だぞ」

「すみません、私は下っ端なので」ここは頭を下げるしかない。

「まあ……確かにあんたみたいな若い奴《やつ》は、言われたままに動くしかないよな」

「若くはないですよ。三十八です」

「ああ？」課長が眉を吊り上げる。「年齢詐称じゃないのか」

「年齢を多くサバ読むような詐称は、あまりないでしょう」八神としては苦笑するしかなかった。「とにかく、会議室の後ろに座っています」

「発言禁止だからな」

「何か言うつもりはありません」

言うか言わないかも判断できないのだが。とにかく今朝は、特捜本部の捜査がどこまで進んでいるか、摑んでおくしかない。余計なことを言って、ＳＣＵの評判を下げることはないだろう。

会議室に入ると、石岡と出くわした。石岡は目を見開き、「お前、何してるんだ」と訊ねる。

「オブザーバーですね」

「なんでＳＣＵが」

「言われて来ただけなので」同じ答えを繰り返すしかない。

「お前らに見られていると思うと、嫌な感じだな。余計な口出しするなよ」

「口出しするほど、状況は分かってませんよ」どうせなら、会議の前に石岡から情報を引っ張り出してしまおう。彼の腕を引いて、会議室の外へ連れ出した。

「容疑者、新日自動車の社員なんですよね？」

「ああ」

「役づきですか？」

「専任部長とかいう肩書きだ。肩書きはあるけど権限はないみたいな……民間企業では、よくそういう仕組みがあるだろう」

「ええ」

「新日自動車は六十五歳定年なんだが、五十五を過ぎると実質的に役職から外れるんだ。部下がいなくなって、給料もがっくり減る。よく分からないシステムだな」

「ですね」肩叩きのようなものだろうか。給料が減るのを覚悟で会社に残るか、定年前にさっさと辞めるか——。

「とにかく、実質的には平社員みたいなものじゃないかな」

「何の仕事をしていたんですか？」自動車会社なら、様々な仕事があるだろう。それこそ車の開発から営業——販売店の統括等々。新日自動車ほどの大企業なら、金にならない社会貢献なども含めて、車以外に絡む仕事もあるはずだ。

「開発二部だそうだ。エンジン関係の開発をしていると言っていたな」

「なるほど。ちなみに、ちゃんと自供していますか？」

「俺は取り調べはやってないから、状況は分からない。その辺の情報は、会議で出るんじゃないかね」

「ですかね……被害者については、何か分かったんですか」

「さあな」石岡がふっと顔を背ける。

「コウドウさん、何か隠してます？」

「はっきりしたことは言えないんだよ。よく分からない話だから」

「分からない？　身元のことですよ？　分かるか分からないか——ゼロか一か、どちらかじゃないですか」

「今日の捜査会議、やたらと人が多いだろう？」石岡が嫌そうに言った。

「そうですね」

「お前、特殊班の連中の顔はだいたい知ってるよな？」

「ええ……でも今日は、知らない顔が多いですね。他の所轄から人を借りてるんですか？」

「本部だよ」

「本部って……機捜ですか？」

「いや」

「コウドウさん、謎かけをしている暇はないと思いますけど」

石岡が唇を引き結び、八神の顔を凝視した。何だ、このおかしな雰囲気は？　緊迫しているような、嫌がっているような……石岡がかすかに口を開くと、「公安」とだけ言って踵《きびす》を返した。

「コウドウさん？」

石岡は振り返らなかった。まるで八神が疫病神であるかのように、大股で去っていく。訳が分からない。しかし、昨夜からの動きに関しては、何となく合点がいった。公安出身の結城は、今でも元の所属部署と何らかのつながりがあるのだろう。それでいち早く情報が入ってきて、自分に確認させようとした――それも意味が分からない。教えてくれればいいだけの話ではないか。何も、こんなふうに勿体《もったい》ぶって時間をかける必要はないはずだ。

結城の秘密主義にも困ったものだ。自分はまだ、ＳＣＵの仕事のやり方を理解していないのかもしれないが……理解できるかどうかも分からない。

3

事件発生から二度目の捜査会議は一時間に及んだ。よほど動きがない限り、二度目の会議はそれほど長引かないものだが、昨夜様々な情報が飛びこんできたようで、今回は時間がかかったのだった。

会議を終えて午前十時過ぎにSCUに行くと、全員が揃っていた。結城が八神にうなずきかける。

「捜査会議の情報を聞こう」

SCUの部屋はビルの一室、広いワンルームだが、全員が座って打ち合わせできるようなスペースもテーブルもない。結局全員が、自席についたままの会議になった。結城がリードして話を進める。

「まず、被害者について報告してくれ」

八神はうなずき、立ち上がりかけた。「報告」と命じられると立つように教育されているのだが、何だかこの場の雰囲気にはそぐわない。一人だけ張り切っているように見られるのも恥ずかしく、ゆっくりと座り直した。

「被害者は藤岡《ふじおか》泰《やすし》。殺人容疑で指名手配されていました」

「おいおい」綿谷が声を張り上げる。「何だ、それ？　殺人事件の犯人が殺された？　そんなの初耳だぞ」

今朝の朝刊にも被害者の名前は載っていたが職業は「不詳」で、八神も捜査会議で初めて聞いたのだった。

「昨夜遅くに判明したようです。公安のマル対でした。四十年前に代々木《よよぎ》事件というのがあったんですが……」

「もちろん知ってるよ」綿谷がムッとした口調で言った。「代々木事件は、警視庁の警察官にとっては常識だろうが」

「とにかく、代々木事件で手配されていた人間が、四十年ぶりに姿を現して殺されたということです」

「たまげたな」綿谷が顎を撫《な》でる。「こんなこともあるんだ」

「説明しよう」結城が割って入った。「四十年前の五月十日、成田《なりた》闘争の一環として革《かく》連協《れんきょう》のデモが行われた。渋谷の宮下公園を出発して、代々木に至る予定のデモだったが、それが途中で大荒れになって、機動隊とデモ参加者の乱闘になり、機動隊員一人が殺された。その時の犯人として指名手配されているのが藤岡だ。今までまったく行方が分からなかったんだが、今回、意外な形で表に出てきたわけだ」

「結城さんのところには、昨夜の段階で情報が入ってきていたんですね」八神は少しだけ恨みをこめて言葉をぶつけた。

「ああ」

「だったら、昨夜教えてくれても……」

「確認できていない非公式の情報だったからな。曖昧な話はしたくなかった。特捜で確認できれば、それは正規の話になる」

「この件で、うちも動くんですか」綿谷が確認する。

「そのつもりだ」

「しかし、公安一課マターじゃないですか」綿谷が疑義を呈する。

「気になったら動ける――SCUは総監からフリーハンドの権利を与えられている」

「何が気になるんですか」

綿谷がしつこく問《と》い質《ただ》す理由は、八神には理解できた。殺人については新橋署の特捜がきちんと対応している。被害者については、公安一課がしっかり処理するだろう。処理といっても、指名手配されていた件については「被疑者死亡で送検」して警察の仕事は終わりだ。検察は不起訴処分にして、刑事事件としての処理は全て終わる。ずっと追い続けていた刑事にすれば、忸怩《じくじ》たる思いがあるかもしれないが、事件の最初から追いかけていた刑事は、もう一人も残っていないだろう。警視庁本部で刑事になる年齢は、二十代半ばから後半。四十年前に現役だった刑事は、当時どんなに若くても、もう定年を迎えているはずだ。

「公安では、藤岡は革連協と既に切れていると判断している」

「それでも逃走を続けられるものですか？」八神は思わず疑問を口にした。指名手配されている極左の活動家は何人もいる。滅多に逮捕されないのだが、それは所属するセクトの人間が匿《かくま》っているからだ。住む場所と金を用意し、外に出なくても生きていけるようにする。過激派の活動は先細りする一方で、何十年も前の事件の仲間を庇《かば》うことに大きな意義があるとは思えなかったが、逮捕されて、組織の実態が明らかにされるよりはましだという考えかもしれない。

「逃亡生活に手を貸す人間がいたのは間違いない」

「それを割り出すのが我々の仕事なんですか？」八神は疑義を呈した。

「正規の捜査から溢《こぼ》れてしまう情報があるだろう。何でもいいから、そういうのを集めてくれ」

「それは……」いったいどういう指示だ？　ただキャップの個人的な興味だけで捜査しろと言われても困る。それともこれが、ＳＣＵのやり方なのか？

「藤岡という人間を丸裸にしたい」

「それは、公安がきちんとやると思いますが」八神は思わず反論した。

「公安が、この件にそれほど気合いを入れるとは思えない。連中にすれば終わった事件だからな」

「それを探すのが君たちの仕事だ。この件は取り敢えず、八神と朝比奈で対応してくれ」

「調べた先に何かあるんですか？」

「分かりました」由宇があっさり了解する。彼女は八神よりも早く――一年ほど前にＳＣＵに異動してきていたから、こういう奇妙な指示に慣れているのだろうか。

結城が、由宇に紙を渡す。Ａ４版で二枚。細かい字でびっしりと情報が打ちこまれているのが八神にも見えた。由宇がじっくりとメモを読み始める。

「綿谷と最上は、特捜の動きに注視してくれ。中に入りこんで情報を探るんだ」

「了解です」綿谷が軽い調子で答える。

俺もどちらかというとそちらの仕事がよかったな、と八神は思った。最初に捜査会議で話を聞いたのだし、殺人事件の捜査なら慣れている。知り合いの石岡もいるから、情報を取るのは難しくないだろう。

打ち合わせはそれで終わりになった。由宇がメモのコピーを回し、全員が読み始める。

一種の年譜でもあり、藤岡という人間の半生が浮かび上がってきた。

茨城県出身。都内の大学に進学してすぐに革連協にオルグされ、学生運動を始めた。

問題の「代々木事件」が起きたのは、活動を始めてからすぐで、まだ二十歳の時だった。

代々木事件は計画された殺人というわけではなく、偶発的な要素が大きいとされている。今ではまずあり得ないが、昔は――それこそ六〇年代や七〇年代は、デモ隊と機動隊が衝突することもしばしばで、時にそれが激しい乱闘騒ぎに発展して怪我人《けがにん》が出ることも珍しくなかったという。代々木事件はそういうケースの典型で、機動隊員二人が孤立してデモの参加者に袋叩きにあったのだ。結果、事件から二日後に一人が脳挫傷で死亡、一人が両腕骨折の重傷を負った。現場で逮捕した人間の取り調べから、藤岡が隠し持っていた鉄パイプで警官に殴りかかったことが分かり、「殺意が認められる」ということで殺人容疑で逮捕状が出た。しかし本人の行方はまったく分からないまま、四十年が経過している。

「昔は、こういう事件があったんですね」八神がメモから顔を上げたタイミングを見計らったように、由宇が声をかけてきた。

「今だと考えられないよな。そもそも、そんなに大きなデモもないし」

「いずれにせよ、匿われてしまえば、なかなか見つけられないわけですね」

「とはいえ、藤岡と革連協との関係は切れている……」

この辺は、公安の入念な情報収集によるものだから、信頼していいだろう。公安は今でも過激派の各セクト内にスパイを飼っており、かなり詳しく内部情報を把握しているようだ。東京にいたことは、不思議でも何でもない。姿を隠すなら、人が少ない田舎よりも、大都会の方が何かと便利だろう。「隣の人の顔も分からないのが都会」とよく言われるが、姿を隠す方からすれば、自分の顔や名前が割れない明確なメリットがある。

「他の銀行に口座は持っていなかったのかな」八神は確認する。

「それは確認してみます」

これまでは、口座を開設したことはない――それは必ずしも、不自然ではない。銀行に口座を持てば、身元がバレてしまう恐れがあるからだ。日雇いの仕事を続け、給料を現金で受け取っていれば、金の流れから警察に居場所を摑まれる可能性は低くなる。当然、運転免許も携帯電話も持っていないだろう。今時、銀行に口座も持たず、携帯も持っていないと、働くにも難儀するはずだが、とにかく自分の姿を隠そうとしたら、足がつく可能性のあることからは距離を置くのが基本だ。

「そもそも銀行に何しに行ったんですかね」由宇も首を傾げる。

「金を借りに行ったか……いや、それはないな。藤岡が銀行から金を借りられるはずがない」

「だったらそれこそ、口座を開設しようとしていたとか」

「それでいきなり襲われたんですか？　それはたまらないですよね」

由宇が同情するのも分からないではないが、相手は殺人容疑で指名手配されていた人間である。同情するのは、八神には不可能だ。

「取り敢えず、銀行に当たるか。藤岡が何をしに来たのか、そこから調べてみよう」八神は指示した。

「そうですね」由宇が早速立ち上がる。気が早いというか、動くのが好きなタイプのようだ。

由宇は女性としては平均的な身長——一六〇センチに少し欠けるぐらいなのだが、歩くのはやたらと速い。大股で、まるで軽いジョギングでもするようなスピードで歩いていく。

「君、何か運動はやってるのか？」八神はつい訊ねた。

「東京マラソンに二回出ました」

「マジか」たまのジョギングで必死になっている八神から見れば、フルマラソンを完走するような人は雲の上の存在である。

「そんなに珍しくないでしょう。東京マラソンなんて、四万人近く走るんですよ」

「完走した？」

「もちろんです。サブフォーの壁は高いですけどね」

四時間切りが視野に入るとなると、かなり本格的なランナーだ。とはいえ、走ることを習慣にしている人によくある、贅肉《ぜいにく》を削《そ》ぎ落《お》としたような感じはない。

「そこまで本格的に走ってる感じもしないけど」

「あ、今は走ってないですからね」

「そうなのか？」

「マラソンはもういいかなって。飽きっぽいんですよ」

「今は何を？」

「新しくやることを探してます。体は動かしたいんですけど、興味が持てそうなものがないんですよね」歩きながら由宇が肩をすくめる。

　仕事よりも趣味優先なのだろうか。命じられた仕事をきっちりやっていれば、文句を言われる筋合いはないのだが。


　銀行で支店長に面会を求めると、露骨に迷惑そうな顔をされた。

「その件は昨日も先ほども、他の刑事さんにお話ししましたが」何度も事情聴取するのは、ミスを防ぐための基本的なやり方だが、聴かれる方にすれば面倒なだけだろう。

「何度も申し訳ありません」八神としては頭を下げるしかなかった。「確認の意味もありますので、伺いました」

「まあ……できれば手短にお願いします」

　応接室で三人。お茶も出ないのは、午後の営業再開に向けて忙しいからだろう。八神は早速切り出した。

「亡くなった藤岡泰さんですが、昨日はどういう用件でこちらに来られたんでしょう」

「口座の開設です」

「窓口で？」今時はスマートフォンで、というのが多いだろうが、藤岡はスマートフォンも持っていないのだろう。窓口に来るしかないわけだ。

「窓口です」

「どういう口座ですか？」

「普通口座ですね」

「手続きは済んだんですか？　何か本人確認書類はありましたか？」

「ええ、健康保険証と住民票だったと思います」支店長が手帳を開いた。「千円預けられて、それで口座開設は終わりました。通帳を発行して、カードの手続きも済ませました」

「ということは、事件が起きたのは、その手続きが済んで出ていく時だったんですね」

「私はその場面にはいなかったので、はっきりしたことは分からないのですが、行員の話を総合すると、そのようです」

「いきなりですか？」

「そうですね……防犯カメラに犯行シーンが映っていたようなので、警察の方で分析していると思いますが」

「これまで、藤岡さんがこちらの銀行を利用したことは？」

「ないでしょうね。口座もお持ちじゃなかったわけですから」

「口座を開いた理由は何なんですか？」

「それは、私は聞いていませんが……」

「窓口を担当していた行員さんを紹介してもらえませんか？」八神はさらに踏みこんだ。

「是非、お話を聴きたいんです」

「短時間に何度も同じことを聴かれて、精神的にちょっと参っているんですけどね」支店長の表情は冴えなかった。抵抗できるものなら、このまま拒否を貫き通したいと思っているのは明らかだった。

「そこを何とかお願いします」八神は再度頭を下げた。「時間はかかりません。無理はしないようにしますから」

「そうですか……では、五分でお願いします」いきなり時間を切ってきた。業務再開の準備で忙しいのと、窓口の行員に精神的な負担をかけないためだろう。

「分かりました。五分で結構です」八神はパッと右手を広げた。

「では、呼んできますね」

支店長が出ていくと、由宇が「八神さん、結構強引ですね」と言った。

「そうかな」

「捜査一課のやり方って、いつもこんな感じですか？」

「どうだろう。生活経済課とは違うと思うけど」

由宇は生活経済課の出身だ。市民生活に密着する経済事件——悪徳商法などの捜査を担当する部署である。捜査一課のような警察の「花形」というわけではないが、より市民生活に密着したセクションと言っていい。

支店長はすぐに、若い女性行員を連れて戻って来た。まだ二十代前半というところだろうか、緊張していると同時に、うんざりしているのはすぐに分かった。

「花山《はなやま》君、昨日の事情について話してあげて」

座るなり、支店長が切り出した。自分も同席するつもりか？　行員を守るためなのか、余計なことを話されないように警戒しているのかは分からない。両方だろうか。

花山と呼ばれた女性行員は、さっと頭を下げた。どちらかというと、同性の由宇に事情聴取してもらった方が、緊張しないで済むと思うのだが……事前に打ち合わせをしていなかったので仕方がない。八神は口火を切った。

「昨日、藤岡さんの接客を担当しましたね」

「はい」

「普通預金口座の開設ということで？」

「そうです」

「何のために開設するのか、話していましたか？」

「いえ」短い否定。

「では、窓口ではどういうやりとりがありましたか？」

「口座を開設したいので手続きを、と。よくあることです」話が最初に戻ってきた。

「理由は聞かなかったんですね？」八神は念押しした。

「通常の口座開設なので……」言い訳するように言って、ちらりと支店長の顔を見る。

「何か問題がありそうな話でしたら詳しく事情を聞きますが、そういうことは稀《まれ》なんです」支店長が彼女の代わりに答えた。「昨日はまったく問題のない手続きでした」

「どんな様子でしたか？」八神はさらに行員に突っこんだ。

「普通の……はい、全然普通でした」

「千円を預けたんですね？　そういう少額での口座開設はよくあるんですか？」

「学生さんとかでは普通です」

「藤岡さんは、六十歳ですが」

「でも、手続き上は問題はありませんから」

話はあっという間に行き詰まってしまう。八神は話の方向を変えた。

「あなたから見て、藤岡さんはどんな感じの人でしたか？　どんな風に見えました？」

「どんなと言われても、普通の人としか……」言葉が途中で消える。

「身なりとか、ルックスとか、その辺りはどうですか？　お金を持っているようなタイプでしたか？　あるいはその逆？」

「それは——それは、言いにくいんですけど、お金持ちには見えませんでした。でも、通常の取り引きで何の問題もなければ、お客様をそんなにじろじろ見ることはないですから、よく分かりません」

「あのですね」支店長が割って入った。「融資の相談などの時には、相手をよく調べます。しかし口座の開設は、そんなに大変な話ではないんですよ。そもそも今は、スマートフォンで取り引きされる方も多いですし」

「なるほど……」

結局この行員からは、これ以上の情報は引き出せなかった。彼女からすれば、藤岡は毎日何十人も相手をする客の一人に過ぎないということだろう。一々覚えていないのも当たり前だと思う。

そして口座開設の手続きを終え、出入口の方へ向かったところで、藤岡はいきなり襲われた——が、女性行員は、その瞬間は見ていなかった。

女性行員が部屋を出た後で、八神たちは支店長からさらに話を聴いた。

「支店長は、藤岡さんが襲われた時には、現場にいなかったんですね」

「私は支店長室にいました」

「その後は？」

「悲鳴が聞こえてきたので、慌てて飛び出して……警備員が追い詰めたんですが、そのせいで犯人がカウンターの中に逃げこんでしまったんです。刃物らしきものを持っているのは見えました。それで、うちの行員を人質に取って」

「通報は？」警備員の行動で逃げられなくなってしまったわけか。おそらく、急に追いこまれてパニックになってしまったのだろう。

「窓口業務をしていた行員が、通報ボタンを押しました」

銀行の窓口には、警察に直通で緊急連絡ができるボタンが設置されている。強盗対策などのためで、そのボタンが押されたことが最寄りの所轄で確認されると、警察官が現場に急行する決まりだ。

「犯人はしばらく、中に立て籠もったんですね」

「行内にいたお客様は全員外に誘導したと思ったんですが……トイレに行っていたお客様が一人、ロビーに戻って来たところで動けなくなってしまいました」

「何か、要求はあったんですか？　金を出せとか」

最初は「銀行強盗」という通報だったはずだ。しかし実態は、単純な殺人事件。現場が銀行というだけで、「通り魔」のようなものだったわけだ。

「何も言いませんでした」支店長の表情が渋くなる。「行員に刃物を突きつけて人質に取って、『動くな!』と言うだけで……たぶん、パニックになっていたんだと思いますけど」

「犯人と会話はしたんですか?」

「何か要求があるのか、確認しました。でも、『動くな!』だけです。犯人もパニックだったんだと思いますが、正直、気味が悪かったですね。金を要求される方が、まだ理解できます」

「たしかにおかしな事件ですね」八神は同調した。同時に、支店長の言う「パニック」は正しい見方ではないかと思った。人を殺した人間は、絶対に冷静ではいられない。普通はすぐにその場から逃げ出そうと考えるはずだが、誰もが想像もしていない行動に出てもおかしくないのだ。

「結局、そのまま二時間以上ですか」

「犯人はずっとロビーの方を向いていたので、事務スペース内にいる行員の動きをほとんど見ていなかったんです。だから、音を立てないように、行員を何人か、裏口から外へ出せたんです」

「それはお手柄だったと思います」

八神が言うと、支店長の表情が少しだけ緩んだ。八神にすれば、これは持ち上げでも何でもなく本音だ。長く人質になっていると、それが重大なトラウマになる恐れもある。

昨日は、目の前で殺人事件を見たのだから、ひどいトラウマになっていてもおかしくなかった。少しでも早く外へ逃がすことで、それを免れた行員もいるだろう。支店長の手柄だと思う。

「しかし、お客様にご迷惑をおかけしましたからね。厳しい処分になると思います」

「支店長も被害者じゃないですか」

「私の立場だと、そうも言っていられないので」支店長が溜息をついた。

結局、犯行当時の様子についてもはっきりしたことは分からなかった。支店内には複数の防犯カメラがあり、その映像を組み合わせることで、犯行の状況をかなり詳しく再現できるはずだが、映像は特捜本部が押さえており、今のところ八神たちには見る手だてがない。コネの多い綿谷が何か上手い手を使って、映像のコピーを入手してくるかもしれないが……綿谷は組織犯罪対策部出身で、暴力団捜査、銃器対策などを担当してきた。顔つきは強面《こわもて》だが、仕事中に厳しい表情をするのを見たことはまだない。キャップの結城の方が、はっきりと冷徹さを感じさせる分、怖い。もっとも、八神以外のＳＣＵのメンバーは、結城に対してそういう印象は抱いていないようだが。

一つだけ、手がかりがあった。口座開設の資料で、現在の藤岡の住所が摑めたのだ。先ほど結城が渡してくれたメモにはないデータである。逆に言えば、何故あのメモからこの情報が抜けていたかが分からない。朝の段階では、まだ人定がしっかりできていなかったのかもしれない。

「近く、ではないんですね」由宇が住所を手帳に書きつけながら言った。

「新橋の近くじゃあ、藤岡が住めるような家はないんじゃないかな」

勝手なイメージだが、藤岡は昭和の頃に建てられた風呂なしのアパートに住んでいるような気がする。密《ひそ》かに金儲《かねもう》けをして、高級マンションを手に入れているとはとても思えない。もちろん、わずかな元手で、株取引で大儲けした可能性もないではないが、その場合は国税に引っかかってくるだろう。指名手配されている人間は、目立たず、国民の義務や社会保障の網に引っかからないように頭を下げているものだ。下手に病気もできない。

現住所は、中央区勝《かち》どき。調べてみると、都営大江戸線の勝どき駅のすぐ近くである。新橋までは大江戸線で一本。この近くで働いていたとしたら、新橋の銀行に口座を開こうとしてもおかしくはない。ただし八神は、藤岡が口座を開こうとした意図がまだ推測もできないのだが。こんなところに足跡を残したら、公安に発見される確率が高くなってくる。土木作業などで働き、給料は現金で受け取っているのでは、と想像していたのだ。

「行ってみるか」

「ですね」由宇がパタンと手帳を閉じた。

彼女は、行動力があるタイプかもしれない、と八神は予想した。それなら結構。何だかんだ理屈をつけて仕事をしない刑事は、どのセクションにもいるものだ。あるいはどんな組織にも。

4

東京で生まれ育った八神も、勝どきはよく知らない。月島《つきしま》と同じような埋立地で、最近はやたらとタワーマンションが林立しているようなイメージが強い。

「何か……変な街ですね」駅を出て歩き出した瞬間、由宇が感想を漏らした。

「そうか?」

「タワマンが建っている隙間に、すごく古い家が残ってるじゃないですか。いつかは全部、新しいタワマンになるのかな」

「どうだろう。東京の不動産開発も、そろそろ限界だと思うけど」

これから日本の人口は減る一方なのだ。しかもコロナ禍の最中に在宅勤務が進んで、東京から隣県へ引っ越す人も増えているという。実際、週に一回だけ会社に行けば済むなら、何も高い家賃やローンを払いながら、都心の狭い家に住む必要はないだろう。八神自身、郊外の広い一戸建てには憧れがあった。生まれ育ったのも、今住んでいるのもマンション。警察官になった後は署の寮に入り、結婚するまでは狭いワンルームマンションが我が家だったせいか、広々とした一戸建てには憧れがある。今のマンションのローンに目処《めど》がついたら、通勤には少し時間がかかるようになっても、せめて二十三区を出て広い家に引っ越そうか、とも考えている。妻の彩は都心志向なのだが……それに広い家に住むようになる頃には、二人の娘も家を出て、スペースを持て余してしまうかもしれない。

しかし今は、高層マンションではなく二階建ての家に住みたい、という気持ちがさらに高まっている。去年の出来事が、元々の高所恐怖症を悪化させたのだ。

「君、出身はどこだっけ」

「名古屋です」

「じゃあ、大都会だ」

「確かに地下は大都会ですね」

「それ、よく聞くけど本当なのか？」

「地上を歩いている人がいませんから。でも、地下に潜ると、日曜の原宿並みに混んでいます。何だか蟻塚《ありづか》みたい」

笑っていいのかどうか、分からなかった。地方出身者の自虐は、実は自慢の裏返しだったりする。

藤岡の家は、林立するタワーマンションを望める場所にある、三階建ての古いアパートだった。一階にはイタリア料理店が入っている。ちょうど昼飯時……しかし、今朝食べたおでんがまだ胃に残っている。

「先に、部屋を見てみようか」

「いいですよ」言いながら、由宇の視線は一階のイタリア料理店に向けられていた。彼女は独身のはずで、朝食などまともに摂《と》らないのかもしれない。だとしたら、そろそろ空腹も限界だろう。

部屋は三階だった。まるで一戸建ての民家のよう……階段を上がった先の短い廊下を囲むように三室あり、それぞれの部屋にはトイレもついていない。トイレ、洗面所、浴室、それに小さなガス台は共同だ。今でもこんな物件が残っているのか、と八神は密かに驚いた。

藤岡の家は三階の三号室。畳敷きかと思ったらフローリングだったが、これは後でリフォームしたのかもしれない。

中では鑑識が作業中で、刑事が一人立ち会っている。狭い六畳間なので中には入れず、廊下で腕組みをして立ったままだった。表情は暗い。

「SCUの八神です」名乗って挨拶したが、相手はうなずくだけだった。四十歳ぐらい……自分とさほど歳《とし》は変わらないようだが、向こうからすれば八神は「若造」に見えているだろう。こういう時、見た目が若いと本当に損をする。それは由宇も同じだった。彼女は三十歳のはずだが、パッと見た目は二十代前半にしか見えない。まさに警察官として駆け出しという感じだ。

「そちらは……」捜査一課の刑事ではないだろうと見当をつけながら、八神は訊ねた。捜査一課には約四百人の刑事がいるが、八神は十年近く在籍していたので、課員の顔はだいたい覚えている。

「新橋署の栗橋《くりはし》だ」

「栗橋さん」八神はうなずきかけた。「刑事課ですか?」

「ああ」

「どうですか?　何か出ましたか?」

「今のところは何もないな」

「公安は、ここに興味を持つと思いますけどね」そう言えば、ここにいる刑事は栗橋一人で、公安の人間が見当たらないのが不自然に思える。この状況なら、公安一課が調べるのが自然なはずだが。

「さあな……俺はここの捜索を見ておくように指示されただけだから」

無責任な男だな、と八神は呆れた。自分が何の仕事をしているかも分かっていないのではないだろうか。

「ちょっと見せてもらっていいですか」

「中、狭いぜ」

「覗くだけですよ」

廊下は狭い。彼の脇をすり抜けるようにしてドアを開けた。六畳間ということだが、中では三人の鑑識課員が作業中で混み合い、自分たちが足を踏み入れるスペースはなさそうだ。

部屋にはほとんど何もなかった。

片隅に布団が丸めて置かれている。その横に小さなラジオがあるだけで、家具の類《たぐい》は見当たらなかった。食べ終えたカップ麺の容器やペットボトルがそのまま床に置いてある。窓はあるが、北向きなのでほとんど陽《ひ》が入らないようだ。窓の横には押し入れ……今、そこを二人の鑑識課員が調べていた。

「何か出ましたか?」八神は気楽な調子で声をかけた。鑑識課員は、作業中に話しかけられるのを嫌うのだが、本当は話し好きが多い。普段「ブツ」ばかりを相手にしているので、人と話すのが嬉《うれ》しくてしょうがないのだ。

「ああ? 何だよ……」こちらに背を向けていた男が、ムッとした表情を浮かべて振り返る。その表情はすぐに柔らかくなった。「何だ、佑か」

「岩《いわ》さん」八神もホッとした。ベテランの鑑識課員、岩崎《いわさき》とは顔見知りで、いくつもの現場で一緒になった。もう定年が近い年齢なのだが、体は大きく、しかも今でも筋トレで膨らませている。ただし今日は、これまで見たことのない眼鏡姿だった。

「岩さん、眼鏡……」八神は自分の目の下を指さした。

「うるさいな」岩崎が乱暴に言った。「老眼鏡だよ。最近、細かい物を見るのが辛《つら》いんだ」

「岩さんらしくないですね」

「体は鍛えられても、目は無理なんだよ。こういう仕事をしていると仕方ない——それよりお前、何してるんだ？　ＳＣＵに島流しになったんじゃないか」

「島流しじゃないですよ」八神は反論した。岩崎は気のいい人なのだが、口が悪い。それでも嫌われていないのは、その悪口に嫌味がないからだ。ただし今は、「島流し」と言う言葉が胸に刺さる。「何かありましたか？」

「いや、見事に何もねえな」岩崎が首を横に振る。「寝に帰るだけの場所だったんじゃねえかな。押し入れに服が少しあるだけだよ」

「ここの家賃、聞いてます？」

「聞いてない。そういうのを調べるのは俺の仕事じゃないからな」

　築五十年ぐらいになるだろうか……トイレも風呂も共同の六畳間とはいえ、都心部に近いという地の利を考えると、それほど安くないかもしれない。

「変わったものは何もなし、ですか」

「今のところはな。というより、調べる場所がほとんどない。後で共有スペースも調べるけど、何か出てくるとは思うなよ」

「期待しないで待ってます」

廊下に戻ると、栗橋は依然として不機嫌な表情を浮かべていた。八神たちがここにいるのも気に食わないし、そもそも自分がここで立番《たちばん》を命じられていることにも納得していないのだろう。

「ここの家賃、いくらですか？」岩崎は知らなかったので、栗橋にも聞いてみた。

「五万」

「相場ですかね」

「いや、この辺にしたら格安だろう。ただし俺は、金をもらっても住みたくないね」栗橋が鼻に皺《しわ》を寄せる。そう言えば、先ほどからずっと異臭が漂っている……死体などの臭いではなく、建物全体がカビ臭いのだ。こんな異臭が漂っていて、一階のイタリアンレストランの営業には差し障りはないのだろうか。

「大家は？」

「聞いてないな」

「でも、そっちも誰か当たってるでしょうね」

「だと思うよ」栗橋の返事は、相変わらず素っ気ない。

「ここの住人は？」

「夜になってから聞き込みをする予定だ。今の時間だと、誰もいないよ」

「ノックしてもいいですか？」

「三十分前に、俺が二階と三階の部屋を全部ノックした。返事はない」

「そうですか……」

「それより、何でSCUが出てきてるんだ？　おたくらがやるような事件なのか？」

「視察です」

「視察？」

「上の指示で」八神は逃げた。実際、何で自分がこんなことをしているか、分かっていないのだ。「指示で」という答えは我ながら情けないが、嘘《うそ》もつけない。

「SCUも何を考えているのかね」栗橋が首を捻る。「何でも好きに捜査していいそうだけど、本当かね？」

「分かりません。私は、ここへ来てまだ一ヶ月なので」

　これ以上絡まれたら困ると思い、八神はその場を辞することにした。昼飯休憩しつつ、今後の方針を決めてもいいだろう。SCU自体が、「疑問を感じたら捜査していい」ということになっているのだから、そのスタッフである自分たちも、現場での自己判断で捜査を進めていいはずだ。

「下のイタリア料理の店で昼飯にしようか」八神は提案した。

「いいですね」由宇が目を輝かせる。

「月島まで行って、もんじゃでもいいけど」

「あれはおやつでしょう」由宇が笑いながら拒絶した。

「了解……じゃあ、下にしよう。もしかしたら、藤岡のことについて話が聴けるかもしれない」

「そうですね」

異臭を心配したのだが、さすがに飲食店なのでそういう臭いはしなかった。ビル全体の古さに対して比較的綺麗《きれい》で……内装を見た限り、まだ新しい店のようだった。午後一時近いので、ランチの客は引いていて、店内には客が二組いるだけである。

ランチは二種類。パスタとピザがメインで、それに前菜の盛り合わせかサラダがつくスタイルだ。前菜つきが千二百円、サラダだと千円。腹は減っていないので、八神はサラダとピザ——シンプルなマルゲリータにした。本当はニンニクの利いたペペロンチーノかジェノベーゼのパスタにしたいのだが、聞き込みの最中なので臭いを撒《ま》き散《ち》らすわけにはいかない。由宇も同じマルゲリータのピザを頼む。ただしサラダではなく、前菜つき。

サラダはレタスとトマトが中心で、ドレッシングは口が曲がるほど酸っぱかった。しかしこの酸味がちょうど、食欲を刺激する。由宇の前菜はかなりのボリュームだった。それぞれは小さいのだが、五種類あるので、八神の感覚だとこれだけで一食分という感じである。小さな三角形に切ったオムレツ、生ハム、カポナータに、オリーブオイルのかかった白身魚。もう一種類は、見ただけでは八神には分からない。由宇は子どものように嬉しそうにフォークを動かしていた。警察官は誰でも、最初に「飯は早く食え」と教育されるのだが、彼女はその教えを忠実に守っているようだ。八神がサラダを食べ終えるのと、由宇が皿を空《から》にするのが同じタイミングだった。量としてはサラダの倍ぐらいありそうだが。

すぐにピザが出てきて、八神は言葉を失った。ランチだから大した大きさではないだろうと思ったのだが、実際は大きな皿からはみ出すほどのサイズである。薄めだが、明らかに一人分ではない。しかし由宇は、嬉々としてピザを攻略し始めた。

「あー、ここ、Aランクですね」嬉しそうに言って、フォークでチーズを絡めとる。

「そうか?」

「コルニチョーネの焼き具合が絶品です」

「コルニチョーネ?」ピザは娘たちが好きで、出前で時々食べるのだが、聞き覚えのない用語だ。

「この、耳のところですよ」由宇が少し焦げのあるピザの縁を指さした。「イタリア語で『額縁』っていう意味です」

「へえ」反応しにくい……時々、やたらと料理に詳しい人がいるが、八神はそういう人との会話に困ってしまう。自由に食べ歩きができるほど給料をもらっていないし、元々食べることにさほど関心がないのだ。

「ここの焼け具合で、ピザの焼き方が上手かどうかが分かるんですよ」

八神も最初のワンピースを食べてみた。チーズが載った薄い部分は、食べ慣れた味。しかし彼女が言う「コルニチョーネ」はもっちりして香ばしく、チーズが載る部分より美味《うま》いぐらいだった。この部分だけ食べて、後はサラダでもいいな、と思えるほどだった。

「何でそんなに詳しいんだ？　趣味が食べ歩きとか？」

「うち、実家がイタリア料理店なんです」

「名古屋で？」

「名古屋で」

意外な出自に、八神は言葉を失った。警察官の実家がイタリアレストランでもおかしくはないが……。

「じゃあ、子どもの頃から食べ慣れてるんだ」

「そうでもないですよ。厨房《ちゅうぼう》で賄いを食べることはありましたけど、お店のテーブルに座って食べたことなんて、一回か二回しかなかったかな」

「実家の商売なのに？」

「コースが一万円からですから。子どもが気楽に食べられるような料理じゃありません」

　八神は言葉を失った。名古屋といえば、きしめん、味噌《みそ》カツ、味噌煮込みうどんと個性の強い料理が有名だが、そんなに高級なイタリア料理の店もあるのか……。

「実家を継ぐような話にならなかったのか？」

「あ、そっちは兄が」由宇がさらりと言った。

「じゃあ君は、何で警視庁の警察官になったんだ？　公務員になるにしても、名古屋市役所とか愛知県庁とか、地元もあっただろう。それこそ愛知県警とかも」

「大学が東京だったんです。それに、東京にいる伯父が警察官で」

「まだ現役？」

「南大田署の交通課長です」

「それで影響を受けたわけだ」

「と言うより、引きずりこまれたというか……伯父夫婦には子どもがいないので、私を二世みたいに思ってたんじゃないですかね。八神さんは？」

「俺は二世じゃないよ」

「じゃあ、何で警察官になったんですか？」

「何かドラマがあれば面白いんだけど、ないんだよなあ」八神はピザの二つ目のピースに手を伸ばした。既に腹は膨れ始めている。「それこそ、都庁か区役所かっていう選択肢の中で警察官だった」

「何か特殊能力の持ち主だとか」

「まさか」八神は笑い飛ばした。「平々凡々な人間だよ。何でそんなこと、聞くんだ？」

「私もよく分かりませんけど、SCUってアベンジャーズみたいなものかなって……」

「特殊能力を持った人間が集まった特殊部隊？　だったら君の特殊能力は何なんだ？」

「さあ、何でしょう」由宇が肩をすくめる。

SCUは、発足してまだ五年の新しい組織である。いや、組織とさえ言えないかもしれない。独立した「課」でも「室」でもないのだ。組織的には総務部警視総監秘書室直属の「特命班」のようなもので、それだけで特殊さが分かる。

発足のきっかけは、社会が複雑化し、どこが担当していいか分からないような事件が多くなってきたことである。暴力団ではない半グレによる暴力事件や経済事件、外国人による犯罪など、これまでの組織では簡単に処理できない事件が増えてきている。そういう事件を拾い上げて捜査するために、各部から担当者を集めてきたわけだ。実際八神は捜査一課、由宇は生活経済課、サブキャップ格の綿谷は組織犯罪対策部、キャップの結城は公安一課出身である。一番若手の最上は、交通捜査課でひき逃げ事件などの捜査を担当していた。

警視庁は、長い歴史の間に様々に変化してきた。インターネット関連の犯罪が増えてサイバー犯罪対策課が新設されたし、行方不明者の捜索を専門にする失踪課は、他県警にはない警視庁独自の組織だ。総務部には犯罪被害者対策課がある。ここは捜査部門ではなく、文字通り犯罪被害者の救済を専門にする部署で、来年度からは犯罪「加害者」家族のケアなども目指して「総合支援課」に改組される予定になっている。

ＳＣＵは、将来的には課に格上げされるかもしれない。しかし現在は、メンバーは五人しかいないし、組織としての体《てい》をなしていない。キャップの結城が警視、綿谷が警部、八神が警部補で由宇が巡査部長、最上が巡査長と、階級的にはバランスが取れているが、とにかく絶対的に人数が少ない。

そして八神が赴任してきてから一ヶ月、まだまともに捜査はしていない。これで給料をもらっているのが申し訳ないぐらいで、自分が何をしているのか、何を期待されているのかよく分からなかった。捜査一課時代にもＳＣＵとぶつかったことはなく、実態がよく分からない組織だと思っていたのだが……その印象は、自分が一員になっても変わらない。

今回の件も、ＳＣＵが口出ししていいものかどうか。

「どうしますか？」あっという間にピザを平らげ、食後のアイスティーを飲みながら、由宇が切り出した。

「取り敢えず周辺捜査……藤岡が普段何をしていたか、割り出すことだろうな」公安が、とうにそういう捜査は始めているはずで、彼らの背中を追うことに何の意味があるのかも分からない。

「働いていたかどうかですよね」

「それは新橋の方で分かる――いや、まずこの物件の大家だな。あるいは仲介した不動産屋。そこなら、個人情報も手に入るはずだ」

「じゃあ、その辺から始めますか」

「この店の人に聞いてみようか。大家の連絡先ぐらいは分かるだろう」

「そうですね」

ここで八神たちは、最初の幸運に恵まれた。レジで代金を支払う時に、オーナーらしい若い男――三十代前半に見えた――に話を聴くと、意外な情報が飛び出してきたのだ。

「ああ、大家は……うちです」

「このビルが、あなたの名義なんですか？」その若さで、という言葉を八神は呑みこんだ。古いとはいえ、勝どきでビルを一棟持つのは大変なことだと思うが。

「親父の名義の物件を相続しただけですよ。ここで昔、親父が定食屋をやっていたんです」

「それをイタリア料理屋に衣替えしたんですね？」

「今時、定食屋だと儲からないですからね」

「上の入居者さんのこと、ご存じですか」

「藤岡さんでしょう？」オーナーが眉をひそめる。「まさか、殺されるなんてねえ」

「他の刑事は、あなたに話を聴きに来ましたか？」

「いえ」

八神は由宇と顔を見合わせた。由宇が驚いたように目を見開き、首を横に振る。ここに来た刑事たち――栗橋も含めてだ――は怠慢ではないか？　確かに、住人たちに話を聴くのは夜の方がいいだろうが、この時間でも話ができる人間が一階にいるのに、何をやってるのだ？

「今、ちょっといいですか？　まだランチの時間でご迷惑かとは思いますけど」

「いいですよ」オーナーが腕時計をちらりと見た。スマートウォッチだった。「お客さんが来たら、あれですけど」

空いたテーブルについて、事情聴取を始めた。オーナーの名前は山田慎也《やまだしんや》、三十二歳。父親は二年前、六十三歳の時に心筋梗塞で急逝したのだという。それで、都内のイタリアンレストランで働いていた山田が父親の定食屋を改装して、自分の店を始めた。店がまだ新しい理由がそれで分かった。

「こちらで、藤岡さん関係のデータは分かりますか？」

「いえ、それは不動産屋さんに任せているので」

よくあるやり方だ。最近は、大家に直に家賃を払いに行ったりする賃貸物件はほとんど消えているはずだ。契約も管理も不動産屋が行い、大家はただ金が入ってくるのを待つ。

「不動産屋を紹介してもらえますか？　細かいデータが必要なんです」

「じゃあ――」

山田が立ち上がりかける。八神は慌てて右手を上げ、それを制した。

「それは後で結構ですから、ちょっと話を聴かせて下さい。ここのアパート、かなり古いですよね」

「築五十年です」

「昔から賃貸を？」

「賃貸は、二階だけだったんです。三階はうちの家で……今はそっちも貸しに出してますけどね」

「じゃあ、あなたはここへは通いですか」

「ええ」

「ということは、藤岡さんには会ったこともない？」

「名前は知ってますけど、そうですね……会ったことはないかな。向こうも、私が大家だということは知らないんじゃないでしょうか」

「なるほど……」このまま山田と話していても、情報は摑めそうにない。早く不動産屋につないでもらって、さっさと引きあげる方が時間の無駄にならないだろう。

「あ、でも、ちょっとトラブルはありました」

「そうなんですか？」

「上に、学生さんが一人入っていたんですよ。今年の春に卒業して出ていきましたけど、うちでバイトをしてまして」

「なるほど」八神は相槌を打った。

「その彼が、藤岡さんの隣の部屋に住んでいたんですけど、夜中にうるさくて困ってる、とこぼしていたんです」

「文句は言わなかった？」

「今時、そういうのもやりにくいですよね」山田が真剣な口調で言った。「いきなりキレる人もいるから、怖いでしょう。私の方から不動産屋さんに言って、注意してもらいました」

「それで止まったんですか？」

「そのようです」

「うるさかったというのは、どういう感じで？」

「帰宅が遅かったみたいなんです。二時、三時になることもよくあって、だいたい酔っ払って帰って来る。古い建物ですから、足音もよく聞こえるし、大声で喚いたり歌を歌ったりということもあったようです」

ただの酔っぱらいのオッサンか……六十歳になる指名手配犯が、安い焼酎で酔っ払って、夜中にふらふらと家賃五万円のアパートに帰って来る——想像しただけでも侘《わび》しい。

「夜の仕事でもしていたんですかね」

「そうかもしれません。ほぼ毎日、午前様だったみたいですから。それが時々、もっと遅くなる。寝ている人にはたまらないでしょうね」

「最近もそうだったんですか？」

「いや、このところ特にクレームもなかったので分かりません」

藤岡の生活の一端は明らかになったが、山田からの情報はそこで途切れた。不動産屋につないでもらい、店を辞する。

「よく分からないですね」由宇が歩きながら首を傾げた。

「そうだな」八神も同意した。「家賃五万円。毎日呑んで帰って来る——ひどく金に困っていた感じでもないんだよな」

「どこかで働いていたんですかね。工事現場とか」

「それにしては変だ」八神は指摘した。「普通の工事現場だったら、仕事は朝早い。毎日午前様になるまで呑んでいたら、次の日の仕事に出られないよ」

「道路工事とかは？　あれは夜中にやってるでしょう」

「そういうのは徹夜だと思うんだ。朝方帰って来るなら分かるけど、時間が合わない感じがする」

「だったら、呑み屋とかじゃないですかね。それなら、日付が変わるぐらいまで仕事をして、一杯引っかけて帰って来ると、二時や三時ぐらいになるじゃないですか」

「いい読みだと思うよ」

月島にある不動産屋を訪ねて、由宇の勘が当たったことが分かった。藤岡は三年前から今のアパートに住んでいるのだが、その時に勤務先として、新橋にある居酒屋の名前を出していたのである。保証人は、そこの社長。ということは、結構長く働いていて、社長との信頼関係もできていたことになる。

次の聞き込み先は決まった。捜査は上手く転がっている。

ただし、その先に何があるのかは、まったく想像できない。

第二章　逃げる男

1

不動産屋で得た情報を元に、新橋に戻る。毎日歩く道筋なのだが、赤レンガ通り沿いのビル二階にある居酒屋には気づいていなかった。

「季節風」という名前のその店は、昼と夜の営業の間で休憩中だった。午後五時に「夜の部」が始まるまでには、まだ間がある。誰もいないかと思ったが、中では店員が仕込み中だった。焼き鳥がメインの店のようで、カウンターには串に刺した生肉が大量に積み重ねられている。

店長に話を聴くと、「季節風」は都内に三店舗あり、社長は今別の店に行っているということだった。

「警察が話を聴きに来ませんでしたか？」八神は店長に訊ねた。

「昼の営業時間に来ましたよ」まだ若い——たぶん二十代の店長が、気楽な調子で答える。その顔、口調を見た限りでは、先乗りした刑事に煩わされたわけではないようだ。

「あなたが話をしたんですか？」

「ええ」

「社長にはお話を聴いたんでしょうか」

「携帯の番号は教えましたけど、実際に連絡を取ったかどうかは分からないです」

公安は必ずしも熱心に藤岡を調べているわけではない、と悟る。長年追いかけてきた指名手配犯とはいえ、既に死んでしまっているのだ。検察も、特に捜査を急がせないだろう。世間的にも、四十年前のデモ絡みの事件がそれほど注目されるとは思えない。今や、関係者以外で覚えている人などいないだろう。そして、世間の注目を集めない事件に関しては、警察も検察もどうしても動きが鈍くなる。

「我々にも社長の連絡先を教えていただけますか？」

「許可を取ってからでいいですか」

「もちろんです」

店長が白衣のポケットからスマートフォンを取り出し、店の外に出ていった。店内は電波状態が悪いのかもしれない。八神も自分のスマートフォンを取り出して確認してみると、確かにアンテナは一本しか立っていなかった。

すぐに店長が戻って来る。

「あの、ちょうどこちらに向かっているところだそうです」

「どれぐらいかかりそうですか？」

「五分」店長が右手をパッと広げた。「今、新橋駅を出たところだそうです」

それなら、信号に引っかからなければ三分だ。実際、八神の腕時計で確認した限り、店長の発言から四分後に社長が店に飛びこんで来た。八神と由宇を見つけると、一瞬険しい表情を浮かべたものの、すぐに感情を読ませない顔になった。

八神はすぐに声をかけた。

「社長さんですね？　警視庁の八神と申します。こちらは朝比奈です」

「途中、電話で聞きました。藤岡さんのことですよね」

「ええ」

「ちょっと、こちらへ」

社長は二人を個室に誘導した。ここなら店員に聞かれずに話ができる。すぐに店長が顔を出した。

「お茶でも……」

「ああ、それはいい」

社長が手を振って、店長を下がらせた。妙に焦った様子で、煙草《たばこ》を取り出すとせかせかと火を点《つ》ける。それからいきなり気づいたように名刺を取り出した。島崎敏彦《しまざきとしひこ》。肩書きは「Sコープ代表取締役社長」だった。年齢、四十歳ぐらい。短く刈り上げた髪にがっしりした顔つきで、手が大きく指がゴツゴツしていた。若い頃から居酒屋で働き続けた叩き上げで、ついに自分の会社を持つようになった、という感じだろうか。

「藤さん、殺されたそうですね」島崎が厳しい表情で切り出した。

「その件でお話を伺いに来たんです。いろいろ警察がご面倒をおかけしていますが」

「いや、別に面倒はないよ」島崎が不思議そうな表情を浮かべた。

「誰か、話を聴きに来ていませんか？」

「私のところには来てませんね」

「そうですか……とにかく、ちょっと時間をいただきます。藤岡さんは、こちらで働いていたんですよね？」

「もう辞めてますけどね」島崎がせかせかと煙草を吸う。速く吸わないと、味がなくなってしまうとでもいうようだった。

「働いていた期間は……」

「五年前から、二年間ぐらいだったかな。アパートを借りてすぐ、三年くらい前に辞めてますよ」

「何かトラブルでも？」

「ちょっと、何なんですか」島崎が口を尖らせて抗議した。「藤さんは被害者でしょう？　何で犯罪者みたいな扱いをするんですか」

指名手配犯だから……と言うべきかどうか。少し迷った末、八神はまだ伏せておくことにした。どうやら島崎は知らない様子だし、先入観なしで話を続けて欲しい。

「事件に巻き込まれた人のことは、徹底して調べるんですよ。それに昨日の事件は、まだ分からないところが多い」

「あれって、藤さんが個人的に狙われたのかな」島崎が首を傾げる。「銀行の中での通り魔みたいな感じもするけど……銀行の中で、見ず知らずの人を襲うっていうのもちょっと変だよな」

「その辺も含めて捜査中なんです」

「そうか……」納得していない様子で、島崎が腕を組んだ。

「五年前から勤めていた、という話でしたよね」

由宇が話を最初に引き戻した。島崎の表情が少しだけ緩む。自分よりも女性がやった方が上手く行くわけか……由宇のルックスは、男性受けはよさそうだし。

「そう、五年前から」

「どういうきっかけで働くようになったんですか？」由宇が質問を重ねる。

「普通に、求人です」

「その頃だと、藤岡さんは五十五歳ですよね。こういうところで働くには、少し年齢が上な感じがしますけど」

「うちは、年齢はあまり関係ないんですよ。だいたい最近の若い連中は、手を汚す仕事はしたがらないしね。だからこういう飲食店でも、外国人の留学生なんかが多いでしょう」

「確かに目立ちますね」

「手を使ってやる面倒臭い仕事は、外国人に任せて……最近の若い奴は、何の仕事をしてるのかね。IT系とか？」

島崎の言い方は、もっとずっと年を取った人間のようだった。自分の腕一本で世の中を渡ってきた男は、最近の若者に対して不満だらけなのかもしれない。

「とにかく、藤岡さんを雇ったんですね」八神は話に割りこんだ。

「藤さんは飲食の経験もあって、即戦力だったから。最初はフロアの仕事だったんだけど、すぐに厨房にも入ってもらいました。店で一番年上だったけど、若い連中よりもよほど一生懸命働いてくれましたよ」

「そういうの、直接見てたんですか」

「私も、毎日必ず一回、店に顔を出すから。店員の勤務態度は分かります」

「ランチタイムの仕事ですか？　夜ですか？」

「ローテーションで、昼も夜も」

「ちなみに夜は何時まで？」

「〇時には閉めます」

それからどこかの店に行って、たっぷり酒を呑んでアパートに帰って一騒動起こす——それも妙だ。新橋付近なら、遅くまでやっている店はいくらでもあるのだが、勝どきまではどうやって帰っていたのだろう。当然電車はない。歩いて帰れないこともないが、酔っ払って一時間歩くのはかなりしんどいだろう。あるいは、終電で勝どきまで戻り、自宅近くの店で呑んでいたのか……飲食店で働く人も、自分の贔屓《ひいき》の店ぐらいは持っているはずだ。この辺のことは、勝どきでもっと聞き込みをしてみないと分からないだろう。

「あなたは、藤岡さんが部屋を借りる時に保証人になってますよね」

「そんなことまで知ってるんだ」島崎が嫌そうな表情を浮かべる。自分も丸裸にされたような気分になっているのかもしれない。

「保証人になるということは、相当な信頼関係があるんですよね」

「今は保証会社を使う手もあるんだろうけど、そういうのも何だか侘しいじゃない。藤さん、当時住んでいた家の取り壊しが決まって、困ってたんですよ」

「相当古い家だったんですね」今のアパートも築五十年、耐震の問題などもあって、遠くない将来に建て替えの問題が起きそうではあるが。

「まあ、東京だからね。家のことではいろいろあるでしょう」

「それで藤岡さんは、今の勝どきのアパートに引っ越した、と……それで、三年前に辞めたんですね」

「トラブルじゃないですよ」先回りするように島崎が言った。「勤務態度にはまったく問題はなかった。ただ、体調がね……藤さん、今年ちょうど六十歳じゃなかったかな」

「そうですね」

「三年前だから、五十七の時か——腰を傷めちゃってね。立ち仕事だから、どうしても膝や腰をやられるんですよ。私は、しばらく休んで治ったら戻って来ればいいって言ったんだけど、藤さんは『歳も歳だから』って言って、結局辞めたんだよね」

「五十七歳だったら、それほどの歳じゃないですよね」

「そういうのは人それぞれだから、しょうがないけど……心配はしてたんです」

「辞めた後は、連絡は取ってなかったんですか？」

「取りようがない」島崎が首を横に振った。「藤さん、スマホどころか固定電話も持ってなかったんだから。今時、ご機嫌伺いの手紙ってわけにもいかないでしょう」

「辞めてから、店に来たりしなかったんですか」

「それもないな。療養してたんじゃないかな」

ったはずだ。

「相当悪かったんですか」店を辞めざるを得ないほど腰が痛かったら、見ていても分かったはずだ。

「いつも苦しそうにはしてましたよ。腰痛ってのは、結局大人しくしてないと治らないでしょう？　普通に仕事しながら治すのは、難しいんじゃないかな」

八神は由宇の顔をちらりと見た。何か質問は？　途中で質問者が変わった方が、新しい情報が出てきたりするものだ。由宇は八神の意図を察したようで、すぐに質問を始める。

「ここへ来る前に、藤岡さんがどこで働いていたか、聞いていませんか？」

「直近は、五反田《ごたんだ》の居酒屋でしたよ。本人から聞いたことがある」島崎が店の名前を教えてくれた。

「チェーン店ではない？」

「独立系じゃないかな」

「就職していたわけではなく、バイトだったんですね？」由宇が念押しした。

「それで何か問題ある？」島崎が挑みかかるように言った。

「別にありませんけどね」由宇がさらりと言って、手帳のページをボールペンの先で叩く。

「就職しないでずっとバイトを続ける人には、いろいろ事情があるでしょう」

「そんなこと、いちいち詮索しませんよ」島崎が怒ったように言った。「誰にだって、触れられたくない事情はあるでしょう。ちゃんと働いてくれてたら、こっちはそれでいいんだから」

「つまり、藤岡さんには何か事情があると思ったんですね？」八神は突っこんだ。

「まあ……そういうの、何となく分かるでしょう」

「だったらその勘は、当たりです」八神はここで、情報を開示することにした。自分が言わなくても、いずれどこかから入って来るだろう。今この件を明かしても、特に問題はない。

「どういう意味ですか？」

「いずれ表沙汰になるかもしれませんが、今はまだ口外しないと約束してくれますか？」

「警察の人がそう言うなら……私は何も言わないけどね。人の噂話をするのは趣味じゃないし」島崎は怪訝そうな表情だった。

「藤岡さんは、指名手配されていました」

「指名手配……」島崎の眉間に皺が寄り、背筋がすっと伸びる。

「容疑は殺人です」

「ちょっと待って」島崎が慌てて、ほとんどフィルターだけになった煙草を灰皿に押しつけた。「私は、そういう人を雇ってたんですか？」

「そうなりますね」

「参ったな……」島崎が頭の天辺を平手で撫でた。「だけど、いったいどういうことなんですか？」

「社長が想像しているような殺人事件とは違います。藤岡さんは、大昔に学生運動をやってたんですよ。デモが荒れて、そこで警官隊と衝突して、警察官を一人殺してしまったんです」

「それ、いつ？」

「四十年前ですね」

「私が生まれる前か……」

「社長、おいくつなんですか？」

「三十八」

「じゃあ、私と同い年ですね」

「嘘でしょ？」島崎が目を見開く。「二十五ぐらいかと思ってた」

「よく言われます」

「三十八でそんなに若い顔じゃあ、貫禄つかねえなあ」島崎が困ったように笑う。

「それもよく言われます」

退散だ。こんな風に話が余計な方向に流れてしまうと、元に戻すのは難しい。

　二人はそのまま、五反田の居酒屋に移動した。こちらも夜の時間帯に備えて仕込み中で、若い店主に話を聴くことはできた。ただし、彼は藤岡とまったく面識がないという。

「その人が働いていたのは、先代の時だと思いますけどね」

「先代っていうのは、お父さんですか？」

「いや……私は元々バイトです」

「いつから働いているんですか？」

「四年前です」

　四年前にバイトで入って店を譲られる？　ずいぶん急な気もするが……いずれにせよ四年前だと、藤岡はもう新橋の「季節風」で働いていたはずだから、面識がないのも当然だろう。

「先代はどうしたんですか？」

「引退しました。もう七十五歳ですからね」

「あなたは、いつからここの店長になったんですか？」

「二ヶ月前です」

「先代の店長と話せますか？」

「いや……難しいかな」店長の顔が歪《ゆが》む。「辞めてすぐに、脳梗塞で倒れちゃったんですよ。まだリハビリ中で、今もちゃんと話はできないと思います」

「そうですか」それでも八神は、前店主の連絡先を聞き出した。簡単に聞き込みができるとは思えなかったが、念のためだ。「お願いなんですけど、一つ調べてもらえませんか？　藤岡さんの履歴書や勤務記録が残っている可能性はないですかね」

「あー、どうかな……ひっくり返してみないと分からないですね。先代は、そういう整理はあまりできない人だったから。税金関係でいつも苦労してましたよ」

「もしも見つかったら、連絡してもらえますか？」

「分かりました」

かすかな手がかりをつなげた状態で店を辞し、駅に向かって歩き出す。既に午後四時を回っていた。

「報告でSCUに戻るけど、どうする？」

「行きますよ、もちろん」そんなことを聞かれたのがいかにも意外だったのか、由宇が驚いたような表情を浮かべる。

「いや、勤務時間外になりそうだから」

「これぐらい、普通でしょう」

「ならいいけど……」

山手線に乗ると、八神は彩にLINEを送った。遅くなるのは間違いなく、今日は夕食はなし——すぐに「ＯＫ」と返事があった。あっさり反応されるのも寂しいが、向こうは「刑事の妻」であることに慣れているから、これも普通なのだ。

「奥さんですか？」由宇が鋭く聞いてくる。

「遅くなりそうだから、連絡ぐらいはね」

「マメですね……子どもさんは？」

「小学三年生の双子の女の子」

「八神さん、家の中で唯一の男ですか？」何だか嬉しそうに由宇が訊ねる。

「そうだけど……」

「じゃあ、今はいいけど、そのうち邪険にされますよね」

「やめてくれよ……そうなるのは分かってるんだから」二人同時に反抗期が来たらどうなるのだろう、と今から恐れている。双子の成長はどこまでシンクロするものなのか。

ＳＣＵに戻ると、全員が揃った。いつもは時間が来ると自然に人が消えてしまうので、五時を過ぎても全員が揃っているのは初めての光景である。

「どうだった？」結城が切り出した。

「バイト先を二ヶ所、割り出しました。そこから先は遡れていません。三年前に腰を傷めて、新橋の居酒屋のバイトを辞めた後にどうしていたかは、まだ分かっていません」

一日かかって判明したことがこれだけか、と情けなくなってしまう。警察の仕事は何かと手間がかかる割に、益が少ないものだが……しかし結城は、特に不満は感じていないようだった。

「店での評判は?」

「悪くなかったです。というより、新橋の店では上々でした。社長が、今のアパートを借りる時の保証人になっていたほどです」

「四十年前の事件のことは?」

「それはさすがに知りませんでした」

「なるほど……綿谷警部、特捜の動きの方は?」

「夜の捜査会議の情報がまだ入っていませんが……公安一課は特捜を離れることになったようです」

「だろうな」予《あらかじ》め動きが分かっていたように、結城がうなずく。「それほど本気で捜査するつもりもなかったんだろう」

「どうします?」綿谷が確認する。「明日以降も、特捜に張りつきますか?」

「誰か、ネタを取れる人間は?」

「いますよ」綿谷がさらりと言った。

「だったら、そこからうちに情報が流れるように調整しておいてくれ。一日張りついているのも非効率的だ」

「こっちはどうしましょうか」八神は訊ねた。「まだ藤岡の人生を追いますか？」

「ああ、続行してくれ」

了解――しかしこれは、いったい何の指示なのだ？　公安一課も捜査のペースを早めていないのに、ＳＣＵがムキになる理由があるのだろうか。

「家はどうなってる？」結城が訊ねる。

「捜索は日中に終わっているはずです」

「覗けたか？」

「覗いただけですね。調べてはいません」

「今からやれるか？」

「鍵を開けられれば、問題ないですが」

「だったらやってくれ」結城があっさり指示した。妙に人使いが荒い……今時、こういうのも流行《はや》らないのだが。

「私も行きましょうか？」由宇が声をかけてくれた。

「もしも空いてれば」

「空いてますよ。どうせ気楽な一人暮らしですし」由宇が肩をすくめる。

鑑識が散々調べた後で、何か新しく分かるとも思えなかったが……まあ、命令だからやるしかない。何も出てこなくても、別に自分の責任にはならないだろうと、八神は気楽に構えた。

昔は——捜査一課時代にはこんなことはなかったんだけどな、とそっと溜息をつく。捜査一課での仕事は、間違いなくやりがいがあった。殺人事件を解決し、被害者家族に感謝された時には、心に温かな火が灯《とも》るような感じがしていたものだ。まさに「人を救っている」「役に立っている」実感があった。しかしＳＣＵの仕事の実態は、まだまったく分からない。

自由に捜査していい、と言われると、逆にやりにくくなるものだ。縛られている方がむしろ、そこから逃れようともがいて、実力以上の力が出たりする。警察官は様々な規則や習慣で縛られていて、それが普通だと思っているのだが……。

2

夜になると、アパートは一際暗く、カビの臭いがきつくなっているようだった。そんな中、特捜の刑事たちが各部屋を回っている。住人の帰宅を待って事情聴取を始めたのだろう。石岡がいたので声をかけると、いかにも面倒臭そうに眉をひそめた。

「何やってるんだ、お前ら」

「被害者《ガイシャ》の部屋をちゃんと見ておきたいと思いましてね」

「鑑識がとっくに調べたぜ」

「自分の目で見るように、ということです」

「おたくのキャップの指示か？」

八神は無言でうなずいた。指摘されると、結城に言われるまま動いているのが馬鹿らしくなる。きちんと狙いを話してくれないことにも改めてむかついた。こちらで全て察しろ、ということなのか。

このままＳＣＵの本質が分からないままだと、仕事にならないだろう。いずれ——近いうちに、綿谷にでも聞いてみるつもりだ。綿谷はＳＣＵのナンバー・ツーだし、ここで何度か捜査を経験しているから、どうすればいいか分かっているはずだ。

「鍵、持ってるのか？」石岡が訊ねる。

「これから不動産屋に連絡して、持ってきてもらおうと思ってました」午後八時まで営業しているのは分かっている。

「鍵は俺らが持ってる——おい、高田《たかだ》！」

石岡が怒鳴ると、狭い廊下に声が響き渡る。若い刑事がダッシュで飛んできた。とはいえ、トップスピードに乗れるほど廊下が長いわけではない。

「お前、鍵預かってたよな」

「オス」

「ちょっとこいつらを被害者の部屋に入れてやれ」

「いいんですか?」高田と呼ばれた若い刑事が、怪訝そうな表情を浮かべる。

「昔のよしみだよ」

嫌そうな表情で言って、石岡が八神に向けて顎をしゃくった。やっていることと態度が合致していない。

「すみません」

「それよりお前、さっさと一課に戻ってこいよ。SCUなんか、何やってるのか全然分からないだろう」言いながら、石岡が由宇をちらりと見る。由宇はまったく平然としている。

「いやあ……人事は自分で決められないので」左遷——戻れないかもしれないし。

「しょうがねえな」


高田が部屋の鍵を開けてくれた。ドアにはかなりガタがきていて、鍵の存在意義が分からなくなっている。体の大きな最上が体当たりでもしたら、ドアごと外れてしまうのではないだろうか。

八神は重い機材が入ったデイパックを床に下ろした。中から強力なハロゲン灯を取り出して電源を入れると、白色光が室内を照らし出した。「部屋が暗そうだから」と綿谷が持たせてくれたもので、確かに六畳間を隅々まで調べるのに十分明るい。天井からぶら下がっているのは裸電球だから、とてもではないが光量が足りない。

「押し入れからやりますか」由宇が狭い部屋の中を見回しながら言った。

「そうだな。俺がライトを持ってるから、君が調べてくれないか」

「分かりました」

八神はハロゲン灯で押し入れの中を照らし出した。常に由宇の手元に当たるようにしながら微妙に動かしていく。とはいえ、何かが出てくる気配はない。乏しい服をかき分けるようにして由宇が中を探っていったが、やはり何も見つからなかった。

「上を調べてくれないか？　押し入れの上板をずらせるかもしれない」

「届かないですね……交代して下さい」

由宇にハロゲン灯を渡し、押し入れに上体を突っこんだ。天井には辛うじて手が届く。何ヶ所か押してみたが、まったく動かなかった。こういう古い家では、押し入れの上にも結構な空洞がある……何かを隠すにはいいスペースだ。しかしこの押し入れの上板はしっかり釘《くぎ》止めされていて、爪の先が入る隙間もない。

押し入れに何もないとなると、後は探す場所がない。床に置いてあるのは布団とラジオだけ。布団を広げ、さらにカバーを外してまで調べてみたが、何も出てこない。次いで、床を照らしながら調べていく。フローリングというか「板張り」。畳なら、少し持ち上げて下に薄いものを隠せるのだが、ここの床板はしっかりと張りつけてある。隙間部分をいちいちいじってみたが、まったく動かなかった。

「何もないですね——予想通りですけど」由宇が言った。

「そうだな」

後はラジオだけ。これもずいぶん古く、昭和の時代に製造されたのかもしれない。昔の家電は意外に頑丈で故障しないのだが、このラジオはどうだろう。電源コードがないので、電池駆動かもしれないと思い、スウィッチを入れてみたが、うんともすんとも言わない。電池が切れているのか、故障しているのか……ラジオの音もない部屋で一人ぽつんと過ごす孤独を考えると、藤岡に対するかすかな同情心が芽生えた。

しかし、何か妙だ。「季節風」では、藤岡に毎月だいたい十五万円から二十万円程度のバイト料を払っていたという。この部屋の家賃が五万円。毎月自由になる金が十万円から十五万円あったわけで、ここまでの貧乏暮らしをしていた理由が分からない。大きな借金があったのか、あるいはずっと前から腰を痛めていて、その治療にかなりの金額がかかっていたとか。

とはいえ、保険証なども見つかっていない。この部屋で何かを保管しておくようなスペースは、押し入れしかないので、そこは徹底して調べたが、何も出てこない。だいたい、藤岡が保険証を持っていたかどうかも疑わしい……社会と隔絶するような生き方をしていたのだから、普通の人が当然持っているようなものがなかったとしても、おかしくはないだろう。

八神は、何とはなしにラジオを持ち上げた。自分が子どもの頃は、こういうラジオも珍しくなかった――いや、あの頃もＣＤラジカセが主流で、純粋なラジオというのは既に珍しかったのではないか。

手にした途端、違和感に気づく。手の中でこねくり回すようにして確認していると、由宇が声をかけてきた。

「どうかしましたか？」

「いや……何か軽いんだ」

「軽いって、どういうことですか？」

「分からない」

本当に軽いのかどうかもはっきりしない。そもそもラジオ専用機本来の重さがどれぐらいなのか、知らない。しかしこの大きさの機械にしては、軽い感じが否めない。

「綿谷さんの七つ道具の中に、何か工具はなかったかな。ドライバーとか」

由宇が無言でデイパックの中を探った。すぐに、小さなプラスティック製のケースに入ったドライバーを取り出す。ハロゲン灯を受け取ると、ラジオを持った八神の手元を照らした。八神はプラスドライバーを取り出して、ネジを外し始めた。四本……作業しているうちに気づいたのだが、このネジは何度か外されたことがあるようだ。明らかにドライバーによる傷跡がある。電池交換用の蓋は別にあるので、修理でもしていたのだろうか。

ようやくネジが全部外れ、裏蓋が取れた。その瞬間、八神は言葉を失った。逆に由宇は「マジで？」と高い声を上げる。

札束。帯封がしてあり、八神は反射的に百万円だと判断した。ラジオの中のパーツは全て外され、この札束を保管するための一種の「金庫」として使われていたことが分かる。

「おいおい……」

「どうします？」

「一応、石岡さんには教えないといけないだろうな。うちで抱えこまないで、特捜とも情報共有しないと」

「構いませんけど、これ、何なんでしょう」

「へそくり」反射的に言ってしまってから馬鹿馬鹿しくなった。

「確かに、へそくりできそうなぐらいのバイト代はもらっていたと思いますけど……銀行に口座を開こうとしたのは、この金を預けるためですかね」

「だったら、この百万円を直接持って行ったはずだよ」

「意味不明ですよね」由宇が首を傾げる。「間違いなく百万ですか？」

「百万の札束一つ、に見える。一応数えてみようか」

とはいえ、そう簡単にはいかない。まず、ラジオを元あった位置に戻して、札束が入っている状態で写真を撮る。角度を変えて何枚も……さらに札束を取り出して、ラジオの中の空洞部分も撮影した。これで、発見時の状況は記録されたことになる。

その後、札束を調べた。ラテックス製の手袋をしたまま、帯封をはずさないで金勘定をするのは意外に面倒だった。何度か途中で失敗し、一万円札百枚を数えるのに結構な時間がかかってしまう。最終的には、指が細い由宇がカウントを終えた。

「ぴったり百枚です」

「銀行から引き出してきた感じもするな」

「口座もないのに？」

「他の銀行から、とか」

「それより、偽金の可能性はありませんか？」

由宇が指摘した。見た限り、本物の札のようだが……最近は偽札事件もほとんどなく、八神自身、偽札に触ったことはない。技術的にはいくらでも精巧にできそうだが、今はそこまで手間をかける意味もないだろう。他に金を儲けられる方法はいくらでもある。

「偽金か……それは、ちゃんと調べてもらわないと分からないな」

初めて仕事らしい仕事をしたと思ったが、鑑識の岩崎に対して申し訳ない気持ちも生じる。岩崎は現場のプロだ。その彼が、この札束を見逃していたわけだから……単純ミスなのだが、自分には責める資格はない。この件について話す機会を持たないように気をつけよう、と八神は誓った。

廊下へ出て、部下の聴取を監視している石岡に声をかける。何だか留置場の管理官のような感じ……廊下を取り囲むように三つの部屋があるから、廊下の中央にいれば各部屋の様子をある程度監視できるわけだ。

「コウドウさん」

「ああ？　何か見つけたか？」

八神は無言で、ビニール袋に入れた札束を掲げてみせた。途端に石岡の顔が白くなる。

「それ、どうした？」

「ラジオの中に隠してあったんですよ」

「鑑識が見逃したのか？　あり得ねえ」

「見た目、普通のラジオですからね」

「とにかくそいつは預かる。ラジオもあるよな？」

「もちろんです」

由宇が、もう一つのビニール袋を差し出した。本当は発見時の現状——札束が入った状態のまま持ち出す方がいいのだが、札束はかなりぴったり詰まっていたので、無理に戻したら折れてしまいそうだったのだ。札束が入っていた状態を撮影しているから、証拠としては十分な信頼性がある。

両方のビニール袋を預かった石岡が、手袋をはめて中を検《あらた》める。みるみる眉間に皺が寄ってきた。

「お前はこいつをどう判断するんだ」札束を見たまま石岡が訊ねる。

「何とも言えません」

「金なんか持ってない奴だと思ったけどな。知っているか？　刺された時、所持金は千二百円だったんだぞ……まあ、一応、礼を言っておくわ。ＳＣＵも役に立つんだな」

素直に喜んでいいのかどうか、八神には分からなかった。

取り敢えずこの部屋では、もうやれることはない。アパートから出て結城に電話をかけた。

「分かった。引き上げてくれ」やはり結城はあっさりしていた。

「明日も調べますか？」

「もう、そこのアパートでは調べるところはないんじゃないか？」

「そうですね」

「お疲れ。明日の朝、もう一度打ち合わせをしよう」

結城は一方的に電話を切ってしまった。愛想がないというか、もう少し労《ねぎら》ってくれてもいいのではないか……これじゃあ、部下のやる気は引き出せない。

「今日は解散だ」スマートフォンをスーツのポケットに落としこみながら、八神は言った。

「ご飯、食べていきます？」

「そうだな……」彩には「夕飯はいらない」と言ってしまったので、家では用意がないだろう。

「どうしますかね」

「昼と同じ店ってわけにもいかないな」午後八時、一階のイタリア料理店はまだ営業してはいるが。

「この辺、食べるところがあまりないんですよね。さっと済ませたいんですけど」

「どこか知ってるか？」

「そうですね……」由宇がスマートフォンを操作して、すぐに答えを出した。「タイ料理とかどうですか？」

「辛いよな？」

「辛くない料理もありますけど、八神さん、そんなお子様舌なんですか？」

「誰にだって苦手ぐらいあるだろう……でも、いいよ。さっさと済ませて引き上げよう」

藤岡のアパートから歩いて五分ほどのところに、その店はあった。全面ガラス張りで、中は丸見え。そこそこ混み合っていて、ややこしい仕事の話はできない雰囲気だった。タイ料理はあまり食べないので、何を選んでいいか分からない。メニューは写真つきで、どういう料理なのかだいたい想像はつく。辛さは調整できるようなので、我慢せずともなんとか食べられるだろう。

結局八神はガパオを、由宇はグリーンカレーを頼んだ。しかも「唐辛子マーク三つ」のカレーをさらに辛くするように頼む。

「辛いの、好きなのか？」

「こういうのは、辛くないと美味《おい》しくないでしょう」

料理はあっという間に出てきた。電子レンジを使って温めるだけでも、もっと時間がかかりそうなもので、いったいどういう仕組みだろう。

ガパオに載っている目玉焼きを崩し、ひき肉に混ぜて食べ始める。メニューの表記を信じれば辛くないはずなのに、結構な刺激がある。舌がびりびりするほどではないが、食べ終える頃には汗をかいているだろう。由宇は平然とした表情で、グリーンカレーを食べていた。

「そんなに辛くないのか？」

「滅茶苦茶辛いですよ」そう言いながら、口調は平然としている。

「全然辛そうに見えない」

「顔に出ないだけです」

タイ料理の本当に辛いやつは、毛穴が一気に開いて全身の汗が噴き出す感じがするのだが、由宇の額にも首筋にもまったく汗は見えない。他人《ひと》とは舌の作りが違うのではないだろうか。

八神は予想通り、ガパオを食べ終えた時には首筋に汗をかいていた。ハンカチでしっかり拭っても、すぐにまた噴き出てくる。この後で外の寒風に吹かれると、風邪を引くパターンだな……と心配になってきた。

「何か、釈然としないな」甘いアイスティーを飲んで口中の痛みを宥《なだ》めながら、八神は言った。

「そうですか?」由宇は特に疑問を感じていないようだ。

「君は、うちの仕事を疑問に思わないか?　SCUに来てから一年ぐらいになるだろう?」

「そうですね」

「その間、まともな仕事はしたか?」

「何をもって、まともと言うか」由宇が肩をすくめる。「八神さん、一課のやり方に慣れ過ぎじゃないですか」

思わずうなずいた。事件が起きる。手がかりを求めて街を走り回る。やがて有力な手がかりを入手して犯人の特定に至り、逮捕——だいたいそういう流れだ。

「警察は、部署によって仕事のやり方が違うじゃないですか。キャップや綿谷さんは事前の仕込みというか、情報収集が仕事みたいなものでしょう？　何かの役に立つという保証はないけど、情報収集を怠っていると、何かあった時に何もできない」

「生活経済課だって、発生した案件に対処するのが仕事じゃないか」

「でも、一気に弾《はじ》けるばかりじゃないんですよね」由宇が両手をぱっと広げた。「むしろじわじわ始まるというか……悪徳商法の捜査なんか、スタート地点がどこかも分からないでしょう」

確かに。不特定多数の消費者をターゲットにする悪徳商法事件で、「最初の被害者」を特定するのは意外に難しいものだ。それ故、きちんと裏が取れて立件できる事案だけを取り上げる。結果的に、事件の全体像が見えないまま、捜査が終了してしまうこともあるのだ。

「いろいろですね、いろいろ」由宇がさらりと結論を出した。

「そうかなあ」

「私は勉強になってます。いずれ元の部署に戻る時にも、役に立つんじゃないですかね」

「戻るつもりなんだ」

「異動は必ずありますから。八神さんもそのつもりでしょう？」

「……まあね」

本当に戻るのか。戻りたいのか。自分の気持ちが自分で分からない。もしかしたら、捜査一課の仕事に、それほどの誇りと自信を持っていなかったのかもしれない。かといって、ＳＣＵで手柄を上げて……というのもイメージできないのだった。暇そうなのは間違いないから、昇任試験の勉強をするにはいいかもしれないが。

いったい、この部署は何なんだ？　実際に捜査を始めてみても、分からないことばかりだ。


家へ帰ると九時半になっていた。子どもたちはちょうど寝るところ……ほんの二、三年前までは、自分か彩が一緒に布団に入ってやらないと寝つけなかったのに。子どもは何度も変化する。小学校に上がる頃に一緒に寝なくなり、すぐに風呂も拒否されるようになり……中学生になったらまた大きく変化するだろう。それが成長ということだが、親としては侘しくもある。

彩がココアを用意してくれた。一口飲むと腹が温かくなり、先ほどからガパオの辛さでざわついていた胃が落ち着いてくる。

「今日、大変だった？」

「まあね。長かったよ」八神は左手でカップを持ったまま、右手で顔を撫でた。ガパオを食べて汗をかいたので、べたついている。それが疲労感を加速させた。

「あのね、兄貴が上京してくるんだけど、どうする？」彩がいきなり切り出した。

「仕事？」

「ううん、休暇」

「こんな時期に？」正月休みならともかく、まだ十二月に入ったばかりだ。

「年休が溜まってるから、年明けに来るって。それで、幸太が来年——再来年受験でしょう？　大学の下見もするんだって」

「二人一緒かよ」体のでかい親子が狭い家に泊まったら、窮屈で仕方ないだろう。「アメフトで大学に行くんじゃないのか？」

「それはあまり考えてないみたい。警察官志望だし、それに合った大学に、ということみたいよ」

「義兄《にい》さんの後を追って警察官になるなら、兵庫か大阪の大学がいいんじゃないかな」警視庁や大阪府警以外の県警は、地元採用を優先する。警視庁には全国各地から、大阪府警には関西一円から志願者が集まってくる。

「あまり詳しく聞いてないけど、もしもこっちの大学へ進学するなら、うちで下宿先も探してあげないといけないかも」

「そんなの、ネットでいくらでも探せるだろう」

「でも、部屋は実際に見てみないと分からないでしょう。その時はあなたもつき合ってあげてね？」

「俺？」八神は自分の鼻を指さした。「俺じゃ、頼りにならないだろう」

「確かにねえ……」彩が溜息をつく。

「自分で言う分にはいいけど、君は認めるなよ」八神は顔をしかめた。

「それだけ若いっていうことだから、いいじゃない。あと二十年ぐらいしたら、私、あなたの叔母さんか何かに見られるかも」

「その頃は俺だっていいオッサンだよ」

「年齢的には、ね。顔があまり変わらないと困るけど」

「さすがにそれはないだろう……とにかく下宿の話なんか、まだ先のことじゃないか。その時になって考えればいいよ」

「そうね」

しかし、義兄と会うのは気が重い。基本的にいい人なのだが、体はでかいし、暴力団担当の刑事ということもあって、圧がすごいのだ。酒も浴びるように呑むし、あれにつき合わされたらたまったものではない。

ココアを飲み干し、シャワーを済ませる。本当はゆっくりと風呂に入って体を温めたかったが、今日はそれよりも睡眠を優先することにした。十分長く風呂に入ったところで、寝る時間がさほど削られるわけではないのだが。

ベッドに入るとすぐに眠気が襲ってきたが、彩が話しかけてきて、眠りから引きずり出される。

「今日、大変だったの？」先ほどと同じ質問。

「うん……まあ、大変だったかな。と言うか、面倒だ」

「でも、久しぶりにいい顔してたわよ」

「顔？」

「このところずっと、何だか冴えない顔してたから。新しい部署の仕事がつまらないのかな、と思って」

「つまらないというか、まだＳＣＵがどういう部署なのか、よく分かってないんだ。戸惑ってる、が正確なところかな」実際には異動の前から、仕事に「恐怖」を覚えるようになっていた。

「やっぱり、仕事は充実させないとね。実は、私の仕事の方なんだけど……」

「何かあったか？」

か？」

「店長にならないかっていう話があって」

「今の店で？」これで完全に目が覚めてしまった。「ということは、正社員になるのか？」

「そうね。でも、お店は、今度新しくできる都立大学駅の店なの」

「通うの、大変じゃないか？」

東急は、東京南西部に鉄道網を張り巡らせているが、それでも全ての地域をカバーしているわけではない。洗足から都立大学駅は、直線距離では近いのだが、何度か電車を乗り換えないと行けない。

「大したことないわよ。自転車だったら十分もかからないから。雨が降ったらバスもあるし」

「ああ、そうか」自転車やバスの存在を忘れていた。

「いいわよね？　仕事は少し忙しくなるけど、家のことは今まで通りにやれるから」

「俺もちゃんとやるよ。子どもたちもしっかりしてるから、あまり心配いらないだろう」小学校三年生にしては、だが。「やりたいんだね？」

「せっかくずっと働いてきたし、正社員になれば給料も相当上がるから。ローン返済にかなり有利よ」

「そうか……」ローンが少しでも楽になるなら、それに越したことはない。警察官の給料は、他の公務員に比べてそこそこ高いのだが、それでも「俺に任せておけ」と胸を張って、余裕で生活できるほどではない。彼女の給料があれば、かなり楽になるのは間違いない。

今、東京で持ち家で暮らしていくには、夫婦二人で必死に働かないと難しい。余裕のない生活だが、これが標準的な四人家族の姿と言っていいと思う。そしてこれからは、娘たちの教育費もさらに負担になってくるだろう。

「特に反対する理由はないよ。家のことは、俺もできるだけカバーするし」

「よかった」彩がホッとした声で言った。「反対されるかと思った」

「何で?」

「何となく」

「今時、俺に全部任せておけなんて言う男はいないよ。何でも夫婦でカバーし合ってやっていかないと」

「そうよね」

「だいたい――」

そこで八神は、彩の寝息を聞いた。一瞬で寝られるのが彼女の特技とも言えるのだが、今のは早過ぎる。しかし一度寝てしまうと、滅多なことでは起きないので、声をかけてもどうしようもない。

何となくゆとりが感じられる。彼女ぐらい気持ちに余裕のある人間になりたいものだ、とつくづく思う。

3

心に余裕のない八神はなかなか寝つけず、結果、翌朝の起床はぎりぎりになった。普段は朝食の用意を手伝うのだが、今日は彩がすっかり整えてくれていた。

「ごめん」慌てて着替えてダイニングルームに入ると、娘二人はもう朝食に取りかかっていた。二人は揃って、ゆっくり食べる。ゆっくり食べるために少し早起きするのは苦にならないようだ。

八神は急いで食事を終え、出勤の準備を整えた。本当なら二人を学校まで送っていきたいところだが——小学校は、駅へ向かう道のりの途中にある——八神は八時十五分にSCUの本部に入らなければならないので、家を出るのは娘たちよりだいぶ早い。

玄関まで送ってくれた美玖と美桜の頭を順番に撫でる。ショートカットにしている美桜は嬉しそうな表情を浮かべたが、長い髪を編み込みにしている美玖は、露骨に嫌そうな表情を浮かべた。髪の毛を触ったりしたら、本気で怒る日も近いだろう。

SCUに着くと、結城がいるだけで、綿谷の姿はまだなかった。だいたい毎朝、一番乗りしているようだが……コーヒーを用意して、新聞をチェックしている時に、綿谷が最上と一緒に部屋に入って来る。表情は真剣で、何か重要な情報を摑んできたようだった。結城に向かってうなずきかけると、すぐに話し始める。

「中内は、藤岡を狙って銀行に行ったのかもしれません」

つまり、そもそも立て籠もり事件ではなかった？　八神は神経がピンと張り詰めるのを感じた。綿谷がちらりと八神の顔を見て、話を進める。

「まだ曖昧ですが、藤岡を狙った旨、供述を始めたようです」

「だったらその後、どうして立て籠もった？」結城が質問をぶつける。

「警備員に追い詰められて、動転してしまった、と供述しているようです」

「ネタ元は？」

「特捜本部内です。間違いないでしょう」

銀行で聞いた話と一致する、と八神は納得した。しっかり計画を立 てての犯行だったとは思えない。

「分かった。となると、被害者と加害者は顔見知りだったことになるな」結城が指摘する。

「そうなりますね」綿谷がうなずく。「まあ、完全に落とすには結構時間がかかりそうだというのが、特捜内の見方です」

「引き続き注視してくれ。八神の方はどうだ？　昨夜の金の話はどうなってる？」

「特捜に引き渡しました。向こうで、解析を進めるはずです」

綿谷と最上が顔を見合わせる。どうやら二人には初耳のようだ。昨夜のうちに結城には報告しておいたのだが……結城がさらりと、「もう少し詳しく報告してくれ」と命じた。

八神は、ラジオから現金百万円を発見したことを詳細に説明した。

「なるほど」綿谷が納得したようにうなずく。「八神はやっぱり八神だな」

「どういうことですか？」意味が分からず、思わず訊ねた。

「まあ、それはいいよ……しかし、百万か。いかにもへそくりとして隠していたような感じだけど、へそくりにしては額が多いな」

「他に、金目のものはなかったのか？」結城が確認する。

「まったく見当たらなかったですね。百万円だけが異質な感じです」八神は答えた。

「百万の現金なんて、生《なま》で見たことないですね」最上が肩をすくめる。

「俺だってそうだよ」八神は話を合わせた。そこでふと、違和感を抱く。「あの部屋なんですが、生活感がまったくないんです。布団はありましたけど、歯ブラシもコップもないのは、何かおかしくないでしょうか」

「確かにそうだな」綿谷も同調する。「で、お前はどういうことだと思う？」

「アジト」

「何の？」

「それは……」思いつきで言ってしまったので、後が続かない。しかし、悪くない推測だと思う。あの部屋はいかにも、六十歳でバイト生活を続ける指名手配犯が潜伏先として使っていたように見える。というより、「そのように偽装した部屋」か。万が一発見されても、部屋からは何も見つからない。警察の追及をはぐらかすためのダミーかもしれない。

「アジトというか、目くらましかもしれません」八神は言い直した。

「なるほど」結城がうなずく。「まあ、そこは特捜に任せよう。それより、藤岡の過去はまだ探れるか？」

「今は途切れています。以前のバイト先に情報提供を依頼しましたが、まだ返事はありません」

「藤岡の出身地は土浦《つちうら》……茨城だな」

「ええ」高校までそこで過ごした後、大学進学で上京し、すぐに学生運動にはまる――そして事件後に行方をくらました。最近のバイト先は二ヶ所分かったが、それでも三十年以上、足取りは空白のままだ。

「ちょっと地元を当たってくれ。兄がいたはずだ。家族がまだ健在かもしれない」結城が指示する。

「分かりました」

そこで朝の会議は終わりになった。会議というよりブレーンストーミングという感じだったが。

八神はパソコンを立ち上げ、土浦への行き方を調べた。常磐線《じょうばん》の特急で、上野から四十五分……確かに近い。新橋から上手く乗り継げれば、一時間ぐらいで行けるようだ。

綿谷が自分の分のコーヒーを注いで席に戻って来た。

「土浦ねえ……早く方針が決まってれば、俺が朝イチで行ったよ」綿谷がこぼした。

「そうか、綿谷さん、我孫子《あびこ》でしたね」朝、常磐線の逆方向に乗ればよかったわけだ。

「まあ、土浦なんて近くだから。上手く行けば半日出張で済むよ」

「ですね……それより綿谷さん、さっきの特捜の情報、どこで手に入れたんですか？」

「そりゃあ、俺にだってネタ元ぐらいいるさ」

「だけど、綿谷さんはずっと組織犯罪対策部じゃないですか。捜査一課や公安一課には知り合いがいないでしょう」

「いるよ」さらりと言って、綿谷が手の中で煙草を転がした。「俺は、一度でも関係ができた人間とは、できるだけつながりをキープするように努力している。どこかでまた一緒になる可能性もあるからな。会えば一緒に飯を食ったり、年賀状も欠かさない。たまにはメールでご機嫌伺いをしたりしてな」

それは「たまに」というレベルではないだろう。綿谷は、勤務時間の多くをパソコンに向かって過ごしているのだが、知り合いとずっとメールでやりとりしているのかもしれない。

「マメですね」

「人脈作りが好きなんだよ」綿谷がニヤリと笑った。「実際に仕事に役立つかどうかは分からないけど、知り合いが多いのは楽しいじゃないか」

「そんなもんですかねえ」

「俺の知り合いのリストを見たら驚くぜ」綿谷がまた笑みを浮かべた。「音楽隊にも友だちがいるからな」

警視庁音楽隊は、警察の「柔」の部分を担当する組織でもあり、「水曜コンサート」は都民にもお馴染みだ。

「何でそんなところに？」八神は思わず目を見開いた。

「まあ、いろいろと」

綿谷は、網の目のように知り合いを作っているのだろう。仕事柄、八神も多くの人に会うものの、「一度会ったきり」になってしまう場合がほとんどだ。今までに会った人たちとずっと連絡を取り合っていたら、自分の仕事も今とはまったく変わっていたかもしれない。

「土浦、つき合いますよ」始業時間ぎりぎりに出勤してきた由宇が申し出た。

「そうだな……ちょっと待ってくれ」八神は時刻表を確認した。土浦方面まで行く常磐線の特急は、一時間に二本。「九時半の特急に乗れる。土浦着は十時十五分だ」

「近いですね」

「実家の場所、見当をつけておいてくれ」

「了解です」

二人はそそくさと準備を整え、九時前にSCUを後にした。SCUが入っているビルを出て、つい立ち止まって振り向く。ごく普通のオフィスビルで、外から見た人は——中で働く人もそうだが——ここに警視庁の部署が入っているとは思わないだろう。警視庁の各部署は、スペースの都合上、あるいは業務の関係で、民間の建物に入っている場合もある。公安など、監視用や極秘作戦用の部屋をいくつも借りているという噂だが、実態は八神にも分からない。SCUに関しては、その名前が分かるような看板も郵便受けもないので、他の入居者からすると少し異様な感じかもしれない。鍵はつけかえられ、専用のカードキーでないと解錠できないようになっている。セキュリティの厳重さは、いかにも警察の仕事場という感じだ。

「どうかしました？」

「いや、何でもない」

本部勤務の長い八神は、新橋のこのビルが仕事場になった時、「島流し」にされた感覚を抱いた。警視庁本部からはごく近いのだが、それでも官庁街ではなく繁華街の真ん中で働くというのは、まるで所轄の感覚である。特に八神は、最初に勤務した所轄が渋谷中央署だったので、あの時の感覚を思い出さずにいられなかった。あの頃は早く本部に上がって、刑事として本格的に働きたくて仕方がなかったのだが……人生は流転する。自分がこれからどこへ転がっていくのか、どう転がりたいのか、自分でも分からない。


土浦へ来るのは初めてだった。茨城というと、どうにも地味な印象があるのだが、駅はなかなか立派で、東京近郊のＪＲの駅らしい雰囲気がある。

栄えているのは駅の西口側らしいが、藤岡の実家は東口側だった。階段を降りると広いロータリーになっており、バスやタクシーがぽつぽつと停まっている。ビルもあるのだが、何だかだだっ広い感じがするのは、すぐ近くに霞ケ浦《かすみがうら》が広がっているからかもしれない。

由宇が、スマートフォンの地図を頼りに、先に立って歩き始める。何でも自主的にやってくれるのはありがたい……誰にも言っていない――妻の彩ぐらいしか知らないのだが、八神は方向音痴でよく迷う。刑事としては致命的な弱点だ。最近はスマートフォンの地図のおかげで助かっているが、できれば地図も見たくない。後輩が道案内してくれるなら、それに越したことはなかった。

すぐに、ヨットが係留してある場所に出る。この辺が、既に霞ヶ浦の端のようだ。これだけ大きい湖だと、海と同じようにヨットも楽しめるのだろう。

少し歩くと、急にひなびた景色が広がる。霞ヶ浦のほとりに沿って歩く感じなので、常に寒風が吹きつけてきて、寒くて仕方がない。そうでなくても、東京よりは二度ぐらい気温が低いのではないだろうか。

二十分近く歩いて、藤岡の実家に到着した。かなり古い一戸建てで、庭の横には軽自動車が一台停まっている。さらにもう一台ぐらい停められそうなスペースがあった。こういうところだと、やはり一家に二台ないと、普段の生活にも困るのだろう。

外から、家の中の様子が窺《うかが》える。小さな子どもが走り回っているのが見えた。表札を確認すると「藤岡」とある。実家なのは間違いないようだが、今の家族構成までは分かっていなかった。

「取り敢えず、行ってみるか」八神は由宇に声をかけ、自分でインタフォンを鳴らした。電池切れしたような、割れた音が響く。しばらく待っていると、いきなりドアが開いた。顔を出したのは三十歳ぐらいの女性……家の中を走り回っている子どもの母親だろうか。

「藤岡さんですか？」

「はい」女性が表情を変えずに答える。

「警察です」バッジを取り出し、さっと見せる。「警視庁の八神と申します」

「同じく、朝比奈です」

由宇を前面に押し出すべきだったかもしれない、と八神は悔いた。こういう場合、まずソフトな雰囲気で始めるのがいいのではないだろうか。いくら自分が童顔だと言っても、場の雰囲気を和らげる力は、由宇の方が上だろう。しかし、自分が第一声を発してしまったので、このまま続けていくことにする。

「ああ、はい……」女性の顔が急に暗くなる。「あの、事件の関係ですか」

「そうです」

「もう、警察の人には話しましたけど……昨日も公安の人が来たんです」

さすがに公安一課も実家は押さえていたわけだ。そして彼女が、嫌な思いをしたのは間違いない。暗い表情を見れば明らかだ。

「失礼ですが……」

「ああ、あの、私は嫁です」

「こちらには、藤岡泰さんのお兄さんがお住まいだと聞きました」

「はい」

「あなたはお兄さんの息子さんのお嫁さんですか」

「ええ。嫁の遥子《ようこ》です」

彼女に聞いても何も分からないだろう。あの事件は、間違いなく彼女が生まれる前に起きたものだ。いや、身内に殺人犯がいる家に嫁いできたのだから、その時点で詳細は伝えられたのではないだろうか。田舎だと、そういうことをうるさく言う人もいそうなのに、よく決心したものだ。

「私は何も分かりませんが……」

「分かる方は誰ですか？　泰さんのお兄さんですか？」

「はい、義父《ちち》です」

「今、家にいらっしゃいますか」

「いえ、釣りです」

「霞ヶ浦ですか？」

「ええ」遥子が素っ気なく言った。

「どの辺にいますかね」

「すぐ近くだと思います。この前の道路を出て、右へ曲がって……捜してみて下さい」

本当は、ここで携帯に電話をかけてもらうのが一番早い。戻って来てもらって家で話をするのが一番だし、向こうも家の方が気軽に話せるだろう。しかし彼女は、そういう手間を拒絶するような雰囲気を発している。できるだけ関わりたくないと思っているようだ。

「捜してみます」八神は礼を言って家を辞し、霞ヶ浦の方へ戻って歩き出す。

「見つからないと、湖を一周しちゃうかもしれませんね」由宇は少し不安そうだった。

「霞ヶ浦一周は、一日じゃ無理かな」

軽口を叩きながら、右へ折れて藤岡の兄を捜す。釣り人には自分だけのポイントがあり、そこを他人には絶対に教えない、ということも珍しくない。遥子も、舅《しゅうと》の居場所を正確には知らないのだろう。

十分ほど歩くと、チェーンでカーブミラーにロックされたぼろぼろの自転車に気づく。その先でガードレールが切れていて、湖畔に出られるようだ。しかし、カーブミラーを自転車の駐輪用に使うのはあまりよくないな……八神は先に立って、湖畔に出た。この辺だと、霞ヶ浦はそれほど幅が広くなく、川のように見えなくもない。ただし、右の方に視線を向けると、ほとんど海のように湖面が広がっている。

一人の男が、小さな折り畳み椅子に腰かけて、釣り糸を垂れていた。くわえた煙草の香りがかすかに漂ってくる。足元には缶コーヒーが二本……一本を取り上げ、ほんの少し飲んだ。もう一本は、たぶん吸い殻入れだろう。

この男が藤岡の兄だと見当をつけ、八神は近づいて背後から声をかけた。

「藤岡さん」

男が振り向く。顔を見た瞬間、勘が当たったと確信した。八神は古い手配写真で藤岡の若い頃の写真を見ただけだが、その面影が確実に感じられる。

「藤岡隆夫《たかお》さんですね」

「警察の人ですか」嫌そうな表情を浮かべる。

「警視庁の八神です」

「昨日も警察の人が来て、話を聴いていきましたよ。もう話すことはないね」

もう一本の缶コーヒーを取り上げ、煙草を中に捨てる――やはり灰皿にしていた。風にかき消されそうな、じゅっという小さな音が聞こえる。

「何度も申し訳ないですが、話を聴かせて下さい」

「そう言われてもね」

釣竿《つりざお》を置いて、藤岡が立ち上がる。事前に調べたところでは、年齢は六十五歳。殺された藤岡泰とは二人兄弟だった。

「遅くなりましたが、この度は御愁傷様でした」

八神が頭を下げると、藤岡の表情が微妙に変わる。お悔やみの言葉をかけられるとは予想もしていなかった様子だ。

「いや……」もごもごと何か言ったが、聞き取れない。

「弟さんとは、連絡を取っていなかったんですよね」

「四十年以上」

「当時は大変だったんじゃないですか？」

「警察がずっと、うちの前で張り込んでいたよ。それで親父もお袋も神経が参って、お袋なんかとうとう入院しちまった」

　立ち寄りそうなところは徹底してチェックする——警察としては当然の捜査だ。しかし、家の人間に張り込みがバレてしまうようでは、いかにもまずい。わざと存在感を示すような張り込みもあるのだが、この場合は、そういうやり方はそぐわない。

「そうですか……でも、弟さんからは連絡はなかった」

「事件の前から、音信不通みたいなものですよ。学生運動をやっているっていう噂があったから、お袋が心配して何度も下宿に電話を入れたんだけど、一度も捕まらなかった。私も、東京まで見に行ったぐらいですよ」

「その頃、藤岡さんは何をされていたんですか？」

「市役所に勤めてました」

　肩身が狭かったのは容易に想像できる。身内が学生運動をやっているぐらいだったら、必ずしも問題視はされないだろう。四十年前、一九八〇年頃、学生運動に身を投じる若者は少なからずいた。今はほとんど絶滅危惧種のようになっているが。

「会えたんですか？」

「会えたけど……」藤岡の顔が一気に暗くなる。「追い返されましたよ」

「身内なのに？」

「身内だからかもしれません。そもそも何を言っているか、よく分からなかった。あいつにとっては、公務員は権力の象徴のようなものかもしれなかった」

「まさか」警察を敵視するのは理解できるが、普通の市役所職員を「権力の象徴」とするのは、あまりにも極端過ぎる。

「とにかく、学生運動に凝り固まってしまって、家族のことなんか何も考えていませんでしたよ。お袋は泣いていたな……」

若い頃にどれだけ学生運動に熱中していても、そのうちやめる人がほとんどだ。藤岡泰は、数少ない例外だ。

「事件の後はどうでしたか？」

「頭をぶん殴られたみたいな衝撃でしたよ」藤岡が自分の頭を撫でる。すっかり白くなった短髪が、歳月の流れを感じさせた。四十年経《た》っても、当時の衝撃が薄れるわけでもないのだろう。

「結局、一度も連絡はなかったんですか」

「なかったです。どこかに隠れていたんでしょう」

「警察はだいぶしつこかったですか」

「しばらくはね……事件が起きてから一年ぐらいは、頻繁にここへ来てましたよ。要するに、チェックしに来てたんでしょうね。役所では肩身が狭いし、きつかったですよ」

分かります、と簡単には言えない。身内が犯罪者になった人は、どうしてもうつむいて生きていくようになるものだ。ましてや藤岡泰の場合は殺人――デモの途中で偶発的に起きた事件とはいえ、世間の見方は厳しいだろう。

「ご苦労されましたね」

「誰のせいにもできないけど……東京の刑事さんが厳しかったのは間違いないよ」藤岡がじろりと八神を見た。「まあ、あなたに言ってもしょうがないけど」

「今回の事件は……」

「こんなことを言ってもどうしようもないけど、自業自得じゃないかね」

「この四十年間、弟さんが何をやられていたか、ご存じありませんか」

「まさか。何も知りませんよ。でも弟は、四十年前に罪を犯した。結局、その事実から逃げられなかったんでしょう」

「ご遺体は……」

「もちろん、引き取りません」藤岡がきっぱりと言った。声には怒りが滲《にじ》んでいる。

「しかし、弟さんですよ」

「私も大変だったけど、両親はもっと大変でした。うちの家族は、あいつのせいで滅茶滅茶になったんです。そんな人間を、うちの墓に入れるわけにはいかない」

「それで警察は引き下がったんですか」家族が遺体を引き取らないと、無縁仏として埋葬されることになる。藤岡泰の行為は許されないが、こういう最期はあまりに寂し過ぎる。

「納得しているかどうかは知りませんけど、うちとしては絶対に引き取れないと言った。それだけのことです」

「でも今は、ちゃんと暮らしておられる。息子さんにはお嫁さんもいるんですよね」

「それも大変だったんですよ。向こうの家が難色を示してね。うちの長男も私も必死で頭を下げて、何とか結婚させてもらったけど、今でも向こうの家とはほとんどつき合いがない。嫁には可哀想《かわいそう》なことをしましたよ」

「他にご家族は？」

「次男がいるけど、大阪です。向こうで就職して結婚して、今は滅多に帰って来ませんよ。子どもたちも、ずっと辛い目に遭ってきたから、帰りたくないのもしょうがない」

「きつかったですね」

「まあ……自分の力でどうにもならないことは、悔やんでも仕方ないですけどね」藤岡が溜息をついた。歳月の重みを感じさせる溜息だった。「私はいいんですよ。事件が起きた時にもう大人だったし、市役所の中でも、そんなにひどい目には遭わなかった。ただ、両親は本当に苦労しました。それなのに、何もできなかったのが申し訳なくてね」

以前、被害者支援課の研修を無理やり受けさせられたのだが、その時に「簡単に相手の言葉に同意しないこと」と何度も言われた。「分かる」と言われると、ほぼ半数の人間が「関係ない人間に分かる訳がない」と反発するというのだ。そしてその反応は、被害者家族だろうが加害者家族だろうが変わらない、というのが講師の説明だった。支援課の講習は、捜査一課の刑事としてはほとんど役に立たなかったが、その言葉だけには同意できた。実際、被害者に「お気持ちは分かります」と言ってムッとされたことが何度もある。

「本当に、ご遺体は引き取らないんですか」

「引き取りません」藤岡は頑《かたく》なだった。

「そうですか……」

「それで、おたくらは何を知りたいんですか」藤岡が改めて訊ねた。

「弟さんがどこで何をしていたか、把握したいと思っています」公安一課が調べているのも同じことだろうが。

「それは私に聞かれても困る。本当に、あれからずっと連絡を取っていなかったんだから」

「探そうとはしなかったんですか」

「指名手配犯を？」藤岡が八神を睨む。「あいつはもう、家族じゃない。大昔に家族じゃなくなった。単なる犯罪者です。そんな人間を探す意味はない」

「家族じゃない、ですか」

「向こうもこっちを頼ってこようとしなかった。我々は、四十年前に家族じゃなくなったんだ」

嫌な沈黙が流れる。霞ヶ浦を渡る十二月の風が頬を叩き、八神は思わず身震いした。一方で、藤岡はまったく寒そうな素振りを見せない。セーターにダウンベストと、八神に比べればだいぶ軽装なのだが。

「弟さん、子どもの頃はどんな感じだったんですか」

ふいに由宇が話に入ってきた。藤岡が目を瞬《しばたた》かせながら、由宇の顔を見やる。由宇は、穏やかな笑顔を浮かべていた。

「子どもの頃ね……出来がいい子だったよ」藤岡が、どこか苦しそうに言った。「小学生の頃から成績は抜群でね。あの頃、大学の進学率はどれぐらいだったかな……進学しないで、地元で就職する人間の方がずっと多かったと思う。でも弟は、当然大学に進学するつもりでいて、両親も応援していた」

「優秀だったんですね。性格は？」

「大人しかったですよ。運動神経はからきしだったけど、とにかく勉強はよくできた。両親にすれば、安心して見ていられる子どもですよね。何も言わなくても勉強して、先生の受けもよかったし。だから学生運動を始めたと聞いた時には、本当にびっくりしましたよ」

「そんなことをするタイプではなかったんですね？」

「どこでどう間違ってしまったのか。東京で暮らしていると自然にあんな風になるのか、大学で悪い仲間の影響を受けたのか……田舎で暮らしていると想像もつかないことが、東京ではあるんでしょうね」

「どうでしょうか。土浦だって、首都圏じゃないですか」

「結構遠いですよ。それに四十年前は、今よりもずっと距離がある感じだった」

「余計なお世話かもしれませんが、弟さんの遺体を引き取ること、検討していただけませんか」由宇が遠慮がちに切り出した。

「それはできない」藤岡が頑なに答える。

「でも……」

「これは家族の問題です。他人に口出しされたくない」

「最近の弟さんの様子、聞きましたか？」八神は話を引き取った。

「風呂もついていない部屋に住んでいたとか」

「ええ。ただし働いていましたし、金がないわけでもなかったはずです」

「貧乏暮らしだったと聞いていますけど」藤岡が怪訝な表情を浮かべる。

「家に百万円ありました。へそくりのような感じで隠されていたんです」

「百万……」藤岡の言葉が風に消える。

「どういう金かは分かりません。でも、本当にカツカツの暮らしというわけではなかったようです」

「そうですか……そうであっても、私たちには関係ありません。この辺でいいですか？これ以上お話しすることもないので」

これ以上聴いても、何の情報も出てこないだろう。八神は無言で霞ヶ浦の湖面を見つめた。風は強くなくなり、水面《みなも》は凪いだ海のように穏やかで、それこそ鏡のように見える。

明鏡止水《めいきょうしすい》、などという言葉を思い浮かべてしまった。今の自分の心境には程遠いが。

4

ここからさらに手を広げるかどうか、悩む。例えば、藤岡の高校時代までの同級生らに話を聴いていく手はある。しかし兄の話を聴いた限り、藤岡は東京へ出てから変わってしまった感じだ。地元での子ども時代の話を聞いても役に立たないだろう。結局、このまま引き上げることにした。往復一時間半で、仕事をしたのは実質三十分ほど……刑事の仕事は効率で計るものではないが、さすがにがっかりする。

駅へ戻って時刻表を確認する。十二時二十五分発の品川行き特急に間に合いそうだ。土浦で食事をしている余裕はないから、戻って何か食べよう。

ホームで電車を待つ間、由宇は目に見えて落ちこんでいた。

「どうした？」

「私、余計なこと、言いましたか？」

「いや」

「でも、私が口を挟んでから、藤岡さん、黙ってしまいましたよね」

「あれは単なる話の流れだよ。俺は、相棒に『黙って聞いてろ』と言うタイプじゃないから、どんどん話してくれていい。俺自身、藤岡さんは頑な過ぎると思う。君があんな風に言いたくなるのも理解できるよ」

「でも、黙ってればよかったです」

「そんなに落ちこむなよ。どうせ、あれ以上情報は取れなかったんだし」

「まだまだですね……」

「戻ったら奢《おご》るよ」

「マジですか」急に由宇が顔を上げ、目を輝かせる。

「いいけど……」あまりの勢いに、八神は引いてしまった。「飯を奢ると言われて喜ぶのは、大学生までじゃないかな」

「そんなことないですよ。こういうのは後輩の特権です」

自分は、奢られて喜ぶタイプではなかったが。そもそも食べることにあまり関心がない。それにしても由宇は、よく食べる割には細い。「痩せの大食い」は本当にいるのだな、と彼女を見ると納得できる。

新橋まで戻り、遅めの昼飯にした。由宇のチョイスはステーキだった。とはいえチェーンの店なので、そんなに高いわけではない。由宇が三百グラムのステーキをすさまじい勢いで平らげる様子を見ているうちに、八神は逆に食欲をなくしてしまった。百二十グラムのヒレステーキを、途中で持て余してしまう。

食べ終えると、由宇は完全に元気を取り戻した。食べて元気になるのも高校生レベルだな、と呆れたが、この単純さや人懐こさは彼女の武器だと思う。今後、聴取の際には彼女を前面に立てようか。捜査一課には、大友鉄《おおともてつ》という取り調べの名人がいるのだが、彼女もそちらの道に進んだ方がいいのではないか。

SCUの部屋に入ると、綿谷がいるだけだった。電話中。二人に気づくと、軽く手を振ってみせる。それほど重要な電話ではないらしい。

すぐに通話を終え、二人の顔を順番に見た。

「中内が素直に喋り始めている。完落ちじゃないが、後は時間の問題だろう」

「やっぱり藤岡を狙った、という主張なんですか？」八神は訊ねた。

「ああ。街中でずっと藤岡を尾行して、銀行に入ったのを見届けた。その後、自分も銀行に入って、然るべきタイミングで刺した、と言っている」

「だから銀行強盗じゃない——という理屈ですね」

「そうだ。実際、金はまったく要求していないからな」

「でもそれは、屁理屈《へりくつ》かもしれませんよ。単純な殺人と強盗殺人では、裁判の結果も違ってくる。中内は、藤岡を人質に取ろうとして失敗したのかもしれない」

「まあ、その辺は仮説に過ぎないんだが……ちょっと待て」

綿谷がパソコンに向き直った。やがて画面に視線を向けたまま、二人に声をかける。

「銀行内の防犯カメラの映像をもらったんだ。共有するから見てくれ」

「どのカメラの映像ですか？」あの支店内には、複数の防犯カメラがあったはずだ。

「藤岡と中内に一番近い位置のカメラだ。犯行の瞬間は直接は映っていないようだが」

「よく手に入りましたね」まさに今、特捜本部ではその動画を分析しているはずだ。

「ま、いろいろ手はあるさ」

ＳＣＵは嫌われ部署だとばかり思っていたのだが、綿谷がこうも簡単に様々な情報を引っ張ってくるのを見ると、それは思い過ごしだったかもしれないと思えてきた。もちろん、綿谷個人の人脈あってのことかもしれないが。

「とにかくちょっと見てみよう」

綿谷の提案を受けて八神は自席に着き、ノートパソコンを開いた。共有フォルダに保存された動画のファイルをクリックし、確認していく。音声はない。

防犯カメラは支店内に複数設置されているが、店内全てをカバーしているわけではない。さらに太い柱が邪魔になって、死角も生じている。そしてこの現場は、まさに死角になっていた。

映像のタイムラインは、午後〇時三十二分から始まっていた。画面右手――カウンターの方から、藤岡がやって来る。何か手に持っていて、そこに視線を落としているが、何を見ているかまでは分からない。

左手の隅で動きがあった。中内が画面に入って来る。黒いコートにグレーのズボンという姿で、うつむいたまま……太い柱の手前で歩みを止めると、顔を上げて素早く左右を見渡した。そのまますぐに、柱の影に入ってしまう。数秒後、中内が駆け出し、右手――カウンターの方へ走っていった。この時点で藤岡は既に刺されて倒れているはずだが、ちょうど柱が邪魔になって、刺された瞬間も、倒れている藤岡の姿も見えない。行員や客からの事情聴取で、「その瞬間」を再現することには成功しているはずだが、映像があれば、もっといい補強材料になったはずだ。残念ながら、この映像ではあまり参考にならないだろう。

八神は何度か、映像を見直した。しかし「これは」というものは見当たらない。ところが五回目に、ふと、あるものが目に入った。その場面をもう一度見直し、間違いないと確信する。さらにネットで検索をかけ、確認した。

隣の席に座る由宇は、既に映像から何かを引き出そうとする努力を諦めたようだった。「何かありました？」目を擦《こす》りながら訊ねる。画面を凝視するのが苦手なタイプなのかもしれない。

「ちょっといいですか」

八神は自分のパソコンを持ち上げ、部屋の前方にある大きなモニターにつないだ。解像度の低い映像だから、大きな画面で映してもあまり意味はないかもしれないが、全員で観るにはこの方がいい。

「これ、見てください」立ったまま自分のパソコンを操作し、問題の場面を再生した。綿谷と由宇は、画面を凝視している。

再生が終わると、綿谷が振り向き、「これがどうした？」と訊ねた。

「もう一回、いいですか」

再度映像を再生する。一番分かりやすいところで一時停止をかけて、モニターに近づく。

「ここなんですけど」

八神はモニターの隅を指さした。柱から少し離れたところで、人影が、残像のように映っている。

「これは……女性か？」綿谷が眉根を寄せる。

「女性だと思います。スカートを穿《は》いてますね」由宇が指摘した。

「この人が何なんだ？」綿谷はまだ事情が呑みこめない様子だ。

「もう一度再生しますから、この女性だけに注目して観て下さい」

八神もモニターの正面に立ち、二人と並んで映像を見守った。ずっと奥の方――ATMコーナーから出入口に向けて、一人の女性が全力疾走している。犯行現場を見て逃げ出したのだ、とすぐに分かった。

「現場から逃げた客かな」綿谷が言った。

「はい。特捜は、この女性の存在を摑んでいない可能性があります」

「どうして分かる？」

八神は映像を巻き戻した。この映像の最初に、ほんの一瞬だけ同じ女性の姿が映っているのだ。左から右へ――出入口からATMコーナーの方へ向かっているのは明らかである。その姿が映ってから逃げ出すまでは、わずか二十秒ほど。そんな短時間では、ATMで金の出し入れはできない。

そう説明すると、綿谷が感心したようにうなずく。

「さすがだな」

「いや、さすがって……」褒められるような話とは思えない。

そこへ結城が入って来て、ビデオ鑑賞会に加わる。八神は初めから状況を説明し、さらに別の事実を指摘する。

「この人は、近くにあるスカイホテルの従業員だと思います」

「何で分かる？」綿谷が疑わしげに訊ねる。

「小さいトートバッグを持ってますよね？　それにスカイホテルのロゴが入っています」

「そんなの、見えます？」由宇が疑義を呈した。

「見えにくいけど、見えるよ」八神は指摘した。トートバッグは、横幅が二〇センチほどのごく小さなものだ。近所に買い物に行く時にいかにも便利そうで、彩も同じぐらいのサイズのバッグをいくつか持っている。白地で、右下にプリント——刺繡《ししゅう》かもしれない——されたロゴはグレー。

「分かりにくいですね」由宇が言って、自席から眼鏡を持ってきて、八神が静止させた映像を確認する。

「あ、見えました」

「だろう？」

「よく分かりましたね」

「まあ……見えたんだよ」八神はうなずき、話を先へ進めた。「ちょっと調べてみたんだけど、スカイホテルの販売グッズには、こういうトートバッグはないようなんだ。だから、従業員専用じゃないかと思う。もちろん、従業員が家族にでもプレゼントしたかもしれないけど」

「ホテルに電話を突っこんで確認してくれ」結城が指示する。

「やっぱり評判通りだな」綿谷が感心したように言った。「お前、間違い探しとか得意だろう？」

「そんなこともないですけど」

「やってみろよ。懸賞とかだったら、百発百中で当たるんじゃないか？　将棋より儲かるぞ」

「懸賞とか、興味ないんですよね」

言って、八神は自席で受話器を取り上げた。スカイホテルは、国内に数十のホテルを展開している。まずはロゴ入りトートバッグのことを調べねばならないから、本社――代表番号から広報を呼び出してもらった。

「警視庁の八神と申します」

「はい」電話に出た女性は、明らかに警戒していた。ホテルと警察は関係が深いのだが——ホテルが犯行現場になることもあるし、被害者になることもある——彼女自身は警察とのつき合いにあまり慣れていない様子だった。

「失礼ですが、お名前は？」

「新屋《あらや》と申します」

「捜査の関係でお伺いしたいんですが、そちらで、ノベルティ——一般のお客さんが手に入れられるようなトートバッグはありますか？」

「トートバッグですか？　いえ、今はないと思いますが……確認しましょうか？」

「お願いします。できれば、過去にもそういうものがなかったかどうかも調べていただけますか？」

「ちょっとお時間をいただきますが、よろしいですか？」

「構いません」

「ちなみに、どういうトートバッグでしょう」

「幅が二〇センチぐらいの横長です。色は白、右下にグレーのロゴマークが入っています」

「……分かりました。一度切りますが、どちらにかければよろしいですか？」

番号を告げ、電話を切った。協力的な態度だったから、すぐに調べてくれるだろう。さほど時間はかかるまい。スカイホテルは、十年ぐらい前に旧大和《やまと》ホテルグループが改称したホテルグループである。十年分のグッズを調べるぐらいなら、時間はかからないはずだ。

取り敢えず待つ——予想より早く、十分後に折り返しの電話がかかってきた。

「先程お電話いただきました、新屋です」

「八神です。どうですか？」

「ないですね」あっさり言い切った。「ノベルティ、販売しているグッズ、いずれもそういうトートバッグはありません」

「従業員用だと、どうですか？」

「それはあります」

「一般には販売されていないんですね？」やっぱりこちらの方だったか、と思いながら八神は念押しした。

「ええ」

「申し訳ないですけど、その写真を送っていただくことはできますか？」

「構いませんよ。私も同じものを持っていますから」

「ロゴがはっきり映るようにしてお願いします」

「分かりました。メールアドレスを教えて下さい」

メールアドレスを告げ、また電話を切る。事態は、八神の読み通りだ。これが何かの手がかりになるかどうかは分からないが。

すぐに「ピン」というメールの着信を告げる音がした。開くと写真が届いていた。彼女は丁寧に、トートバッグの裏と表の両方を撮影して送ってくれていた。実際には表も裏もない——どちらにも、右下にグレーのロゴマークが入っている。早く報告したかったが、礼儀を失するわけにはいかないと、八神はお礼のメールを送った。それからまた、パソコンを大型モニターにつなぐ。

「今、スカイホテルの広報から画像を送ってもらいました。やっぱり、売り物のグッズではなく、従業員用だそうです」

「間違いないな。同じものだ」綿谷が四角い顎を撫でる。「ということは、この女性はスカイホテルの従業員か」

「そういうことでしょうね。それも、新橋駅前のスカイホテルだと思います」

「だけど、スカイホテルってあちこちにないか？」綿谷が口を挟む。

「この近辺では、新橋駅前だけです。ここのＡＴＭを利用する人が、そんなに遠くから来るとは思えません」

「確かにな」綿谷がようやく納得してうなずいた。

「つまりこの女性は、昼休みか何かで金を下ろしに来たものの、実際に下ろす前に事件に出くわして、慌てて逃げ出した、ということだと思います。ＡＴＭを使っていれば記録が残って、この女性が何者か分かったと思いますが、現状では割れていないんじゃないでしょうか。本人が名乗り出ていない限り、特捜でも割り出していないと思います。いい情報が聴けるかどうかは分かりませんが」

「まず、このホテルに電話を入れて、そういう従業員がいたかどうか、確認してくれ」

結城が指示した。「割り出せたら、特捜に情報を流す」

「うちが事情聴取しなくてもいいですか？」八神は訊ねた。

「それは特捜の仕事だ。こっちから手がかりを渡してやってもいいだろう」

「はあ」ずいぶんあっさりしたものだと驚く。こういう時は、自分たちで情報を囲いこんでしまうか、もったいぶって恩を売っておくものだと思うのだが。

八神はすぐに仕事に取りかかった。電話では話しにくいので、直接ホテルに出向く。今度は綿谷が同行した。ホテルではすぐに裏が取れた。銀行に行ったのは総務課に勤務する女性で、名前は若狭祐実《わかさゆみ》。八神が事情を訊ねると、今にも涙をこぼしそうになった。

「すみません！」膝にくっつきそうな勢いで頭を下げる。

「銀行に行ったのは間違いないんですね？」

「はい」

「事件が起きたので、慌てて逃げたんですね？」

「すみません、怖くて……その瞬間を見てしまったんです」

「怖いのは当然ですよ」八神は柔らかい口調を意識して使った。「でも、あなたの証言は極めて大事なものです。これから特捜本部に一緒に来ていただけますか？　お仕事中に申し訳ありませんが」

祐実は上司と相談して、特捜本部に行くことに同意した。上司は渋い表情を浮かべたが……こんな風に後から警察が来る前に、早く協力すべきだったと思っているのかもしれない。こちらとしても、まだ事件が「熱い」うちに証言して欲しかった。時間が経つと、重大なディティルを忘れてしまうこともある。

ホテルから新橋署——山手線新橋駅と浜松町駅の中間ぐらいだ——までは、歩いて十分ぐらいかかる。その道すがら、八神は祐実からさらに事情を聴くことができた。

「銀行へは何の用件で？」

「お金をおろしに行ったんです。昼休みだったので」

「いつもあの支店を使うんですか？」

「はい」

「事件の瞬間は——いや、その話はやめましょう」八神はすぐに話を切り上げた。この話になった瞬間、祐実が緊張してうつむいてしまったのだ。それに、歩きながらする話でもない。一刻も早く嫌なことを済ませようというのか、祐実の歩調がいっそう速くなった。

日比谷通りにほど近い新橋署に入るのに、八神は正面を避けた。大きな事件が起きた直後だから、まだ記者連中が張っているかもしれない。彼女が証人だということは分からないはずだが、なるべく人目に晒《さら》したくなかった。裏手にある新橋庁舎――交通管制センターが入っている――との間の通路から署にアプローチする。予想通り、そちらには記者はいなかった。まあ、記者連中も、副署長席の周りに陣取って、何か動きがないかと警戒しているぐらいだろう。だいたい今は、事件の記事も大きく扱われないから、取材にも熱が入らないはずだ。

特捜本部に入る時には、さすがに緊張した。「余計なことをしやがって」と文句を言われる可能性もある。しかし本部の置かれた会議室に入る段になって、綿谷が前に出て八神たちを先導した。すっと手を挙げる――「よう」と軽く挨拶でもしそうな雰囲気だった。

綿谷が、特捜を仕切る管理官のところに真っ直《ま》ぐ《す》行き、事情を説明した。反発されるとばかり思っていたが、管理官は真顔でうなずくと、近くにいた若い刑事をすぐに呼びつけた。祐実を引き渡して、SCUとして今回の仕事は完了。

綿谷は管理官とは知り合いのようだが、それきり特に雑談をすることもなく、さっさと引き上げた。SCUへ帰る道すがら、思わず訊ねる。

「管理官とも知り合いなんですか？」

「そうだよ」

「どういう……」

「所轄で刑事課の係長をやってる時に、マル暴の手入れで手伝ってもらった。五年ぐらい前かな」

「それ以来のつき合いですか」

「そういうことだ。ま、感謝してたよ」

「重要な手がかりになるかどうかは、分かりませんけどね」

「それは、向こうの腕次第だ」綿谷がうなずく。「まあ、そんなに重大な情報は出てこないと思うけどな。ああいう瞬間をはっきり見て覚えている人は、滅多にいない。特に素人さんだと、ほとんど期待できない」

「ええ」

「しかしお前は……大したもんだな」

「何がですか？」

「さっきの女性のこと、俺は全然気がつかなかった。柱の左右にばかり気を取られて、その後ろの方の動きはまったく見てなかったよ」

「俺も特に気にしてたわけじゃないですよ。自然に目に入っただけで」

「それがすごいんだよ。視野が広いっていうのかね。お前、何かスポーツをやってたのか？　それだけ視野が広ければ、何をやっても上手かっただろう」

「全然ですよ。学校でも、運動部に所属していたことは一度もありません」

「マジか」

綿谷が立ち止まったので、つい八神も合わせる。綿谷が、頭の天辺《てっぺん》から足先まで、八神を見下ろした。

「運動は駄目、将棋も弱い……どうしたもんかね」

「将棋は関係ないじゃないですか」思わず反論した。

「運動も将棋も駄目でも、お前には、他の人にはないものがある。そいつを大事にしていかないと。警察官人生もまだ半分なんだから、これからまだ伸びるよ」

「その能力って、何なんですか」

「自分で分かってないのか」綿谷が溜息をつく。「何なんだ？　そういうのも天然っていうのかね」

「そんなの、自分では分かりませんよ」

この男はいったい何を言ってるのか……そして自分の仕事がこれからどこへ転がっていくかもまったく分からない。

相変わらず、ＳＣＵの仕事と自分の将来は闇の中にあると言っていい。

第三章　狙われた男

1

　翌朝、定時に少し遅れて出勤すると、結城が自席で電話していた。メモを取るわけでもなく、ただ相手の声に耳を傾けている。電話を切ると、立ち上がってコーヒーメーカーのところへ向かった。マグカップにコーヒーを注いで、飲みながら席に戻って来ると、今度はパソコンをちらりと見る。それからおもむろに、「いたのか」と八神に声をかけてきた。

「いましたよ」そんなに存在感がないのか、とがっくりくる。

「全員揃ったら話がある。新しい仕事だ」

「また何か、見つけてきたんですか？」状況を勝手に判断してどこかの捜査に介入していい、というＳＣＵのルールが、八神には未《いま》だに理解できていない。結城は何も説明しようとしなかった。そしてこちらの質問を拒否するような雰囲気を発している。

五分後、全員が揃ったところで、結城が立ち上がった。

「先ほど、仕事の依頼があった。サイバー犯罪対策課からだ」

またややこしい話だろうか、と八神は訝《いぶか》った。サイバー犯罪対策課はネット犯罪に対処するために生まれた部署で、警視庁内の他の部署とは性格がかなり違う。もちろん捜査して犯人を逮捕することに変わりはないが、やり方がまったく異なるのだ。

結城がスタッフの顔を見回し、「誰か『Z』というハンドルネームを知ってるか？」と問いかけたが、反応はない。八神も聞き覚えがなかった。

「一種のアジテーターだ」結城が続ける。「霞が関の内部情報などを流出させている人物だ。情報が正確で、政府内部の人間の可能性もささやかれている」

「そいつが何かしでかしたんですか」綿谷が訊ねる。

「いや……今のところ、『Z』が直接何かしたという事実はない。ただし、この男に影響を受けたと思われる人間が、事件を起こした」

結城が自分のパソコンを操作して、大型のモニターにパソコンの画面を映し出した。ワイヤレスの設定をしてあるのか……昨日、ケーブルをつないで説明した自分が、何だか間抜けに思えてくる。

モニターに映し出されているのは、結城のパソコンのブラウザだった。ポータルサイトのニュース画面で、「大学教授宅に放火」の見出しは読めるものの、距離があるので、さすがに記事の内容までは判読できない。結城が要約して紹介した。

「発生は、三日前の午前三時。東政大《とうせい》の朝村純《あさむらじゅん》教授の自宅が放火された。火はすぐに消し止められて、人的な被害はなし」結城が全員の顔を見回して続ける。「防犯カメラの解析などから、犯人は三人いたことが分かっている。その中の一人の身元が昨日判明して、任意の取り調べが続いている。犯行については否認しているが、『Z』の話を聞いて、朝村教授を危険人物だと判断した、と供述しているそうだ」

厄介な問題だということは、八神にもすぐに分かった。容疑者が本当のことを言っているかどうかも分からないが、もしも本当なら、「Z」についても調べねばならないだろう。ネット上で匿名のまま活動している人間を割り出すのはそんなに難しいことではないが、実際に犯罪に関わっていたかどうかをはっきりさせるのは、かなり難しい。

「この放火事件に関しては、所轄と捜査一課の放火犯捜査係が担当している。それに関連して、『Z』関連の情報を収集しているサイバー犯罪対策課から、放火犯捜査係への協力を依頼された。この先、サイバー犯罪対策課とも共同で捜査を進めていくことになると思う。間もなく、放火犯捜査係の係長がここへ来る。それまでに、事件について頭に叩きこんでおいてくれ」

八神は自分のパソコンで記事を検索し、何度か読み返す。この放火事件のことは、そもそも気づいていなかった。ここ数日、銀行で起きた殺人事件の調査に追われて、他の事件にまで目を配っている余裕がなかったのだ。

事件そのものは単純そうに思えた。朝村純の自宅は、世田谷区内にある一軒家。深夜三時に、玄関先に火炎瓶が投げ入れられた。大きな破裂音がしたので、寝ていた家人が気づき、一一九番通報。近所の人たちが消火器を持って駆けつけ、ドアと壁、それに玄関脇に置いてあった大量の鉢植えが焼けただけで何とか消し止められた。人的被害はなし。ただし一歩間違ったら、大きな火事になっていた恐れもある。現場は住宅密集地なのだ。

容疑者の割り出しが早かったのは、防犯カメラの連続チェックの成果だろう。最近は、街中のあちこちに防犯カメラがあり、犯行現場から犯人の自宅までつないで割り出すことも可能だ。

ドアが開く音がしたので、パソコンから顔を上げる。見慣れた顔が室内を覗きこんでいた。放火犯捜査係の係長、宮川《みやがわ》。一緒に仕事をしたことはないが、捜査一課時代の同僚である。向こうも八神のことは覚えているようで、さっと目礼してきた。そのまま真っ直ぐ結城の席に向かい、一言二言言葉を交わす。結城はうなずきながら聞いていたが、すぐに自分のデスクの横に置いてある椅子を引いて、座るように促した。宮川は一度椅子に腰を下ろしたもののすぐに立ち上がり、背広のボタンをとめた。ああ、こういう人だったな、と思い出す。背広のボタンは座れば外す、立ったらはめる。男の基本的な礼儀だと八神も知ってはいるが、つい忘れがちだ。それをこの男は、律儀に守っている。

「放火犯捜査係の宮川です」さっと全員に一礼してから本題に入る。「結城さんから説明があったと思いますが、今回はややこしい事件になりそうなので、SCUの手を借りたい。通称『Z』と呼ばれる人間が絡んでいる可能性があるからです。容疑者の一人、竹本《たけもと》雄太《ゆうた》二十五歳が、任意の事情聴取の中で、『Z』と面識があるような供述をしている」

先程結城から聞いた説明とは微妙に違う。結城の話は、「『Z』の話を聞いて、朝村教授を危険人物だと判断した」。「Z」と直接会ったり話をしたりしたわけではなく、影響を受けて勝手に思いこみ、犯行に走ったのだと八神は想像していた。それだと、警察としてはなかなか追及しにくい。しかし面識があるなら、「Z」の責任まで問えるかもしれない。

「最初は、『Z』の影響を受けて勝手に犯行に走ったような供述だったのが、今は『Z』と面識があると仄《ほの》めかしています。ということは、『Z』が直接指示してやらせた可能性も否定できない」

「そこから一気に『Z』の正体を暴いて、逮捕したいということか」結城が口を挟んだ。

「逮捕は状況次第です。ただし、『Z』の正体はどうしても把握しておきたい。うちだけでなく、サイバー犯罪対策課も公安も追いかけているんですが、なかなか……」

公安も絡んでいるのか。確かに、「Z」が国家の機密情報にアクセスできる立場で、それを漏洩《ろうえい》しているとしたら、重大な犯罪になる。どこが捜査するかはともかく、公安が興味を持って情報収集するのは当然だろう。そして公安が動き出していれば、結城の元に情報が入ってきてもおかしくない。

「すみません」綿谷が手をあげる。「『Z』という名前は聞いたことがありますが、具体的に何をしているかは把握していません。だいたい、ネットで暴れているような人間の正体を割り出すのは、そんなに難しくないんじゃないですか？　プロバイダに開示請求をすればいい」

「いや、この『Z』の活動の場は、ダークウェブ——闇サイトなんです」宮川が眉間に皺を寄せる。「しかも匿名化ソフトを使っているので、本人にたどり着くのは相当難しい。サイバー犯罪対策課でも、この手の匿名化ソフトには手を焼いているんですよ」

匿名化ソフトについては、八神も聞いたことがあった。元々は軍事機密などを扱うために開発されたものが多いというが、それが「民間転用」されて、匿名でネットを使いたい人に利用される。その多くは犯罪絡みだ。通常のサーチエンジンでは検索できない「ダークウェブ」は、一般的な会員制サイトがその代表だが、中には悪の巣窟になっているものもあり、薬物や銃の取り引き、犯罪の勧誘などが頻繁に起こっている。いわゆる闇サイトで、サイバー犯罪対策課の監視もなかなか届かない部分だろう。網を入れてすくい上げることができれば、摘発成績は一気に上がるはずだが。

「『Z』の正体について、何か手がかりはないんですか」最上が訊ねる。

「今のところ、具体的なものは何もない」宮川が否定した。「『Z』が漏らした情報があまりにも正確だから、霞が関の人間だという説もあるが、それもおかしい。例えば、総務省の役員に対する高額接待の話、防衛省の重要書類漏洩の話など、複数の省庁がターゲットになっている。役人は、他省庁の機密事項にはアクセスできないし、スキャンダルがあっても嗅ぎつけられないんだ」

「いや、できる役所もある」結城が指摘した。「警察庁とか」

確かに……人事交流で、警察庁から他省庁へ出向することはよくある。それ以外でも警察庁は、情報収集の一環として、他省庁の事情も探っているはずだ。この辺のやり方は、戦前の旧内務省に存在した警保局にまで遡ると言われている。現在の警察庁の前身とも言われる警保局は、内務省の中でも地方局と並んで強大な権力を持つ部署だった。特高の元締め的部署でもあったから、情報収集はお手の物だったはずである。その流れとノウハウは今も警察庁、そして公安の中に生きている……。

結城の言葉が、室内に嫌な沈黙を呼んだ。しかし黙っていても話が進まないと考えたのか、宮川はすぐに話を再開した。

「警察庁が絡んでいるかどうかはともかく、警視庁としては『Z』を無視しておくわけにはいかない。今回の放火事件をきっかけに情報を収集して、活動を抑えたいんだ。しかしこういう捜査に関しては、我々や所轄は慣れていないし、サイバー犯罪対策課にも手がない。それで、ＳＣＵにも手を借りようという話になりました」

これがＳＣＵ本来の役目なのかと、八神はようやく納得した。放火は「リアルな事件」だが、本当に「Ｚ」というアジテーターが絡んでいたら、ネット犯罪とも言える。そういう複合的な事件の捜査にＳＣＵが絡んでいくのは、いかにも自然に思えた。ただ、八神はネット系犯罪の捜査経験がないので、不安ではあったが。

「この件は、最上に主力になってもらう」結城が宣言した。「最上、サイバー犯罪対策課ともよく相談して、捜査の方針を固めてくれ」

「分かりました。ただ、ネットで探っていくのは難しいと思います。全ての匿名化ソフトを完全に破る方法はまだ開発されていませんから、できればリアルな捜査で……容疑者をさっさと逮捕して叩く方が早いと思います。喋りそうなんですか？」と宮川に顔を向ける。

「態度は徐々に軟化している。元々、この竹本という男は定職につかずに、ネットの世界に入り浸っていた。『いいね！』をいくつもらうかだけが生きがいで、世間知らずだから、厳しくやれば落ちると思う」

「その辺はまた、相談させて下さい」最上が手帳に視線を落とす。

宮川が、さらに詳細に状況を説明した。しかし、どうしてこの件で最上が主役になる？　交通捜査課出身で、交通事件の捜査ならともかく、サイバー犯罪や放火事件の捜査経験はないはずなのに。

「よし、じゃあ早速動こう」結城が宣言した。「綿谷は世田谷の所轄へ行って、取り調べ状況を確認してくれ。誰か顔見知りは？」

「副署長は知り合いです」綿谷があっさり答える。

「だったらそれを上手く使ってくれ。向こうが振ってきた話だから、問題はないと思うが」

「私も同行します」

由宇が手を挙げた。それを見て結城がうなずき、次の指示を飛ばす。

「本格的な捜査に入る前に、八神と最上はまず現場を見ておいてくれ」

基本は大事にする人なのか……時間が経つと、現場で分かることは少なくなってしまうが、捜査に取りかかる時にまず現場を見るのは基本中の基本だ。

「じゃあ、行きましょう」最上が立ち上がる。「キャップ、車使っていいですか」

「もちろん」

準備を始めた八神に、宮川が声をかけてきた。

「元気か、八神」

「普通にやってます」

「面倒な話だけど、よろしく頼むぞ。ここはSCUの力が必要なんだ」

単なる顔見知りレベルの後輩である自分に向かって宮川が頭を下げてきたことに、八神はかすかな違和感を覚えた。捜査一課の刑事といえば「誇り高さ」が最大の特徴だ。凶悪事件を必死に追う自分たちこそが警察の「顔」だというプライド……かつては八神にも、そういう誇りがあった。他の部署に仕事の協力を依頼するにしても、こんなに丁寧に頭を下げることはなかったと思う。

何だか妙な感じだ。

SCUは、このビルの地下一階に駐車場を借りている。それは知っていたが、今まで車で出動するような事案がなかったので、車を見たのは初めてだった。鯨を思い出させる巨体のランドクルーザー。真っ白なボディは、一見したところ警察車両には見えない。ランドクルーザーはとにかくタフで、世界中で人気がある。本格的なアウトドア用の車としてはジープやベンツのGクラスなどが有名だが、道路の悪い途上国などで圧倒的に支持されているのが、この車だという。それ故か、盗難事件も多い。盗んだランドクルーザーを違法に海外輸出……ということだ。

「SCUにこんなでかい車があったのか。横幅二メートルぐらいあるんじゃないか」八神は呆れて言った。都内で自在に乗り回すには大きすぎるサイズだ。

「確かにでかいです」

「機動隊の指揮車みたいだな」

「元々八人乗りなのを改造して、実際に現場指揮車として使えるようにしてるんです。ただ、俺はまだそういう使い方をしたことはないけど」

「そこまでの現場がないということか」

「ですね。ま、車はこれだけじゃないんですけど」

最上が隣の駐車スペースにちらりと目をやった。そちらには白いルノーのハッチバックが停まっている。

「これもうちの車？」

「そうですね」

「ルノーか……珍しいな」

「ルノー・メガーヌＲＳ。鬼みたいに速いですよ。ニュルで、ＦＦ車の最速を記録した車ですから」

「ニュルブルクリンク？」

「二〇一九年の話ですけどね」最上の口調には自信があふれている。まるで自分がこの車を開発したか、自らハンドルを握ってスピード記録を達成したような調子だ。「向こうにあるバイクも、うちの車両です」

確かに、やけにボディの大きなオフロードタイプのバイクも停まっている。オレンジと黒のカラーリングが派手だ。

「あれは？」

「KTM。ま、だいたい地球上のどこへでも行けますね」

「でかいバイクだけど……」

「俺専用みたいなものです。なかなか現場に出る機会はないですけどね」

「最上、無駄話してる暇はないぞ」綿谷が急かした。

最上が肩をすくめ、ランドクルーザーに乗りこむ。エンジンを始動すると、迫力ある排気音が駐車場の空気を震わせた。内装は革を多用した高級感あるものだが、排気音はそれにそぐわない。

急にハードなギターの音が鳴り響いて、八神はびくりとした。「失礼しました」と言って、最上が慌てて自分のスマートフォンを取り出す。途端に音が止んだ。

「ブルートゥースの設定で……」

「君のスマホか」

「ヘビメタ好きなので」

「仕事の時は勘弁してくれよ」

「すみません」

最上の運転は丁寧だった。緊急走行ではないからこんなものだろう。法定速度を守り、模範的な運転に徹している。

綿谷と由宇を世田谷西署で下ろす。この署は、世田谷区内でも高級住宅地として知られる成城地区を管内に持っている。大学教授というと金持ちのようなイメージもあるが、実際には給料はそんなに高くない……朝村は副業で相当儲けているのかもしれない、と八神は想像した。有名な政治学者で、よくテレビにも出演している。

「じゃあ、自宅の方に回りますね」最上がカーナビに住所を入力し、環八《かんぱち》に車を乗り出した。相変わらずこの道路は交通量が多く、最上も何となく運転しにくいようだった。

「しかし、うちに三台も捜査車両があったとはね」八神は思わず言った。

「全部、運転担当は俺ですけどね」最上がさらりと言った。「整備担当も」

「それで、時々いなくなるのか」

「整備は本部でないとできませんからね」

「ちなみにあのバイク、相当でかいよな？　大型自動二輪の免許、持ってるんだ」

「ええ。でも、それだけじゃないですけど」

「そうなのか？」

「マイクロバスも運転できます。大型特殊免許を取ったけど、そっちは活用する機会がないですね」

「大型特殊って、何が運転できるんだ？」

「ショベルカーとか」

「そいつは、警察の仕事には関係なさそうだな」八神は苦笑した。「でも、何でそんなに免許を取りまくったんだ？」

「ガキの頃から、とにかく動くものが好きだったんですよ。仕事を始めてからは、交通捜査課の仕事でも役に立つかな、と思って」

「実際に役に立ったか？」

「車に関する知識は豊富になりましたけど、まあ、それ以外は……」最上が言葉を濁す。

「趣味みたいなものですね」

「でも、いずれ役に立つかもしれない。それにしても、動くものが好きなら、そのうち船舶免許とかにも行きそうだな」

「興味はありますよ。最終的には飛行機でしょうねえ」

「マジか」

「チャレンジとしては考えてます。今は、そんなことしている時間もないですけどね」

「それだけじゃなくて、ネット関係も詳しいんだろう？」先程の結城の指示を思い出した。今回の仕事で最上が仕切るのを、誰もが当然と受け止めたようだ。

「交通捜査課は、有り体《あてい》に言えば暇です」

それは確かに……交通捜査課は、重大な事故、ひき逃げ事件、過積載や煽《あお》り運転事件など、交通事件全般に関する捜査を行う。しかし大抵の事件は所轄で処理できるし、昔に比べればひき逃げ事件などの捜査はだいぶ楽になっているはずだ。捜査技術が進化し、さらに防犯カメラが増えたせいもある。

「それで、ネット系も勉強したわけか」

「元々工業高校ですからね。高校時代から、パソコン関係の授業だけは真面目に受けてたんですよ」

「君、見た目と中身のギャップが結構すごいな」

「八神さんはそのままですね」

「俺、どんなふうに見えてるんだ？」

「目がいい」

目がいいかどうか、見ただけで分かるものだろうか。実際視力は一・五あって、まだ眼鏡の世話になる必要もないのだが、彼の言う「目がいい」は、そういう意味ではないだろう。そういえば昔からよく言われるが、自分では意味が分からない。

最上は、現場へ行くのに悪戦苦闘していた。環八から一度脇道に入り、小田急線の方へ行くルートだが、環八の立派さに比べて、脇道はあまりにも貧弱だ。あちこちが一方通行になっており、ナビの指示は複雑を極める。車同士がすれ違えそうにないのに、一方通行になっていない道路もあった。世田谷は、あまり空襲被害を受けなかったせいか、戦後の区画整備があまり進んでおらず、車を運転する人にとっては地獄のような場所なのだ。

「タクシー運転手泣かせ」と言われるのも納得できる。

ようやく朝村の自宅にたどり着く。狭い住宅街で、ランドクルーザーを他の車の邪魔にならないように停めるのに、最上はひどく苦労した。

家は、明るい黄土色の外壁が特徴的な三階建てだった。一階部分は壁に岩っぽいタイルが貼られており、高級感を醸し出している。車が停められるスペースはなし。都内で暮らすのに、車は必須の存在でもないわけで、朝村は車を持たない分、家を広くすることにしたのではないだろうか。

家自体は、築十年ほどだろうか。まだ外壁も汚れておらず、綺麗に使っているのが分かる。しかし玄関は無惨なことになっていた。ドアと、その横の壁は焼け焦げている。ドアは交換が必要だろう。壁の補修にも金と時間がかかりそうだ。

「結構危なかったんじゃないですかね」現場の様子をスマートフォンで撮影しながら最上が言った。

「そうだな。この辺、かなり家が密集しているし」

本格的な火事になったら、間違いなく左右、そして裏手の家にも延焼していただろう。

深夜三時の火災だから、逃げ遅れた人が犠牲になっていた可能性も低くない。

八神は敢えて写真を撮らず、じっくり観察した。最近は捜査一課の刑事も、現場で写真をよく撮る。スマートフォンのカメラの性能が格段に向上して、昔と比べて手軽に写真が撮れるようになったからだが、八神は滅多に撮影しない。写真を撮ることに集中していると、肝心なことを見逃してしまうような気がするのだ。

壁の焼け焦げの跡は、掃除でそこそこ消えていたが、どんな風に火が上がったかは簡単に想像できる。塀——高さは一・五メートルぐらいだ——越しに放りこまれた火炎瓶はドアに当たって燃え上がり、高い炎が上がったのだろう。

「火炎瓶で放火っていうのも、珍しくないですか」

「確かにあまりない手口だけど、火炎瓶を作るのは簡単だ。やり方は、ネットでもすぐに調べられる」

「さすが、捜査一課」

「基礎で勉強するんだよ」

「犯人、素人なんですよね」最上が確認する。

「火炎瓶を使うプロがいるかどうか知らないけど、本気で家を燃やすつもりはなかったんじゃないかな」

火炎瓶の威力は、簡単に調整できる。中に入れる燃焼促進剤の違いと量で、パッと火が上がっただけですぐに消えるようにするか、じわじわと長く燃え続けるようにするかを調整できる。爆発物のように、一気に強い炎が上がるようにすることも可能だ。

「『Z』の正体、君はどう思う?」

「ネットでは官僚説が根強く流れてるみたいですけど、俺は新聞記者の可能性もあると思いますね」

「記者がそんなことするかな」八神は首を捻った。

「いろいろな省庁の情報を知っているという意味では、新聞記者も候補に入れていいと思いますよ」

「流れているのは、省庁の情報だけなのか? 政治家の情報とかは?」

「それがないんですよね」

「政治家のゴシップとかも、いかにも流れそうだけど」

「ただ、『Z』の流す情報は、全部表に出るわけじゃないんですよ。闇サイトでそういう情報を流して、見た人間が表のネットで拡散するっていうのが、お決まりの広がり方なんです。だから、『Z』の正体についても、いろいろな説が流れてます。複数説とか、そもそも存在しない説とか。集合知というか、集合悪かな」

「表で『Z』の言説を流している人間が、実際は自分で書いておいて『Z』の情報だと言っているだけかもしれない——変な話だな」

「実態がないのに情報だけが流れる、というのはありかもしれません。今は全部が空っぽの時代ですから」

「なるほどね……」八神にはあまりピンとこない話だが、決して不思議ではない。「存在しない奴は追いかけられない――」

ドアが開くのを見て、八神は口を閉ざした。焼けたドアの隙間から顔を見せたのは、先ほどネットで顔を確認しておいた朝村だった。小柄でほっそりとしており、顔も顎が鋭角的に尖っている。豊かなウェーブがかかった髪は、耳を覆う長さだった。いかにも厳しそうな雰囲気……話し声がうるさくて、確認するために顔を出したのだろうか？実際彼は、八神たちの顔を見て不審げに目を細めた。しかしこれは、いいチャンスだ。八神は最上に目配せし、大股で朝村に近づいた。

「朝村先生」

朝村がさらに目を細め、突き刺すような視線を向けてくる。

「そちらは」

「警視庁特殊事件対策班の八神と言います。こちらは同僚の最上です」

「放火の関係で？　それは世田谷西署の人たちが調べてくれているはずだが」

「我々も捜査に参加することになりました。それで現場を見に来たんです。今、お話しする時間をいただけますか？」

「まあ……警察の人ならしょうがない」それからランドクルーザーの巨体に視線を向けた。

「これは、あなたたちの車？」

「邪魔ですか？」

「何とか大丈夫かな。警察の車なら、ここに停めておいても通報されないでしょう。どうぞ、中へ」

八神たちは、焼け焦げたドアから中へ入った。家の中にはまったく影響はなかったようで、玄関内も綺麗に片づいている。

予想もしていなかった展開で、捜査はいきなり動き出した。いずれ朝村には話を聴こうと思っていたが、もう少し先でいいのではないかと何となく予定を立てていたので、少し慌てる。「心の準備ができていない」というやつだ。

しかし自分は素人ではない。始まったら全力疾走するのみ。それこそがプロの仕事のはずだ。

2

最近の一戸建ての家は、リビングルームが二階にあるパターンが多い。ガレージが住戸の一角に食いこんで、一階部分には寝室に使えるぐらいの部屋しか作れないからだ。生活の中心になるリビングルームは二階、その他の部屋は三階に置かれるパターンである。

しかし朝村の家にはガレージがないせいか、リビングルームは一階にあった。さらに畳敷きの六畳間がその奥にある。八神たちは、六畳間の方に誘導された。

「今、家族が誰もいないので、お茶も出せませんが……」朝村が申し訳なさそうに言った。

「どうぞおかまいなく」

おかしな感じだった。六畳間には基本的に家具がない。おそらく、来客があった時に、客間として使われる部屋なのだろう。大学教授ともなれば書斎ぐらいありそうだが、それは上の階ということか。テーブルも何もない部屋で三人が向き合うと、どうもきちんと話ができる感じにならない。

しかし雑談から入って会話を整えている暇もないので、八神はすぐに用件を切り出した。

「所轄――世田谷西署からは、何度も事情聴取を受けたと思います」

「本当に何度もね。まあ、それが警察の仕事でしょうから」呆れたように朝村が言った。犯人は逮捕して欲しいだろうが、何回も事情聴取を受けるのは面倒臭いものだろう。

時間も取られるし、いろいろと神経に障る質問もされる。八神は予め、それを謝罪することにした。

「今日も、同じような質問の繰り返しになるかもしれません」

「あまり効率がよくないですね」朝村が皮肉を吐いた。微妙に冷たい感じ……テレビに出演している時も、コメントを求められると冷ややかに皮肉を飛ばすことが多い。テレビではそういうキャラを演じているだけ、という人もいるだろうが、彼の場合は普段から冷徹なタイプなのかもしれない。

「先入観抜きで話を聴くためです。実は今朝、この捜査に参加するように言われたばかりでして」

「そんなに何人も？　犯人はもう分かったんでしょう？」朝村が目を見開く。

「現段階ではまだ一人が浮かんでいるだけで、それも逮捕していません。これは背景捜査ということで……これまで、脅迫されたりしたことはありますか？」

「脅迫というのは、受け取る人の感覚で成立するところがあるでしょう。セクハラなんかと同じですよ」

「先生は、脅迫とは思っていなかったんですか？」

「鬱陶しいメールはいろいろ来ますよ。ただし私は、相手にしていない。実害はなかったですから、一々気にしません」

「脅迫メールでも、精神的なダメージを受ける人はいます……先生は違うんですか？」

「そういうのは無視してしまえばいいんです」朝村があっさり言った。

「それがなかなかできなくて、ダメージを受ける人もいますが」

「メールはメールです。自分や家族の生活に直接影響があるわけではない」

　ここまで強く言い切れるものだろうか……自分だったらどうだろう。家族に危害を加えるなどというメールが来たら、彩と娘二人は速攻で神戸に避難させ、自分は犯人逮捕のために死ぬ気で体を張る。朝村は、脅迫メールを「他人事《ひとごと》」と考えているというより、「敵」は自分に手を出せないと信じ切っているようだった。実際、ネットでの脅迫が本物の事件にまで発展するケースは意外に少ないのだが……ネットでの中傷や脅迫に関しては、ネットの中だけで完結して、警察としてもそちらでの立件を目指すことが多い。

「私は、政治学が専門です」

「はい」

「政治学は、現在や過去の政治行動を分析する学問ですが、その中では当然批判も出てくる。研究者であっても、よりよい政治、社会を実現して欲しいと願うのは自然ですからね。そのためにこそ批判をするんですが、それを単なる『クレーム』だと捉える人も多い。ネットが普及してからの世の中は、答えは白か黒しかないと思いこんでしまう人が多数派なんです。自分と違う意見の人の話は封殺する——相手の意見には反対でも、言う権利は認めるという、民主主義の基本が忘れられているようです」

「それが先生の持論だということは分かりますが……実際にはそういうことが分からずに、先生の主張に反対する人も多いようですね」

「テレビというのは、考えものですね」朝村が溜息を漏らした。「制作側は、放送コードに引っかからないぎりぎりでの過激な意見を求めるんです。ワイドショーなどがその典型ですね」

「先生は、そういう話題の時によく呼ばれますね」

「私が民自党嫌いだと思っている人が、ほとんどなんですねえ」朝村が呆れたように言った。「実際には、民自党関係の仕事をしたこともありますよ。有識者会議のようなものに、何度も呼ばれました。今も、つき合いのある議員さんはたくさんいる。私がテレビで何を言っても、民自党の人たちは笑ってスルーしますよ。彼らは、批判を受けるのも義務だと思っていますからね。中には少し叩かれただけでムキになる人もいますけど」

「でも、テレビを観ている人は、先生の背景を知らない。民自党政権に対してイチャモンをつけている人だと思ってしまう」八神は合いの手を打った。

「二十年前は、こういう感じではなかったんですよ。批判しながら友好関係がある、というのも珍しくなかった。でも、先ほども言いましたが、今は白か黒です。自分の色に合わないものは拒絶してしまう」

「そういうものでしょうか」政治やネットの世界に疎い八神には、いま一つピンと来ない。

「そういうものです」朝村がうなずく。

「今回のようなことは、予想していなかったんですか？」

「正直、なかったですね」朝村が認める。表情が暗くなり、内心の恐怖が表に滲み出た。「ネットで騒いでいる連中は、基本的に実行力がない。実行力がないから、手間も金もかからないネットで騒ぐだけなんです」

「今回の容疑者について、情報は聞きましたか？」

「警察の方から確認が来ましたけど、当然面識はありませんよ。私に脅迫めいたメールを送ってきた人間かどうかも分かりません」

「そういうメールは保存しているんですか」

「いえ」朝村が首を横に振る。「迷惑メール扱いですぐに廃棄しますから。一々気にしていたらきりがない」

何となく違和感を覚える。用心深い人なら、何かあった時のために「証拠」として残しておきそうなものだが。そして朝村は、決して雑な人間ではないように見える。

「メール以外での脅迫はなかったんですか？　例えば先生に対してでなくても、出演されたテレビ局の方へ、とか」

「それは聞いていません。局に確認していただいた方がいいですね」

「大学の方はどうですか？」

「それも聞いていません——いや、ないと思います。さすがに大学宛に脅迫の手紙やメールが来れば、私にも連絡が入るはずですからね。大学というところは、何かと敏感なもので」

「なるほど……ちなみに、『Z』と呼ばれるアジテーターについてはご存じですか？」

「噂だけは聞いてますよ。どこかのインサイダーだという話でしょう？」

「はっきりしたことは分かりません」

「『Z』がどうかしたんですか？」

ここで捜査の状況を明かしていいものかどうか、一瞬悩む。しかしきっちり釘を刺しておけば、喋っても構わないだろう。朝村は被害者なのだし、捜査の状況を知る権利もある。

「口外しないでいただきたいんですが……本当かどうか、まだ裏が取れていない状況なので」

「喋るなと言われれば喋りませんよ」朝村が皮肉っぽく言った。

「実は容疑者が、『Z』の影響を受けて今回の犯行に及んだ可能性があります」

「つまり、『Z』が私を狙えと言ったということですか?」

「直接指示を受けたということではないようですが……この話が本当なのかどうかも分かりません。自分の罪を少しでも軽くするために、『Z』に責任を押しつけようとしているのかもしれない。そこを調べるために、我々が投入されたんです」

「私は『Z』の主張について詳しくは知りません。ただ、知っている限りでは、明確な主義と主張があるかどうか……政府や省庁の問題点を暴露してるんでしょう?」

「基本的には、普通の人が入れない闇サイトの中でやっていて、それを一般に広げているのが『信者』と呼ばれる人たちです。今回捜査線上に上がっている容疑者も、本当にそういう信者の一人かもしれない」

「だったら、『Z』を逮捕しないと、私はまた狙われるかもしれませんね」他人事のように朝村が言った。

「『Z』に関しては、警察の一部部署も危険視しています。情報を収集するために、今回の事件が一つのきっかけになるかもしれません」

「なるほど。だったら私を上手く利用して下さい」

「いえ、先生にご迷惑をおかけするつもりはありません」八神は慌てて言った。この男の本音が読めない。自宅に放火されても、まだ自分は安全だと信じているのか、あるいは恐怖のあまり自棄《やけ》になっているのか。所轄や放火犯捜査係の刑事も手を焼いているのでは、と八神は想像した。

「何でも言って下さい。放火犯も、できれば実刑に持っていきたいですよね。こういうのは一罰百戒を狙わないと駄目でしょう。そのためには、警察にはいくらでも協力しますよ」

車を朝村の家の前に置いたまま、二人はしばらく近所の聞き込みを続けた。住宅密集地であるが故に、騒動については多くの人が直接知っていたが、犯人の目撃者は見つからなかった。

朝村自身の近所での評判は悪くない。顔を合わせれば挨拶は欠かさないし、奥さんも愛想がいい。二人の子どものうち、長男は去年大学を卒業して就職し、家を出た。今は下の女の子――まだ高校生だ――との三人暮らしだという。

火災の時は、消火活動が大変だったようだ。狭い道路故に消防車がなかなか入りこめず、実質的に火を消し止めたのは近所の人だった。消火器を持って集まり、一斉噴射で消火――その後でようやく消防車が到着し、「補助的に」放水して完全鎮火したようだ。

翌日、朝村は近所を一軒一軒回って頭を下げたという。それを聞いただけでも、常識の持ち主だと分かる。多少言説は過激かもしれないが、普通の社会人としてのバランス感覚を持っているのは間違いないようだ。

「一回、綿谷さんたちと打ち合わせしておこうか。世田谷西署の刑事課の連中にも挨拶しておきたいし」

「そうっすね」腕時計を見ながら最上が言った。「って言うか、昼飯時ですよ」

「この辺には、飯を食う場所はなさそうだよ」

「何か探しますから、途中で食べて、それから署へ行きませんか？」

「俺はどうでもいいけど」確かに十二時を回っており、世間の感覚では「昼飯時」なのだが、八神は昼食を後ろに回してしまうこともしばしばだった。朝食は家族一緒にしっかり食べるので、昼時になってもあまり腹が減らない。年取って胃の働きが弱くなったら、一日二食で済んでしまうかもしれない。それがいいことかどうかは分からないが。

「じゃあ、どこか食べるところを探しながら行こうか」言った瞬間、スマートフォンが鳴る。急いで背広の胸ポケットから引っ張り出して確認すると、綿谷だった。

「まだ現場か？」

「一通り聞き込みをしてみました。特に情報はないですが」

「そこから世田谷西署まで、十分ぐらいか？」

「そうですね」

「じゃあ、ちょっと署に上がってきてくれ。捜査本部で、今後の方針について打ち合わせがしたいそうだ」

「捜査本部ができたんですか？」それは聞いていなかった。

事件が起きると、捜査本部を設置して、本部・所轄が一体になって捜査を進めるのが常だ。殺人事件などの極めて重大な事件の場合は、予算・人員がワンランクアップされて「特捜本部」になる。他県警では、よほどの重要事件でないと「特捜」にはならないのだが、警視庁では殺人事件の場合はほぼ「特捜」になる……以前先輩刑事が「警視庁は予算が余ってるから、すぐに特捜にするんだ」と皮肉っぽく言っていたものだ。

「会議は一時からだ」

「すぐ上がります」

電話を切って、最上に「昼飯は先送りだ」と言って事情を告げた。

「参ったな……でも、署の食堂で昼飯を食う時間ぐらいはありますよね」

「それじゃ侘しくないか？」

「そういうのも、慣れてますから」

都内の警察署は、必ずしも繁華街にあるわけではない。立地で最も重視されるのは、管内の「重心」かどうかだ。どこへ行くにも便利なように、そういう場所が選ばれる結果、周りに飲食店やコンビニすらない「僻地《へきち》」にある署も珍しくない。環八沿いにある世田谷西署も同じような環境だ。そういう署の場合、食堂を設置することになっている。警察署には二十四時間必ず警察官がいて、当直明けに朝食を提供する必要もあるからだ。

福利厚生の一環とも言えるし、仕事のために必須の設備とも言えるのだが、八神の経験では、味には一切期待できない。

細い道路をまた苦労して走り、ようやく環八に出た時には、最上は安堵の息を漏らしたぐらいだった。

「今日は、何でメガーヌにしなかったんだ？　あれなら、ランクルより全然小さいから、運転が楽だろう」

「その分狭いですからね。四人で乗るなら、ランクルですよ。まあ、今回は場所が悪かったということで」

署に着いた時には、十二時半になっていた。綿谷に連絡を入れて、「食堂で昼食を済ませる」と伝えると、ちょうど綿谷たちも食事をしているという。会議の前にすり合わせをしておいてもいいと思い、二人はすぐに食堂へ向かった。綿谷と由宇が並んで食事をしているのを見つけ、軽く手を上げる。綿谷がうなずき返してきたので、そのままトレイを持って料理の出し口に並んだ。最上はフライ盛り合わせの「今日のランチ」、八神はきつねうどんにする。昼飯にはこれぐらいで十分だ。

席に着くと、綿谷と由宇も「今日のランチ」を食べているのが分かった。味はともかく、ボリュームは大変なものだ……何かは分からないが大きなフライが三つ、それに豚の生姜《しょうが》焼《や》きとたっぷりの千切りキャベツ、ポテトサラダがついている。八神のうどんを見て、綿谷が怪訝そうに訊ねた。

「腹でも壊したのか？」

「昼はいつもこんなものですよ」

「そんな少食で、よく動き回れるな」

「朝はちゃんと食べてますから」

「警察官は食ってなんぼだぜ」

自分でも例外的な存在だということは分かっている。警察官になって十五年、自分のように少食な同僚を見たことはない。

「会議の目的は何なんですか」

「今後の方針決定だ」

「犯人はもっといるんでしょう？　そいつらを追いかける以外に、やることはないじゃないですか」

「それもやるけど、主眼は違う。あくまで『Z』だ」

「どうやって『Z』に迫るか？」

「そういうことだ。実際、放火事件の共犯者を割り出すのは、なかなか難しいと思う。やっぱり闇サイトで知り合ったって言ってるんだ。それ故、本名も知らないと」

八神は思わず目を見開いた。確かに最近、そういう話をよく耳にする。闇サイトでは、違法なブツの売買ばかりではなく、犯罪への誘いもよくある。暗号めいた誘いで仲間を集めるのだが、そうやって集まった人間が強盗や窃盗事件を起こしたケースが何件もあった。犯人のつながりが闇サイトの中だけに限られているが故に、なかなか全員を特定できない場合が多い。

「そんなに『Z』が気になるんですかね」

「そりゃそうだろう。どうも怪しい人間だから……犯罪の温床になる闇サイトを潰していくためにも、『Z』を割り出すのはかなり効果的だぞ」

「『Z』を割り出す手は？」

「それをこれから会議で話し合うんだよ」

具体的な案はないのか……これは長くなりそうだ。いきなり捜査に放りこまれて、こちらはまだ意見を言える感じではないだろう。向こうがSCUをどれほど頼りにしているか分からないし。今回はあくまで「頼まれた」仕事だから、邪険にされることはないと思うが。

そそくさと食事を終え、三階にある会議室へ向かう。事前にきちんと相談しておきたかったが、その方向に話が流れなかった。具体的な情報があまりないから、対策の立てようがないのかもしれない。

意外に大人数の会議だった。所轄の刑事課、それに本部からは捜査一課とサイバー犯罪対策課も参加……二十人ほどいる。放火事件の捜査としては、かなり大規模だ。仕切っているのは所轄の刑事課長、室橋《むろはし》。驚くべきことにこの課長も綿谷の知り合いのようで、二人は会議が始まる前に親しげに言葉を交わしている。

それも終わり、会議が始まった。捜査会議は通常は「起立」から始まるのだが、今回はそれは省かれた。非公式の会議というわけで、普通の捜査会議よりも活発に意見が交わされることになるだろう。通常の捜査会議は、現場の刑事からの「報告会」になることが多い。

「容疑者の竹本だが、状況は朝と変わっていない。三上《みかみ》警部補、報告を」

三上は放火犯捜査係の取り調べ担当刑事で、八神も顔見知りである。軽く会釈すると、目礼で返してきた。三上が立ち上がり、午前中の取り調べの報告を始める。

「放火自体に関しては、否定しています。『Z』のことについては話し始めていますが、まだ核心には入っていません。『Z』に会ったことはあると言っていますが、供述は曖昧です」

「見通しは」室橋が訊ねる。

「落とせます」三上が宣言したが、あまり自信がある様子ではなかった。竹本は所詮「素人」だろうが、三上が普段対決している相手とは「人種」が違うのかもしれない。

「他の仲間に関しては？　複数の犯人がいたのは、防犯カメラの映像から明らかだ」

「それも喋りませんね。喋らないというか、知らないの一点張りです」

「名前についても？」

「知っているのはハンドルネームだけという主張は変えていません」

「それじゃ、何の手がかりにもならないか」室橋が舌打ちした。「サイバー犯罪対策課の方はどうですか。闇サイトへのアクセスの解析は？」

　捜査本部では、当然竹本のスマートフォンやパソコンを調べているはずだ。顔見知りではないサイバー犯罪対策課の刑事が立ち上がり、渋い表情で報告を始める。

「匿名化ソフトを使って闇サイトにアクセスしていたのは間違いないですが、履歴などを追うのは実質的に不可能です」

「時間がかかる、ということではなく？」室橋が突っこんだ。

「今のところは技術的な限界がある、という意味です」

「他に何か、闇サイトでの活動を調べる手はないのか？」

「通常のメールやウェブの閲覧については調査しています。そこから何か分かるかもしれません」

「かもしれない」か。これも望み薄だろうと八神は思った。サイバー犯罪対策課も、日々テクニカルな情報はアップデートしているはずだが、それでもできることとできないことははっきりしているだろう。

それから声が上がらなくなった。さすがにまだ手詰まりという感じではないだろうが、一気に事態を展開できるだけの材料もない。そこで八神はふと、あるアイディアを思いついた。危険な気もするが、違法な捜査ではないし、賭けてみる価値はあるのではないか……。

「ちょっといいですか」八神は手を上げて立ち上がった。

「どうぞ」室橋が右手をさっと差し伸べる。

「SCUの八神です。竹本の逮捕の見通しはどうですか？」

「否認しているし、物証がないのが痛い」室橋の表情が歪む。「勝負はこれからだ」

「取り敢えず、リリースしたらどうでしょう」

「ああ？」室橋の顔が一気に険しくなった。「放火事件だぞ？　このまま調べて、できるだけ早く逮捕に持っていかないと」

「そこを敢えて、リリースするんです」

「何のために」

「もちろん、泳がせるためです」

ざわついた空気が流れる。これは受け入れられないかな、と焦ったが、一度言ってしまった提案をすぐに撤回はできない。

「竹本は、このままだと喋らない可能性もあります。喋らないというか、『Z』の正体については、放火の共犯についても、まったく知らない可能性が高いと思います。このまま身柄を押さえていたら、竹本は『Z』にも共犯者にも接触できずに、何も分からないままである可能性も高い。一度リリースして、仲間に接触するタイミングを狙ったらどうですか」

「いや、それは……」室橋が渋った。

「ずっと事情聴取を続けていると、連絡が取れないで、共犯者に怪しまれる可能性があります。実際に会うことになった場合も、急には対応できません。だからここは、一度事情聴取を中断して、徹底した監視に切り替えるべきじゃないでしょうか。幸い、この事件では、スタッフは十分確保できていますし」

「そうだな……」室橋が腕組みした。「当然、SCUでも監視には手を貸してくれるんだろうな」

　八神は隣に座る綿谷の顔を見た。綿谷が目を合わせ、さっとうなずく。これで泥臭い仕事が始まるのは確定か。

「大丈夫です」綿谷が低い声で答えた。

「分かった。検察との調整もあるから、この場ですぐには方針は決められない」

「タイミング的には、早い方がいいですよ」

「分かってる」苛《いら》ついた口調で室橋が言った。「夕方までには、何とか結論を出す」

調整が面倒臭いのは分かる。警察として方針を決めた上で、検察に改めて相談するのが筋だ。警察側のやり方が決まっていなければ、検察も動きにくい。

それで会議は終了になった。自分の発言が、捜査方針が動く引き金になるかどうか……別にここで自分のアイディアが採用されたからと言って、自慢するようなことではないのだが。

自分は捜査幹部ではない。あくまで一介の刑事だ。

3

八神は世田谷西署に残って、これまでの捜査の資料を読みこんだ。その合間に、事情聴取を受けている竹本の様子も観察してみる。マジックミラー越しに、竹本と三上のやりとりを見守った。

竹本はほっそりと痩せた若い男だった。着ているトレーナーのサイズが合っていないせいもあり、ひどく貧相な体つきに見える。二人のやりとりはマイクで拾っているので、かすかにくぐもって聞こえた。

「——もう一度確認する。何人で放火現場へ行ったんだ？」

「だから、行ってないって」

「あんたの他に、二人いたはずだ。残り二人の名前は？」

「何度も言ってるじゃないですか。そんな人間は知らないって」

三上はあまり取り調べが上手くないのでは、と八神は訝った。何というか……取り調べは、理詰めで相手を追い詰めるか、感情的に訴えるかのどちらかが効果的だ。しかし三上は、自分の「常識」を開陳するだけで、竹本の心にはまったく入りこめていない様子である。三上がゆっくりと首を振り、両手をテーブルに置いた。そのまま身を乗り出して圧力をかけるのかと思ったが、逆に椅子に背中を預けて身を引いてしまう。目を細め「お前は馬鹿か」とでも言いたげに竹本を眺めた。竹本は一切目を合わせようとしない。

「奴、前科前歴はないんですよね？」八神は綿谷に確認した。

「ない。逮捕されたこともない」

「だったらどうして今回、捜査線上に上がったんですかね」

「防犯カメラの分析だ」

そこへ室橋がやって来た。表情はなし——何を考えているかは読み取れない。

「上と話をした」マジックミラーを覗きこみながら話し出す。「逮捕しないで、このまま放す方針が決まった」

「すぐに監視に入りますか？」八神は思わず言った。言い出しっぺは自分なのだから、ここは真っ先に手を上げるべきではないか？

「いや、ＳＣＵには後からお願いする。あくまで応援ということだから、こっちが危なくなった時に助けてもらえればいい」

「課長、気にせずうちの人間を使ってもらって構いませんよ」綿谷が申し出た。「うちは何でもやりますから」

「そうもいかないだろう」室橋は苦々しい表情を浮かべた。彼自身、ＳＣＵとどうつき合っていけばいいか、分かっていない様子だった。

八神もまた、マジックミラーに視線を向ける。三上は腕組みをしたまま。竹本は両手を組み合わせてテーブルに乗せ、背中を丸めている。姿勢が悪い……あんな猫背だと、肩凝りがひどいのではないか？

「この辺にしておくか。相変わらず全然喋ってないんだろう？」室橋が呆れたように言った。

「役に立つことはまったく喋ってませんね」八神は答えた。

「よし、タイムリミットだ」

自分の腕時計を見た室橋が、ノックして取調室に入った。一言二言耳打ちされた三上が、うなずいて立ち上がる。すぐに留置担当の制服警官が入ってきて、竹本を連れて行った。竹本は抵抗もせず、無表情……自分が置かれた状況をまだ理解していないのかもしれない。

「取り敢えず無事に解放されるまでは、ここで待機しています」八神は小声で室橋に告げた。

「別に、わざわざ居残ってもらう必要もないが」

「念のためです」

捜査本部の置かれた会議室に入ると、最上が背中を丸めてノートパソコンに向き合っていた。ピアニストのような速さで指を動かしては、ぴたりと止まって画面を凝視する。

「上手く行ってるか?」八神は訊ねた。

「まだ反応なしですね」

最上は闇サイトに潜っていた。「竹本が警察から帰されるらしい」という情報を流して、反応を見ようとしているのである。念のために、警察のネットワークは使わず、ここで摑まえられたＷｉ－Ｆｉを利用しているという。匿名化ソフトを使えば、使っているネットワークを割り出される心配はないと思うが……最上はサイバー犯罪対策課へ行ってもやっていけるぐらいネットとパソコンに詳しいようだ。任せておいてもいいだろう。

八神は、今後の動きについて綿谷と相談した。

「本当に、尾行の応援はいらないですかね」

「必要になったら、向こうから言ってくるだろう」綿谷にはまったく気負いが見えなかった。「捜査本部には捜査本部の都合もあるだろうから、邪魔しちゃいけない」

「せっかく仕事を依頼されたんですから、もっと積極的に関わりたいですけどねえ」

「まあまあ、そう張り切るなって」綿谷が八神の肩を叩いた。「解放して監視する——お前のアイディアが採用されたんだから、十分役に立っていると言える」

「本当に役に立ってますかね」八神は首を傾げた。思いつきで言ってしまったことが採用されて、少しビビっている。身柄を確保しておくか放すかは、捜査の中で最も重要な部分なのだ。ただし今回は、逮捕要件が少し弱い。検察はさっさと逮捕して決着をつけたがっているのだろうが、本当はもっと慎重になるべきではないだろうか。

「何でもやってみることだ。ＳＣＵの仕事の枠は、まだ定まってないんだから」

じりじりと時間が流れる。午後五時になってようやく、取り調べをやめて家に帰すことが決まった。この時点で、ＳＣＵとしても引き上げが決まった。明朝、再び世田谷西署に集合して捜査に参加する。綿谷たちはさっさと引き上げたが、八神はもう少し残ることにした。事件の詳細、さらに竹本のこれまでの供述などについて、しっかり頭に入れておきたい。

朝村宅に投げこまれた火炎瓶は二本。ガソリンの量はかなり多く、あの程度の被害で済んだのは幸運と言えた。しかし実際にドアや壁は燃えているのだし、嫌がらせではなく放火として立件できる——竹本が供述すれば。

放火についてはあくまで「知らない」「やっていない」と繰り返していたが、朝村に対する批判は何度も口にしていた。朝村がテレビなどで「反政府的発言を繰り返していて」「日本人として許せなかった」と、はっきりと言っている。しかし、発言の記録を精査してみると、必ずしも芯からの愛国者というわけでもなさそうだ。雰囲気だけ愛国者、という感じかもしれない。疑問に思って、取り調べ担当の三上に訊ねる。

「竹本は、民自党の熱烈な支持者というわけでもないんですか？」

「党員ですらないよ」三上が皮肉っぽく顔を歪める。「党員の動向は、党にもある程度影響を与えるかもしれない。党費も払ってるだろうし、地方のボスみたいな人は、選挙で集票マシンとして動くからな。でも、竹本の場合は外野で『ただ応援してます』だ。そんな人間が面倒な事件を起こしたら、民自党としても逆に迷惑じゃないか」

「しかも放火ですからね」

「ひどいイメージダウンだよな」三上がうなずく。「民自党がこの件をどう見てるかは知らないけど、仮に竹本が逮捕されても、知らんぷりするんじゃないかな。そもそも誰も、コメントも求めないと思うけど」

「ネットで騒いでいるだけの連中は、なかなか面倒ですね」

「ネットだけじゃないぞ」三上が指摘する。「実際に事件を起こしている可能性が高いんだから」

確かに。ネットの暴言が人を傷つけ、それが事件になることもよくある。しかし暴言が現実の世界にはみ出して事件が起きることは、あまりないのだ。

「竹本は、朝村教授が『裏でもっと過激な政権批判をしている』と供述してるじゃないですか」八神は調書に視線を落とした。「実際は政権打倒を狙って動いている、と」

「それこそ闇サイトで発言してる、と言ってるな。しかし今のところ、闇サイトでは朝村先生のそういう発言は確認されていない。本人も、闇サイトは使っていない、と明言している」

それだけでは必ずしも証明されたことにならないのだが……実際に闇サイトを調べたのだろうか。確認すると、三上が「一応はな」と曖昧に答えた。

「サイバー犯罪対策課が調査してるが、あくまで現時点では確認できていない、ということだ。もちろん、痕跡を消してしまえば、追跡は難しいだろうが」

「朝村先生が一人で騒いでいても、それでは何の影響もないんじゃないですか。同調者がいれば、本気で政権打倒を考えていると思ってもいいかもしれないけど……要するに、竹本の思いこみでしょう?」

「俺は、動機は金じゃないかと思ってる」三上が打ち明けた。

「誰かの依頼とかですか?」八神も一瞬、それは考えていた。依頼人は、それこそ

「Z」。竹本は、「Z」に会い、影響を受けたことは認めているが、そこから先に話が進まない。「Z」がどんな人間なのかも、話そうとしなかった。そして「最近は会っていない」と言っている。しかし会わなくても金のやりとりは可能だし、「Z」が何らかの魂胆があって朝村を狙ったことも十分に考えられる。

「しかし、朝村先生の主張っていうのは、それほど過激とは思えないんだよ」三上が言った。「事件が起きてから、番組での発言を確認してみた。確かに、『民自党は今や政党の体を成していない』とか『即刻下野すべきだ』と言ってるけど、これぐらいは許容範囲じゃないかな」

「民放のワイドショーだったら、忖度《そんたく》して過激な発言はさせないようにしますよね。ひどい発言があったら、民自党に目をつけられるでしょうし」

「確かに民自党は、メディアに対する圧力がひどい——らしい、とよく言われるよな」三上が皮肉っぽく笑う。

「本当かどうか分かりませんが」八神は相槌を打った。「メディアチェックに熱心だ、とは言われてますよね」

「どうも朝村先生は、その辺の事情はよく分かっているようで、按配《あんばい》しながら発言していたんじゃないかな。ちょっと気の回る人間なら、それぐらいのことはするだろう」

「だいたい、今も民自党の議員とつながりがあると言ってました」

「俺は、民自党が仕組んだ一種のマッチポンプじゃないかとも思ってるんだ。識者に多少の毒を吐かせて、民自党に対する世間の批判のガス抜きにするみたいな」

「まさか」

「あくまで想像だよ」三上が唇を歪める。「朝村先生も、そんなことは絶対に認めないだろう。でも、いかにもありそうな話じゃないか？　朝村先生の発言に対して、民自党が本格的に抗議したこともないようだし。『下野すべし』なんていうのは、そもそもそんなに過激な発言じゃないよ。それに朝村先生は感情論で言ってるわけじゃない。学者さんだから、ちゃんと民自党の失政の例を挙げて、論理的に話す」

「それでも、感情的に許せない人間はいるでしょうね」理屈ではなく感情優先——最近の社会はそんな風になってしまったとも言われる。事実を見つめず、ただ自分が気にいるかいらないかを基準に物事を考えてしまう。

「ま、そういうことだろう」

三上が腰を下ろした。何だかひどく疲れて見える。八神も合わせて椅子を引き、彼の向かいに座った。

「要するに、きちんとした思想的背景なんかないんだよ。『Z』の流してる情報は、主に官僚の腐敗に関するものだ。官僚ってのは、政権与党の民自党と一体と言っていい。だから官僚批判は、民自党批判にもつながる。でも、『Z』の主張は、官僚の腐敗が民自党の足を引っ張ってる、というのが基本だからな」

「まあ……そういう理屈があるのは分かりますが」

「実際には、民自党も腐ってるけどな」三上が吐き捨てる。「上も下も、だと思うよ」

「三上さん、そういうことはあまり大きい声で言わない方が……」

「この中で話してることは、表に出ないよ」三上が苦笑する。「『Z』の流した情報も散々読んだけど、何だか民自党の特定の人間を持ち上げるような情報の流し方なんだよな」

「だったら、『Z』の正体は民自党関係者とか？」

「逆に、民自党関係者を装って、貶《おとし》めてやろうとしてるとかな……裏の裏は表、みたいな感じで」

「迷路みたいなものじゃないですか」話しているうちに、どんどん訳が分からなくなってくる。

「政治の世界もネットの世界も迷路だよ」三上が溜息をついた。「こういう捜査には、できれば関わりたくないね」

右に同じく、と同意しかけて、八神は言葉を呑みこんだ。自分は、仕事を選べる立場ではない。

少し遅めに家に帰る。娘たちは既に食事を終えて、ダイニングテーブルで宿題をやっていた。見ていていつも不思議なのだが、この二人はあまり会話を交わさない。それなのに突然「さっきの話は」などと始めるのだ。八神が観察している限り、「さっき」は話していなかったはずなのに。

「パパ、塾行きたい」姉の美玖が切り出した。

「そうそう」妹の美桜が同調する。

「塾って、何の塾だ？」

突然言われて、八神は味噌汁を吹き出しそうになった。今は、子どもに習い事をさせるのは当たり前で、八神と彩も、二人にいろいろと水を向けてきた。幼稚園の頃には英会話教室に通っていたのだが、それも長続きせず……小学校入学と同時に「卒業」してしまった。以来、「何かやってみないか」と勧めても、二人とも首を縦に振らなかった。小学生は、無理に習い事をする必要もないと思うし、八神にすれば、正直ありがたい話ではある。教育費は家計を圧迫するのだ。

「駅前に『永幸塾《えいこうじゅく》』っていう学習塾があるでしょ」美玖が答える。

「ああ、あるな」毎日通勤の時に見る。雑居ビルの一階と二階に入っている塾だ。

「あそこへ行きたいの」

「美桜も？」

「一緒に行きたい」

美桜がうなずく。この双子は、どちらかというと姉の美玖がリードし、妹の美桜が従うコンビネーションだ。

「彩さん、どうかな」

リビングルームで食後のお茶を飲んでいる彩に声をかけた。これも変な呼びかけだが……娘たちがいる時は、何故か妻を「彩さん」と呼んでしまう。

「私はいいけど、二人とも何で急にそんなこと、言い出したの？」どうやら彩も初耳のようだ。父親に最初に頼もうとしたのなら、なかなか気分がいいが。

「うーん」美玖が顎に鉛筆を当てた。

「どうしてだ、美桜？」八神は妹に話を振ったが、美桜は微笑《ほほえ》むだけである。

「あ、もしかしたら青木《あおき》君たちかな？」彩が立ち上がってダイニングテーブルに近づいて来た。

「おいおい、まじかよ」八神は思わず茶碗《ちゃわん》を置いた。

「青木君たちも、その塾に通い始めたの？」彩が嬉しそうに訊ねる。

「そうだけど」美玖が唇を尖らせながら認める。

「一緒に行きたいのね？」

彩がからかうように言った途端、双子が同時に顔を赤くする。

参ったな……父親としては複雑な気持ちだ。青木悠太《ゆうた》、翔太《しょうた》も双子の兄弟で、娘たちと同じクラスである。一つのクラスで双子が二組いるのは珍しく、何かと話題になっており、娘たちにとっても気になる存在のようだ。家でも、二人の話題が出ることは多い。

「動機は別として、悪いことじゃないでしょう」彩が八神の顔を見た。「勉強はやっておいて損はないし。だいたい今は、何か習い事するのが普通よ」

「まあ、そうだよな」

「この子たちがやる気を出したんだから、いいでしょう。私、明日パンフレットもらってくるわ。あなたも見てくれる？」

「いいけど……うん、いいよ」塾のパンフレットを見ても、何かが分かるものでもあるまい。八神も小学生の頃、近くの学習塾に通っていたが、当時どんな勉強をしていたか、記憶は曖昧だ。学校の友だちが一緒だったので、塾の行き帰りに下らない話をしたのは楽しい想い出《おもい　で》だが。

双子が一緒に風呂に入りに行ったので、八神は思わず彩に「大丈夫か」と確認した。

「何が？」

「青木君……たちが通ってるから自分も行くっていうのは、どうなんだろう」

「別にいいんじゃない？　何か心配してる？」

「男だからなあ……」

彩が声を上げて笑い、飲んでいたお茶を吹き出しそうになった。実際少しこぼれたようで、口元を手首のつけ根で拭う。

「何言ってるの。小学校三年生よ？」

「三年生だって、男を意識することはあるだろう。だいたい、それぐらいだと女の子の方がませてるし」

「それ、完全に馬鹿パパだわ」彩が呆れたように言った。

「いや、だけど……」

「何がきっかけでも、勉強する気になってくれたらいいじゃない。二人とも、なかなか成績が上がらないし」

実際、「中の中」という感じなのだ。決して悪いわけではないが、いいこともない。親の教育方針としては、得意科目があればそれを伸ばしてやるのがいいと思うのだが、親にはそれも難しい。何か「双子である」こと以外に特徴がある方がいいんだけどな、と常々思っている。もっとも、自分が何の特徴もないつまらない人間だから、それが子どもたちにも遺伝したのかもしれない。

「心配し過ぎよ」

「そうかなあ。最近の小学三年生は、結構大人だぜ」

「あの子たち、大人に見える？」

「いや、それは……」

「いいじゃない。私は賛成。それに、二人を塾に行かせるぐらいの余裕はあるわよ」とはいえ、家の三十五年ローンがあるわけだから、塾の費用も馬鹿にならない。自分の小遣いが減らされるかもしれないし、どこに皺寄せが来ることか。

「それより、何かあった？」彩がいきなり訊ねた。

「何が？」

「今日もきつい顔してる」

「そうかなあ……まあ、ちょっと困った事件に関わってるけど」

「あなたの今の仕事、よく分からないわよね」

「実は俺も分かってないんだ」

一応、今回の捜査では自分の意見が受け入れられた。こんな感じでいいのだろうか……自分では手を汚さず、ただ口を出しているだけのような感じがしないでもない。SCUには「知恵」を求められているわけではないと思うのだが。

「とにかく——」そこでふと、視界の端に映る違和感に気づいて、八神はさっと立ち上がった。シンクにダッシュし、水切りカゴにさっと手を伸ばす。間に合った……伏せたコップがゆっくり傾き、シンクの中に落ちそうになっていたのだ。

「どうしたの？」彩が不審そうに訊ねる。

「コップがシンクに落ちるところだった」

「本当に？」

八神は手にしたコップを掲げてみせた。

「佑君、相変わらずすごいわよね」彩が感心したように言った。

「何が？」

「私、全然気づかなかった。本当に目がいいわよね」

「でもそのうち、見えても体が反応できなくなるかもしれない」

「そんなの、全然先の話でしょう」彩が笑い飛ばした。

しかし実際には、こちらが想像しているよりも早く時は流れる。この前生まれたばかりと思っていた娘たちが、もう男の子を意識するような年齢になっているではないか……。

4

翌朝、世田谷西署の捜査本部に顔を出すと、最上はまたパソコンの画面を食い入るように見ていた。

「おはよう」

「おはようっす」最上が顔を上げて笑みを浮かべる。その目は真っ赤だった。

「もしかしたら徹夜したのか？」

「ほぼ徹ですね……しかし、闇サイトって、文字通り闇が深いですねえ。掲示板なんか符丁だらけで、明らかに犯罪の温床ですよ」

「薬物とか？」

「はっきり書いてないから何とも言えないけど……ああいう符丁を全部解読できたら、犯行計画が丸分かりじゃないかな。サイバー犯罪対策課も、ここのチェックをしてるだけでも、相当事件を挙げられると思いますよ。逆に、とても対処しきれないかもしれないけど」

「多過ぎて、いちいち拾い上げていられないか」

「そんな感じですね」

昨夜の三上との会話を思い出して、朝村についてもチェックするように頼んだ。

「朝村先生が闇サイトを使ってる？」最上が目を見開く。「そんなこと、ありますかね」

「竹本がそんな供述をしていたんだ。朝村先生本人は否定しているし、サイバー犯罪対策課もそれは確認したみたいだけど、念のために調べてくれないか？」

「分かりました。でも、竹本のでっち上げか思いこみじゃないかなあ」

「それでも、念のためだよ」

「了解です」

　そこへ、綿谷と由宇が一緒に入って来た。昨夜から考えていたことをすぐに提案する。

「竹本の家に行ってみようと思うんですが。取り敢えず、どんなところに住んでいるかぐらい、確認しておきたいんです」

「そうだな。捜査本部を邪魔しない程度に頼む」綿谷もすぐに同調した。「朝比奈も行ってくれ」

「分かりました」由宇がうなずく。

「急ぐ必要はない。コーヒー一杯ぐらい飲んでいけよ」

「コーヒーは……いいです。私はお茶にします」

　由宇が大きなトートバッグの中から水筒を取り出した。注いだお茶からは、不思議な香りが漂い出してくる。

「何だ、それ」綿谷が顔をしかめる。決して不快な香りではないが……。

「ハーブティーです。自分でブレンドしました」

「お前、そんな趣味、あったのか？」

「私、ガサツな警察官にはなりたくないんで」

　綿谷が苦笑する。八神も釣られそうになった。警察官がどんな趣味を持ってもいいが、ハーブティー作りは呑気《のんき》過ぎる感じもする。

「飲みますか？」由宇が綿谷に向けて水筒を押し出した。「目にいいブレンドなんです」

「ちょっと試してみるか」綿谷が、捜査本部に用意されている湯飲みを持って来て、ほんの少し水筒の中身を注いだ。慎重に一口飲んで、思い切り顔をしかめる。「何だ、これ？　滅茶苦茶酸っぱいな」

「ベースがハイビスカスです。それにブルーベリーなんかをミックスしました」

「俺は緑茶がいいよ」

「でも、目のかすみがよくなる感じ、しません？」

「そんなに急に効くかよ。それに俺はまだ、かすみ目で困ってるわけじゃない」

綿谷は四十五歳。普段も眼鏡をかけていないし、視力はまだ衰えていないようだ。

「キャップへの連絡、どうしますか」八神は訊ねた。

「俺がやっておくよ。何かあったら、一応ここを捜査本部ということにして、俺に連絡してくれないか」

「分かりました」

キャップの結城はSCUで留守番ということか……まあ、トップの人間が現場に出るのは、どこの部署でも最終局面——極めて重要な場面、ということだろう。捜査一課では、事件が発生すると課長が必ず現場に臨場するし、そのために運転手役の刑事が二十四時間待機しているが、これは異例と言っていい。捜査二課長が詐欺事件の犯人逮捕の現場に直接赴いたり、交通捜査課長が自らひき逃げ犯に手錠をかけたという話は聞いたことがない。

「行きましょう」お茶を飲み干した由宇が立ち上がる。水筒をトートバッグに入れて、準備完了。八神も自分のバッグを肩から提げた。いつも不思議に思うのだが、ドラマなどに出てくる刑事は、どうしていつも手ぶらなのだろう。本物の刑事はたいてい、かなり大きなバッグを持ち歩いている。急に現場に入ることになった場合に必要なラテックス製の手袋、オーバーシューズなどは必須だし、コンパクトカメラやタブレット端末を入れている刑事もいる。八神はパソコン派で、これがバッグの中のかなりの部分を占めていた。

竹本は都内ではなく、川崎市内――小田急線の向《むこうが》ヶ丘《おか》遊園駅近くに住んでいた。共犯者と待ち合わせた成城学園前駅へは電車で一本か……それはたまたまだろうが。

駅前には、大きな木を中心にした植え込みがあり、その周辺がロータリーになっている。駅前の繁華街としてはごくコンパクトで、地味な光景が広がっていた。

「こんな感じだったかな……」八神は思わず漏らした。

「来たこと、あるんですか」

「中学生の頃だったかな……デートで」

「恋バナですか?」由宇が嬉しそうに言った。

「違う、違う。そんなんじゃない」八神は顔の前で思い切り手を振った。「中学生のデートなんて、子どもの遊びみたいなもんじゃないか」

「何でここに——ああ、遊園地があるんですね」

「昔はあった、だ」八神は訂正した。「二十一世紀になってすぐに、閉園したんじゃなかったかな。でも駅の名前だけは残ったわけだ」東京では、こういうのは珍しくない。東横線の都立大学駅、学芸大学駅も、駅名の由来になった二つの大学はとうに移転している。しかし駅は一種のランドマークのようなものだから、簡単に名前を変えるわけにもいかないのだろう。

「八神さん、中学生の頃はどこに住んでたんですか」

「練馬《ねりま》。だからとしまえんが地元の遊園地だったんだけど……あそこは、うちの中学校のデートコースの定番でさ。同級生たちに見られたくなかったんだ」

「そうなんですか。それで、その相手が今の奥さんとか？」

「違うよ」八神は即座に否定した。あの時デートした娘《こ》は、今は何をしているのだろう。名前は覚えているが、顔の記憶は曖昧である。考えてみれば中学生の時代は、もう二十年以上も前だ。

スマートフォンの地図アプリを頼りに歩き出す。本当に便利になったよな、とつくづく思う。八神が警察官になったのは十五年前、刑事として働くようになってから十年ほど経っているが、当時はスマートフォンがまだ普及しておらず、支給された携帯もガラケーだった。どこかを訪ねて行く場合は、まず住宅地図で目的地を探し、わざわざコピーしていったものだ。今は、そんなことをしている刑事は誰もいないだろう。

十分ほど歩くと、道路は次第に上り坂になってくる。高い建物もなく、緑が目立ってきた。確かこの辺は生田《いくた》緑地の近くで、丘陵地帯になっている。子どもを育てるなら、こういうところに一戸建てを買ってもよかったんだよな、と今更ながら思う。自然は豊かだし、子どももののびのび遊べただろう。自分の通勤もそんなに辛くないだろうし……警視庁では千葉や茨城に住んでいる職員も結構多く、片道一時間半かかる通勤も珍しくないのだ。それに比べれば、川崎はまだ「近郊」である。まあ、彩が「二十三区内に家を買いたい」と強硬に主張した時に、八神もそれに反対するはっきりした理由を言い出せなかったのだが。

ふくらはぎに負荷がかかるのを意識しながら、右手に生田緑地を見て坂道を登って行く。信号を左に折れたところで、二人は一軒の家の前で立ち止まった。一瞬だけ――その間に八神は、正面から見た家の様子を頭に叩きこんだ。由宇がスマートフォンを取り出そうとしたので、「やめておけ」と止める。

「写真を押さえておこうと思ったんですが」

「大人しく歩くだけにしよう」

八神は歩調を早め、竹本の家の前を通り過ぎた。まだそれほど築年数が経っていない二階建てで、薄茶色の外壁に、一階と二階の中間に走る青いストライプが洒落《しゃれ》た差し色になっている。

坂はさらに続く。途中、竹本の家を見下ろせる場所に一台の覆面パトカーが停まっているのが分かった。ここは目立つな……竹本も当然、監視を警戒しているだろう。これでは、竹本が家を出た瞬間に見つかってしまう。

パトカーには、二人の刑事が座っていた。すぐに八神たちに気づき、一瞬鋭い目を向けてきたかと思ったら、さっと一礼する。八神も黙礼を返し、さらに坂を登り続けた。自転車なら問題なく行き来できるが、毎日徒歩で通勤や通学をする人には地獄だろう。自転車だったら、押して歩かないと登れない斜度だ。

十分離れたと判断したところで立ち止まる。竹本の家は辛うじて見えているだけだった。呼吸を整えながら、由宇に話しかける。

「竹本、家にいたな」

「え？」由宇が、いかにも意外だという感じでさっと八神の顔を見た。「いました？どこに？」

「二階の窓のカーテンを細く開けて、外を見てたよ。いかにも警戒している感じだった」

「何で見えたんですか？」

「何でって……」そう聞かれても答えられない。「とにかく、見えたんだ」

「全然気づきませんでした。さすがですね」

「そんなたいそうなものじゃない。しかし、竹本の家は金持ちなんだな」

「確かに家は大きいですよね」

「しかも車が二台停まっていた。一台は軽だけど、もう一台はベンツだぜ」警察官は、捜査の経験を重ねるうちに、嫌でも車に詳しくなる。八神は、フロントグリルの形から、最新のベンツEクラスだと気づいていた。「ドイツではタクシー用」と言われるぐらいタフな実用車だが、逆に言えばそれぐらい信頼性が高く、乗り心地のいい証明である。もちろん日本では、ミドルクラスの中では高級なモデルだ。

「親は、会社役員だそうですね」由宇が手帳を広げる。「アマヤフーズ……健康食品の会社」

「聞いたことないな」

「昔は、駄菓子屋に卸す商品を作るようなメーカーだったんですけど、二十年ぐらい前に二代目が会社を引き継いだ時に、サプリの生産に切り替えて成功したんです。それまで、倒産寸前って言われてたそうですけど」

「よくそんなこと知ってるな」

「昨夜調べました……それより、アマヤフーズもちょっと大変みたいですよ」

「どうして」

「役員の息子が放火容疑で取り調べを受けているって、噂になってます」

任意での事情聴取は、よほどの事件でないとニュースでは報じられない。しかしこういう情報はいつの間にか漏れてしまうもので、「竹本雄太」「アマヤフーズ」という名前が一人歩きしている可能性もある。

「SNSとかで流れてる？」

「ええ」

「それは……我々には特に関係ないな。奴が噂のネタになっても、痛くも痒《かゆ》くもない」

「ただ、竹本が変な反応をすると、面倒なことになるかもしれませんよ。こっちも、監視がやりにくくなりそうな」

「まあな」

家族に接近する手もある。竹本は、高校卒業後定職につかず、たまにバイトをするぐらいで、基本的には家族の世話になっていた。大手食品メーカーの役員を務める父親にすれば、頭が痛い存在ではないだろうか。逆に、どうしても庇いたい「弱み」である可能性もあり、そこを突いていけば、竹本本人が喋らなかった秘密を明かしてくれるかもしれない。

それはもう少し先の話か……まずは竹本の動向監視だ。もちろん竹本は、家に籠もりきりで、ネットの世界に没入している可能性もあるが。

「竹本は、昼間は動かないかもしれない」

「何だかそんな気がします。ネットにはまりこんでる人って、昼夜逆転の生活になっていることも多いですよね」

「そうだな」竹本は、必ずしも引きこもりというわけではないが……何かアクションを起こすとしたら、夜の方が可能性が高い気はする。

「どうしますか？」

「今日はこれで終わりだよ。一応家の場所は確認したし、奴の顔も拝んだし」

「私は見てませんけど」由宇が不満を表明した。

「まあまあ……それより、本格的に監視するなら夜にしたいな」

「そうですね。動きがあるとしたら夜ですよね」

「勝手にしゃしゃり出て嫌がられるかもしれないけど、俺も一度、夜の監視をしてみたい」

一晩徹夜すると、生活のリズムががたがたになってしまうのだが、それでも自分の目で竹本の動きを見極めたい、という気持ちは強い。尾行や監視は、捜査一課時代に散々経験していて、一番得意なことなのだ。

次の作戦としてこれを提言しよう。もしかしたら自分が夜の張り番を始める前に、竹本は動き出してしまうかもしれないが。

八神による竹本の監視は、捜査本部によってあっさり了承された。あくまで捜査本部の刑事たちでローテーションを組む予定だったようだが、二人一組で三交代制となると、かなり難しくなる。八神たちが入ることで、今後のローテーションが多少楽になる、という計算もあるだろう。八神の希望通り、翌日の夜を担当することになった。

張り込みの相棒である最上は、今夜はランドクルーザーではなくメガーヌを用意してきていた。SCUから向ヶ丘遊園まで乗ってくる間、八神は勇まし過ぎるエンジン音にずっと悩まされ続けた。ハッチバックの4ドアという使い勝手のいいボディなのだが、これではとてもファミリーユースには使えまい。

「この車、どこかいじってあるのか？」竹本の家の近くで車を停め、最上がエンジンを切った瞬間に八神は訊ねた。どうも、排気音が獰猛《どうもう》過ぎる。

「そうですね」

「誰がやったんだ」

「さあ……最初からこうなってました。マフラーを交換して、エンジンにも手を入れてるみたいだから、実質四〇〇馬力ぐらい出てるんじゃないかな」

「この小さいボディで四〇〇馬力じゃ、自殺マシンだよ」

「下手な奴が運転したら、そうなるかもしれませんね」最上がさらりと言った。

「お前が、運転が得意なのは分かったけど……」

「一応こいつが、張り込みと追跡用の車なんですよ。外見はファミリーカーに見えるけど、走れば大抵の車には負けない」

確かに、派手なウィングなどの装備があるわけではないし、白というボディカラーも街に自然に溶けこむ。どうせ日本の高速道路では、ポルシェだろうがフェラーリだろうが三〇〇キロを出せるわけではない。適当なサイズで四〇〇馬力までエンジン出力をアップさせたメガーヌなら、どんな状況にでも対応できるだろう。どうせなら竹本も、ポルシェにでも乗っていればよかったのだ。それで、東名高速でメガーヌと追跡劇を展開する——他人にハンドルを任せているなら、なかなか心躍る光景だ。八神も車は嫌いではないのだが、子ども二人を抱えた今は、ホンダのヴェゼルが愛車である。悪い車ではないが、運転していて楽しいものでもない。

午前〇時、ここまでの担当だった捜査本部の刑事二人が挨拶に来る。午後四時からずっと張り込み続きで、さすがに疲れが見えた。八神の経験では、三交代での二十四時間の張り込みでは、この時間帯の担当が一番疲れる。〇時になってしまうと家に帰れなくなって、所轄や本部で仮眠を取るしかなくなり、かえって疲労が蓄積されるのだ。しかも今日は土曜日……遅番の二人にすれば、土日とも潰れてしまった感じだろう。もちろんその分はどこかで非番にして調整するが、土曜の午後から夜にかけての張り込みは、何となく「損をした」感じが強い。最初から徹夜が決まっている方がむしろ気が楽だし、土曜の夜が潰れても、八神にとっては大したことはない。休みだった双子とは、昼の間に買い物につき合ってたっぷり遊んだし、家で夕飯も食べられた。しかもちゃんと仮眠を取っているから、眠気を心配しなくてもいい。何もなければ明日の朝交代して、家で仮眠した後、子どもたちと遊べる――いや、明日の午後には、二人は問題の塾に体験入学することになっていた。いつの間にか、娘たちと母親の三人で話を進めてしまっていて、八神もそれを覗く予定になっている。

「動きますかね」

「どうかな」

「ただ待ってるだけっていうのも、疲れますよね」

「交通捜査課でも、こういうこと、あっただろう？」

「ありましたけど、あまり得意じゃないんですよ」

「何だったら先に仮眠してくれてもいいけど」

ワルが動き出すのは、日付が変わってかなり時間が経ってからで、午前二時から三時頃が多い。その頃なら街は寝静まっているし、明け方まではまだ時間があるから、一仕事済ませるのも簡単ということだろう。

「昼間、目が溶けるほど寝ましたよ」最上が目を瞬かせる。

「それをやると、時差ぼけみたいになって辛いんだけどな」

「でも、寝られる時に寝ておかないと」

確かにそれは刑事の基本だ。八神はドアを押し開け、外に出た。十二月の冷たい風が車内に吹きこみ、震えが来る。

「どこへ行くんですか？」

「ちょっと奴の家を拝んでおくよ。遠回りして帰って来るから、ちょっと時間がかかる」家の前を往復するところを見られたら、竹本は警戒してしまうだろう。

「何かあったら携帯を鳴らしますよ」

「マナーモードにしておく」既に、この辺の家の灯《あか》りはほぼ消えている。携帯の着信音が鳴り響いたら、目が覚めて怪しく思う人がいるかもしれない。

八神は早足で竹本の家の前を通り過ぎ、様子を素早く観察した。窓の灯りは全て消えているが、裏の方は分からない。そちらは隣の家と接しており、回りこめないことは既に確認してあった。

静かに寝ているつもりだろうか……単なる予感だが、竹本はずっと大人しくしている気はないだろう。放火の共犯者と会う可能性もある。もしかしたら「Z」とも会うのではないか。

一度広い道路に出て、別の細い道に入って大回りしてから車に戻る。車を降りた時には震えが来るほどの寒さだったのだが、坂道を登ったり下ったりしているうちに、軽く汗までかいていた。助手席に腰を落ち着け、エアコンの暖風を浴びてホッとする。

「どうだ？」

「動き、ないですね。ちょっとパソコンを見ていていいですか？」

「ああ。外は俺が警戒しておく」

最上が、膝の上でノートパソコンを広げる。闇の中、画面の明かりで彼の顔がぼうっと浮かび上がった。

「まだダークウェブに潜ってるのか？」前方に意識を集中させたまま、八神は訊ねた。

「『Z』のことを調べてます。だけど、不思議な話ですよね。上手い手口と言うべきかな。自分はダークウェブに隠れていて、発言は一般のネットユーザーには見られないようにする。代わりに、影響を受けた人間が普通のネットで『Z』の言葉を伝える――伝達者みたいなものです。これなら、『Z』の正体はまず世間にはバレませんよね」

「だけど、そもそも何のためにそんなことをしてるんだろう。官僚のインサイダー情報を流して不正を告発するなら、堂々とやればいいのに」

「『Z』の情報で、地検の特捜部や捜査二課が動いたっていう話は聞きませんけどね」

「確かにな……だったら、ただそういう情報を発信して目立ちたいだけなのかね」

「だとしたら八神さんの言う通りで、堂々と表で発言すればいいんですよ。意味が分からないな」

「確かに」

その時、八神の視界に動くものが入ってきた。

「最上」右手を伸ばして、ノートパソコンをこちらへ引き取る。「動きがある。竹本かもしれない」

最上がエンジンをかけ、車をゆっくりと前に出した。

「ベンツですね……竹本かな」

「追ってみよう」父親や母親ではないだろう。今日は日曜とはいえ、こんな時間からどこかへ出かけるとは考えにくい。

最上が車を出した。ベンツはウィンカーも出さず、広い道路をいきなり右折する。最上も一気にアクセルを踏みこみ、スピードを上げた。ちょうど信号が赤に変わるタイミングなのだ。

右折すると、最上は少しスピードを落とした。猛スピードで追ってくる車がいたら、竹本もすぐに気がつくだろう。もちろん、家を出る時に既にこの車に気づいていた可能性もある。ただ、このメガーヌは、外観を見た限りでは警察車両に見えない。赤色灯をつけてサイレンを鳴らさなければ、警察官二人が乗っているとは分からないだろう。それに八神たちの顔は、向こうにはバレていないはずだ。

「東名《とうめい》じゃないですかね」最上が言った。

「ああ」膝の上で揺れるパソコンを押さえながら八神も同意した。

「東名に乗ったら、どこへ行きますかね」

「何とも言えないな」

「あまり派手に飛ばさないといいんですけどね。カーチェイスは避けたいな」

「そういうの、好きなのかと思ってたけど」

「下手すると煽り運転になりますから。事故でも起こされたら本末転倒ですよ」

「さすが、交通捜査課出身だ」

「交通捜査課の人間じゃなくてもそう思いますよ」

そこで思い出して、八神はダッシュボード上に設置された小型のビデオカメラで録画を始めた。ドライブレコーダーもついているのだが、このカメラは小型でも高性能だから、より鮮明に映像が撮れるだろう。

予想通り、竹本は東名川崎インターチェンジから高速道路に乗った。行き先は静岡方面ではなく東京方面。となると、高速でのカーチェイスはない。首都高に入れば、この時間でも車はそれなりに走っており、あまりスピードは出せないのだ。竹本も車の流れに乗るだけで、無理にアクセルを踏みこまなかった。最上は上手い具合に、間に一台車を挟んで追跡を続けている。

「都内を抜けて、他の高速に乗ったら面倒ですね」最上が心配そうに言った。

「そこまで遠出するかな」八神は、竹本は都心部のどこかを目指していると予想した。

竹本は、池尻《いけじり》で高速から降りた。この先だと、行き先は渋谷かどこかか――「どこか」だった。竹本は大橋《おおはし》交差点で右折すると、山手通りに入ったのだ。信号が赤に変わるぎりぎりのタイミングで、最上も右折して続く。その時だけ、運転が乱暴になった。

「目立ってないかな」

「大丈夫でしょう」最上は楽天的だった。「あれぐらいの運転をする人間、いくらでもいますよ」

「中目黒方面か……」

「洒落た街だけど、この時間だと洒落てるもクソもないでしょうね」

中目黒なら、遅い時間でも開いている店はある。ただし、運転している竹本は、吞みにいくわけではあるまい。今は、行動を監視されていることも自覚しているはずである。

竹本は中目黒駅までは行かずに、山手通りを左折した。正面には、この辺で一際高いタワーマンション……この時間でも、まだ窓は半分ぐらい明るかった。

左折した瞬間、八神は本能的に「まずい」と焦った。道路は狭い片側一車線になり、このまま普通に尾行を続けていたら、向こうに気づかれる恐れが高くなる。このままもう少し走ると、目黒川を渡ることになる。どうしたものかと悩んだが、ちらりと横を見ると、最上は平然としていた。

「八神さん、シートベルトを外しておいて下さい」

「何を企《たくら》んでる？」

「向こうが車を停めたら、適当なタイミングでこっちも一瞬だけ車を停めます。八神さんはそこで降りて下さい。俺は車を処理してきますから」

「分かった」

「ナイスコンビネーション、見せましょう」

コンビネーションと言われても……しかし八神は、すぐにシートベルトを外した。ほどなく、耳障りな警告音が響き始める。

竹本は、目黒川を渡る橋の手前で左折した。すぐにブレーキランプが灯り、彼が車を停めたのは分かった。

「橋を渡ったところで停めます」

「分かった」

橋を渡り終えた先には、古いマンションがある。メガーヌが停まりきらないうちに、八神はドアを押し開けて車から出た。先ほどいた川崎よりも、少しは暖かい感じがする。

橋を渡る時に、一瞬、川沿いに並ぶ桜並木に目を奪われた。十二月だから、単に枯れ枝が空に伸びているだけだが、ここの桜はそれほど背が高くないので、花見の季節は手が届きそうなところで花が満開になるだろう。花見の名所として持て囃《はや》されているのも分かる――呑気なことを考えている場合ではないと、歩調を早めた。しかし、決して走ってはいけない。おかしな動きがあれば、竹本はすぐに気づくだろう。

橋を渡り切らず、途中で手すりにもたれて竹本のベンツを観察した。まだ停まっている……茶色いレンガ張りのマンションの前で、誰かを待っている様子だった。

ほどなく、一人の男が姿を現す。くわえていた煙草を深く一吸いしてから、道路に投げ捨てた。何者だ？　目立つ――とにかく背が高い。最上も一八〇センチあって、街中を歩いているとかなり目立つのだが、この男は最上よりもさらに大きかった。一九〇センチぐらいあるのではないか？　しかもがっしりしている。分厚いダウンジャケットに身をくるんでいるせいもあるが、上半身がひどく膨れて見えた。

こいつも放火犯だ、とピンとくる。朝村の自宅の近くの防犯カメラに映っていた三人組の一人が、際立《きわだ》って背が高い男だったのだ。

男は、ベンツの助手席の窓から顔を突っこんで、竹本と一言二言話した。それから新しい煙草に火を点《つ》けて、助手席のドアを開ける。車内で煙草を吸っていいかどうか、確認していたのだろう。

その場で何か相談を始めるのかと思ったら、竹本はいきなりベンツを発進させた。こんな時に限って車がない。急いでスマートフォンを取り出し、最上に連絡を入れた。

「どこにいる？」

「ちょうど車を降りたところです」

「今、竹本が男を一人乗せて走り去った」

「クソ！」最上が吐き捨てる。「車で戻りますよ。橋のところですね？」

「ああ」

最上のことだから、すぐに戻って来るだろう。しかしもう、手遅れだ。ベンツのテールランプは既に見えないほど遠くなっている。これから追いかけても、万に一つの偶然がない限り、発見できない。竹本の家に戻って、あの男が帰って来るのを待つしかないだろう。

自分で手を挙げて始めた張り込みだ。それがいきなり失敗——ＳＣＵの看板に泥を塗った、と八神は顔が蒼《あお》くなるのを意識した。

第四章　悪者たち

1

「申し訳ありません」

世田谷西署の捜査本部で、八神は頭を下げざるを得なかった。昨夜——今日未明に竹本を見失い、そのために日曜の朝から室橋を出勤させる羽目になってしまったのだから。

「まあ……こういうこともあるさ」そう言うものの、室橋の表情は渋い。「一台の車だけで尾行している時の問題点がこれだな」

「とはいえ、もう少し慎重にやるべきでした」

「まあ、一つ動きがあったのは収穫ということにしようか」自分を納得させるように室橋が言った。「竹本の昨夜からの動きは？」

「午前五時過ぎに自宅へ戻りました。その後は動きはありません」

「竹本と会っていた男の正体は分からないか？」

「まだ不明ですが、これが当該マンションの住人リストです」八神はメモを差し出した。

「郵便受けで確認しただけなので、完全ではないと思いますが」

「そんなに大きいマンションでもないんだな」室橋がリストにさっと目を通す。「二十人か」

「郵便受けに名前を入れていない人もいますから、実際はもう少し多いかと。部屋数は二十五あります」

「いずれにせよ、問題の人間を探し出すのはそんなに難しくないだろう。背が高い男だって？」

「推定一九〇センチですね」八神は自分の頭の上で手をひらひらさせた。「どこにいても目立ちます」

「だったら、聞き込みですぐに分かるだろう」

「顔が分からないので申し訳ないですが……」昨夜は暗闇の中、一瞬点いたライターの炎で顔が浮かび上がっただけだった。いかに八神の目がよくても、顔の細部まできっちり覚えこむには不十分な明るさだった。

「それはしょうがない」しょうがないと言いつつ、室橋は悔しそうだった。

「聞き込み、手伝います」八神は申し出た。

「徹夜明けだろう？　業務管理上、問題になるぞ」

「それはＳＣＵの中の話ですから、ご心配なく」昨夜の一件、そして今日も捜査を手伝うことは、早朝、綿谷に既に報告していた。綿谷は一言、「キャップには言っておく」。世田谷西署の刑事課長は、こちらの勤務状態に気を遣う必要はない。

「分かった。君らはこのまま中目黒に向かってくれ」

「了解です」

「朝飯ぐらい、食っていけよ」

「もう済ませました」

十分でも時間が空けば飯を食う――警察官になって最初に叩きこまれることだ。仕事がたてこむと決まった時間に食事も摂《と》れないから、食べられる時に食べておくのは基本だ。しかし今朝、竹本の家から戻る途中に牛丼屋で朝食セットを食べてきたのは、世田谷西署の食堂を避けるためでもあった。残念ながら、ここの食堂は合格点には程遠い。

二人はすぐに中目黒に転進することにした。運転席に座った途端、最上が大欠伸をする。

「運転、代わろうか？」

「大丈夫ですよ」

「だいぶ眠そうだけど」

「徹夜ですからねえ……でも、大丈夫です」最上が繰り返した。「先輩に運転させるわけにはいかないですし」

「そんなこと、気にするなよ」言いながら、八神も欠伸してしまった。

「やっぱり俺が運転します」最上がエンジンをかけた。勇ましいメガーヌのエンジン音は、静かな日曜の朝には似つかわしくない。疲れた体と心を揺さぶって、さらに疲れがひどくなるだけだった。

中目黒までのドライブがスムーズだったことだけが幸いだった。都内では今でも、渋滞を気にせず、ストレスなく車を運転できるのは日曜の朝だけだ。

室橋が指示を飛ばす前なので、現場には八神たち二人きりだった。さて、ここからどうするか……マンションの部屋をいちいちノックして回るわけにはいかない。下手したら、一九〇センチの大男と出くわしてしまう恐れもあるからだ。相手の正体が分からない以上、直接の対面はまだ避けたい。

二人は、マンションを出入りする人を待ち受けて話を聴くことにした。しかし日曜の午前中とあって人の出入りは少ない。午前九時半から待機し始めて、一時間以上も住人の姿を見かけなかった。

「いくら何でも静か過ぎませんか？」さすがに焦《じ》れたのか、最上が苛ついた様子でハンドルを指先でしきりに叩いた。

「そうだな——応援が来たぞ」八神は車の外に目を向けた。日曜なのに、コートにスーツ姿の男が二人。捜査本部で何度も会った世田谷西署の刑事だった。二人は真っ直《ます》ぐメガーヌに向かって来て窓を叩く。八神はすぐにドアを開け、外に出た。

「今のところ動きはないですね」年長——四十代半ばだろうか——の刑事に報告する。

「ノックしないのか？」

「いきなり出くわすとまずいので、出てくる人に話を聴きます——あ、行きましょう」

マンションのホールから中年の女性が出てきたので、八神は駆け出した。最上も後ろからついて来る。二人の刑事は車のところに残った。女性一人から事情聴取するのに、四人がかりは大袈裟《おおげさ》過ぎる。相手を怯《おび》えさせてしまうだろうから、これは賢明なやり方だ。

「すみません！」少し離れたところから、八神は声をかけた。びっくりしたように女性が立ち止まって、身を震わせる。不安そうな表情を浮かべて、恐る恐るこちらを見た。

「すみません、ちょっといいですか」八神はもう一度女性に声をかけ、バッジを示した。

「警察です。話を聴かせていただけますか」

「はい……何でしょう？　ちょっと急ぐんですけど」

「お時間はかかりません。このマンションに住んでいる方で、背の高い男性に見覚えはありませんか？」

「高いというのは……」

「一九〇センチぐらいあります」八神は自分の頭上一五センチぐらいのところで、右の掌《てのひら》をひらひらさせた。

「ああ、はい。見たことあります」

「名前は分かりますか？」

「知りませんけど、四階に住んでる人だと思いますよ。四階からエレベーターに乗ってきたことがあるので」

八神は手帳を広げた。四階の住人で、郵便受けに名前が入っていたのは四人。ワンフロアに五部屋あるようだが、この四人の中の誰かなのか、あるいは名前が分かっていない一人なのか……。

「どんな人か、分かりますか？」

「さあ」女性が首を傾げる。「話したこともないですし」

「見た感じ、何をしている人かとか……」

「分からないです。大きい人というぐらいで」機嫌悪そうに、女性が唇を尖らせる。

「このマンション、家族で住んでいる人が多いんですか？」

「単身者が多いと思いますよ。たぶん、部屋は全部1LDKですから」

この女性はこれ以上の情報を知らないと判断して、事情聴取は終わりにした。二人の刑事のところに戻り、今の話を報告する。このまま同じような聞き込みを続けて、名前を割り出せるだろうか……。

しかし昼前に、問題の大男の名前は判明した。滝田黎人《たきたれいと》。年齢や職業、家族構成までは分からない。しかしフルネームさえ分かっていれば、後は様々な方法で個人情報にアクセスできる。

捜査本部の刑事二人が、室橋に連絡を入れる。その間、八神は綿谷と話した。

「分かった。そいつが共犯の可能性もあるな」綿谷の反応は早い。

「そうですね。捜査本部はこれから人定《じんてい》にかかりますけど、それがはっきりするまでつき合いますよ」

「徹夜だろう？　いい加減、引き上げろよ」綿谷が心配そうに言った。

「割り出すまではこっちの責任なので。また連絡します」

あれこれ言われるのが嫌なので、八神はさっさと電話を切ってしまった。頰を膨らませてから一気に息を吐き、「よし」と自分に気合いを入れる。

「綿谷さん、何か言ってました？」最上が訊ねる。

「もう引き上げろってさ。超過勤務の処理が面倒なんだろう。でも、断った」

「ですよね」最上がニヤリと笑ってうなずく。「滝田という人間の正体ぐらい知っておかないと」

「君は大丈夫か？」

「全然平気ですよ。でも、そろそろエネルギー補給したいですね」

「もう腹が減ったのか？」

「そりゃあ、昼ですから」

適当なタイミングで食事を済ませ、世田谷西署へ戻ろう。そこで必要な情報を入手し、捜査本部の方針を確認して、明日以降の動きを綿谷とまた相談する……娘たちの塾体験は、彩に任せるしかないだろう。朝方、一度電話は入れておいたのだが、もう一度メッセージを送っておかねばなるまい。

捜査本部と連絡を取っていた中年の刑事が、険しい表情を浮かべてやってきた。

「あれはヤバいタマだぞ」

「どういうことですか？」

「前科ありだ。二十二歳の時に傷害事件を起こして、執行猶予つきの判決を受けている。今、三十歳」

「今、何をやっているかは――」

「それはこれから調べることになっている」刑事が首を横に振った。「俺たちは、しばらくここで張り込みだ。あんたらは……」

「捜査本部で話をします。必要なら、監視のローテーションに入りますから」

「あんたらが張り込んでると、ろくでもないことが起きる可能性が高いみたいだな。今のところ、打率十割じゃないか」

刑事が皮肉っぽく言ったが、反論もできない。明らかに事実だからだ。

取り敢えずこの場でやれることはないので、引き上げることにする。最上の希望で、昼食だけはこの街で済ませておくことにした。中目黒は安い店から高い店まで、飲食店の集積度が高い街だが、取り敢えず車をコインパーキングに停めたまま歩き回り、ごく普通の中華料理屋に入った。いわゆる町中華で、近所の人らしい家族連れなどで賑《にぎ》わっている。

八神はまだ空腹を感じていなかったので、普通のラーメンにした。最上は東坡肉《トンポーロウ》をトッピングしたチャーハンという、カロリー過多のメニューを選ぶ。店内は混み合っているので、捜査の面倒な話もできない。いつの間にか、話は八神の愚痴になっていく。

「本当は、今日は娘たちと約束してたんだ」

「じゃあ、もう引き上げたらどうですか？　世田谷西署の捜査本部とは、俺が話しておきますよ」

「いや、そっちも引っかかるから」

「家族持ちは大変ですよね。色々話を聞いていると、結婚、考えちゃうな」

「結婚するのか？」

「まだ具体的な予定は決まってないんですけどね」

「相手は？」

「所轄時代の交通課で一緒だった後輩の娘《こ》です。今、本部の交通規制課にいますけど」

「うちも、奥さんは元同僚だよ」

「俺ら、職場結婚の割合、高くないですか」

「手っ取り早く結婚しようと思ったら、そうなる。警察官あるあるだよ」

最上が声を上げて笑い、「手っ取り早くなんて言ったらバチが当たりますよ」と言った。

「だな」実際、八神の場合は決して手っ取り早くはなかった。必死に頼みこんでようやく結婚に漕《こ》ぎつけたのだから……人生であれほど必死になったことはない。「でも、早く結婚した方がいいぞ。その後の生活設計が楽になるから」

「ですかねえ」

「今の部署、そんなに忙しくないんだから、チャンスじゃないか」

「うーん……」唸って、最上が黙りこむ。彼の中では結構深刻な問題なのかもしれない。

料理が運ばれてきて、二人は食事に取りかかった。最上の東坡肉チャーハンは大変な迫力……普通サイズのチャーハンの上に、いい照りの東坡肉が何個も載っている。さっそくレンゲをシャベルのように突っこんでチャーハンを食べ始めると、目を丸くする。

「ここ、当たりですよ。美味いです」

「そうか、よかった」最上も由宇と同じで、美味いものをたらふく食べさせておけば上機嫌のようだ。

八神のラーメンはごく普通の味だったが、特に文句はない。取り敢えず腹が膨れれば——そもそもそんなに減ってもいなかった——それでいい。

食事を終え、世田谷西署に戻る。室橋が疲れた顔で電話していた。通話を終えると、二人に向かってうなずきかけ、「応援をもらうことにした」と告げる。

「我々は——」

「SCUだけじゃ、人が足りないんだよ。所轄の刑事課でこの捜査本部に入っていない連中や、生活安全課からも人を借りた。何かあれば、またあんたらにお願いするから」

「滝田には前科があるそうですね」八神は話を切り替えた。

「酒の上での喧嘩《けんか》だよ。相手は重傷……公判が始まる直前に示談が成立して、何とか執行猶予つきの判決が出たみたいだな」

「ヤバい人間なんですかね」酒が回れば、真面目なサラリーマンでも喧嘩ぐらいはするのだが。

「逮捕当時の記録では、無職だった。半グレ連中とのつき合いもあったようだから、真っ白な人間ではなかっただろうな。いつ爆発するか分からないタイプかもしれない」

「竹本は、そういう人間と知り合いなんですね」

「どうかな。奴の身辺調査もまだ済んでいないから、何とも言えない。この辺は、もう少し突っこんで調べる必要がある」

「いつでもお手伝いしますよ」

「そうだな」室橋がうなずく。「そっちを手伝ってもらうことになるかもしれない。いずれにせよ、おたくらは動向監視から離れて、自由に動いてもらう方がいいんじゃないかな」

やけに物分かりがいいのがかえって不安だった。

室橋としばらく話をして、綿谷にも報告し、今日の仕事は終わりにした。明朝は、世田谷西署に集合。この頃になると、八神もさすがにエネルギーが切れかけていた。家までは何度か乗り換えねばならないのだが、電車で座ってしまうと起きられないような気がして、ずっと立ったままでいた。

自宅へ戻ると誰もいない——娘たちと彩は、塾へ出かけている時間だ。シャワーを浴びたいと思ったが、ソファに腰かけた瞬間意識がなくなってしまう。賑やかな声で目が覚めた時には、一時間ほどが経っていた。中途半端な眠りで、かえって疲労が増した感じがする。一晩徹夜したぐらいでこうなってしまうのも情けない限りだ。

「あら、帰ってたの？」彩が声をかけてきた。

「ああ……塾、どうだった？」

「行くことにしたわ。感じがいい教室だったわよ」

「そうか」

「疲れてる？　大丈夫？」彩が心配そうに言った。

「時差ぼけみたいだ」

「そういえば佑君、ハワイに行った時、時差ぼけがひどかったわよね」

「しかもエコノミークラス症候群でひどい目に遭った」

新婚旅行はハワイだった。八神にとっては初の海外旅行だったが、ハワイというのは初の海外としてはなかなかハードルが高い場所である。時差十九時間、生活ペースが数時間ズレた感じになって、完全に元に戻るのに、帰国してから一週間近くかかったのではないだろうか。しかも狭いエコノミークラスで我慢を強いられていたせいで、しばらく足が痺《しび》れるような症状が続いていた。もっとも今回は、エコノミークラス症候群というわけではない。疲れているのは、自分で事態をコントロールできていないせいではないだろうか。あるいは歳を取ったということか……四十歳にもならないのに体力的に不安になるようなら、この先が思いやられる。

娘たちは塾に体験入学して興奮しているようで、その時の様子を熱心に話してくれた。この二人は何故か、申し合わせたように順番に喋る。美玖が先になる時も、美桜が先頭を切る時もあるのだが、絶対に話が被《かぶ》らない。台本を読んでいるように、綺麗に話をつなげていくのだ。

「じゃあ、来週からもう行くんだ」

「そう」美玖が顔を輝かせて答える。

「ちゃんと成績が上がるように頑張れよ」

「もちろん」と美桜。ここでも話す順番を守っている。

娘たちと話しているうちに、少しだけ疲労が抜け、気持ちが楽になってくる。やっぱり家族の存在は大きいよな、とつくづく思う。

八神の親は、二人とも公務員だった。父親は練馬区役所勤務。母親も区立の図書館職員で、時間に余裕はあり、毎日の生活リズムもほぼ一定していたと思う。そういう生活が体に染みついて大人になったせいか、どうしてもイレギュラーな状況に弱い。同じ警察官になるにしても、きっちり勤務時間が決まっている職場もあるから、そちらにした方がよかったかもしれないと悔いることもあった。今からでも、人生を大きく変えることはできるかもしれないが……。

「今日、どうする？　疲れてるなら家で食べる？」彩が訊ねる。

「いや、外へ行こうよ」八神の家では、何もなければ日曜の夜は外食に決まっている。ささやかな贅沢だ。考えてみれば今日は、朝も昼も外食だったのだが、それは気にしなくていいだろう。家族のイベント優先だ。「焼肉とか、どうかな」

「じゃあ、そうしましょうか。明日は？」

「普通に出勤する。世田谷方面に」

「今日は早く寝ないとね」

「心配しなくても、すぐに眠れるよ」


実際、あっという間に寝てしまった。十時にベッドに入ると、瞬時に意識が消える……しかし、五時過ぎに目が覚めてしまったのには参った。八神は毎日ほぼ七時間睡眠をキープしている。普段は十一時に寝て六時起き。昨夜は一時間前倒しで寝たので、一時間早く目が覚めたわけだ。どうせなら少しでも余分に寝て疲れを取っておきたかったが、それができないのが恨めしい。こういうのは意思の力では調整できないようだ。

彩を起こさないようにベッドから抜け出し、着替えて新聞を取って来る。その途中でスマートフォンを確認すると、メッセージが入っていた。結城。着信の時刻を確認すると、午前二時である。緊急事態か、と一瞬顔が蒼ざめた。いや、本当に緊急事態だったら、電話がかかってきたはずである。

メッセージの内容を見て一安心する。今日は世田谷西署ではなくSCUに出勤するように、との指示だった。しかし、午前二時に指示を送ってくるとはどういうことだろう。

そんな時間まで仕事をしていたのか、たまたま目覚めて思いつきでメッセージを送ってきたのか。どちらにしても、あまり健康的な行動とは言えない。

　土日が潰れたので、やはり今週は長くなる感じがした。日曜の朝に帰宅できていれば、特に問題はなかったのだが……朝のラッシュも、いつも以上に体力を奪う。

　出勤すると、ＳＣＵには結城しかいなかった。

「おはようございます」

「ああ」

　結城が書類から顔も上げずに言った。何だか不機嫌そう……八神は取り敢えず、コーヒーを用意した。粉と水を入れるだけで、後は機械が勝手にやってくれるから面倒はないのだが、今朝は何だか緊張してしまう。このキャップは、何を考えているか分からないから、二人きりだと心がざわつく。

「キャップ、コーヒーはいりますか？」

「いや、いい」結城がようやく顔を上げる。顔色は悪く、無精髭《ぶしようひげ》も目立つ。「昨夜から飲み過ぎなんだ」

「もしかしたら、泊まったんですか」

「ああ」

　日曜の夜にいったい何があったのだろう。自分が知らない間に、捜査が大きく動いたとか……結城が両手で顔を擦り、デスクの脇にあるソファに腰かけた。八神は自分の分だけのコーヒーを持って、向かいに座る。

「他の連中は、世田谷西署ですか」

「ああ」

「それで、俺には何か別の指示でも？」もしかしたら、他の事件の捜査かもしれない。そもそも銀行での事件も、途中で放り出してしまっている。

「昨日から世田谷西署の連中と話して、俺なりに情報収集もした。竹本という男に関しては、君が一人で調べてくれないか」

「動向確認ということですか？」

「いや、周辺捜査だ」

「他の連中は？」

「周辺捜査なら、一人で十分だろう。君なら任せられる」

「それは構いませんけど……昨日もＳＣＵで調べる話になっていましたし」

「現有戦力の状況を鑑《かんが》み、君に任せるということだ」

「分かりました」

「じゃあ、そういうことで頼む。俺はここで待機しているから」

言われて、コーヒーカップと一緒に自席に移動する。どこから手をつけるべきか……

世田谷西署で見た調書から抜き出し、手帳に書きつけたメモを読み返す。

竹本は高校卒業後、ふらふらした生活に堕していたようだが、時々バイトはしていた。その中で比較的長続きしていたのは、登戸《のぼりと》にあるスーパーの仕事である。前後二度、計一年間にわたって働いていて、直近の職場がまさにそこだった。二ヶ月前に辞めていたが、その経緯は分からない。

チェーンのスーパーだが、竹本を知っている人間もいるだろう。まずはここからだな、と決めて席を立った。一応、キャップにも報告しておかないと……「登戸まで行きます」と告げると「分かった」と一言。

余計なことを一切言わない人なんだな、と改めて思う。警察官に限らずどんな勤め人でも、職場では多少はプライベートな会話を交わすものだ。それこそ家族の話とか趣味の話題とか……しかし結城は、仕事以外の一切の会話を拒絶している雰囲気さえある。そう言えば、結婚しているのか独身なのかも分からない。結婚指輪はしていないが、結婚している人全員が指輪をするものでもあるまい。

余計なことを言うと、睨まれる恐れもある。何も言わないのも勤め人の知恵だ、と自分に言い聞かせて八神はＳＣＵを後にした。

2

登戸駅から歩いて二分ほどのところにあるスーパーでは、店長が応対してくれた。八神より年下に見えるが、もしかしたら同じように童顔なのかもしれない。

「竹本君ですか？……何と言いますか」どうにも歯切れが悪い。

「何か問題でも起こしていたんですか？」

「そういうわけじゃないですけど、正直言って、あまり評判はよくなかったです」

「どんな風にですか？」

「まあ……」

店長が頬を掻《か》いた。じっくり事情聴取するには適していない、店の裏口。頻繁に店員の出入りがあるので落ち着かないし、今日は雪でも降りそうな曇天で、寒さも一際厳しい。店長は店の制服姿で上着も着ていないので、ひどく寒そうにしている。コートを貸そうか、と思ったぐらいだった。

「煙草、いいですか？」

「どうぞ」

言うと、店長が急いで煙草に火を点ける。ゆっくり煙を吸いこんで吐き出すと、それで何とか落ち着いたようだった。煙草を吸うと暖かくなるものでもないだろうが。

「何かトラブルでもあったんですか？」

「暗い子でねえ……休憩時間も誰とも話そうとしないで、ここで煙草を吸ってスマホをいじってるだけだったんですよ」

「他の店員とコミュニケーションを取ろうとしなかった？」

「そうですね」店長がうなずく。「うち、若い人も多くて、どちらかというと仲がいい職場なんですけど、彼は全然人の輪に入ろうとしなかった」

「そういう人も珍しくないと思いますが」

「ただねえ、その様子が……」店長が今度は頭を掻いた。「ここで一人でいる時なんか、気味が悪いぐらいだったんですよ」

「どんな風に？」

「蛇がトグロを巻いている感じ」

それはあまりにもひどい……八神が見た限りでは、竹本はヘラヘラした若者という感じだったのだが。

「こちらでは二回、勤めてますよね」

「そうですね」

「辞めてまた戻って来たということですか？」

「ええ。最初は、他のバイトが決まったから辞めるという話でした。でも一年ぐらいして、また応募してきたんです」

「出戻り？」

「そんな感じです」店長がうなずく。「でも、二度目の勤務の時は、さらに暗くなっていましたね。最低限のコミュニケーションを取るだけでも大変でしたよ」

「それでよく仕事になりましたね」

「まあ、何とか……スーパーでは、色々な人が働いていますから。でも、表のレジなんかは任せられませんでしたね。基本的にはバックヤードの仕事でした」

「二ヶ月前にまた辞めましたよね？　その時は、どういう理由だったんですか？　また別のバイトを見つけたとか？」

「いや、それは……」店長が顔をしかめる。「よく分からないんです。『やることができた』という話でしたけど、理由はきちんと言わなくて。こっちもそれでは困るんですけど、辞めると言う人間をどうしても引き留められるものではないですから。出入りが多い職場ですから、どうしてもたまにそういう人が出てきます」

「誰か、親しい人はいませんでしたか？」

「どうかなあ。他の従業員とはろくに話もしない人でしたからね。まあ、強いて言えば富永《とみなが》君ぐらいかな」

「その人は？」

「学生のバイトです。一年生の時からずっとうちでバイトしている真面目な子ですよ」

「今、いますか？」

「ええ。もう就職も決まって、大学も暇みたいなので……普通に昼間から働いていますよ」

大学の四年生にもなれば、ほとんど単位を取り終えているのかもしれない。しかも就職も決まっているなら、目の前に開けているのは薔薇色《ばらいろ》の人生だ。

「今、会えますか？」

「調整しないと……レジに出ていたら、私が代わります」

「お願いできますか」八神はさっと頭を下げた。店長が協力的なので、ここは甘えることにする。

「ちょっと待って下さい」

店長が、裏口から店内に引っこんだ。手持ち無沙汰になった八神はスマートフォンを取り出したが、どこからも連絡は入っていない。捜査一課時代、刑事は二人一組で動くと教育されていたので、こういう単独行には未だに慣れない。

五分ほどして、若い女性が様子を窺うように左右を見回しながら裏口から出てきた。富永というのは女性だったのか……。

「富永さん？」声をかけると、女性がびくりと身を震わせる。「お前は圧がないからな」といつもからかわれているのをプラスに考えようとしてきた。この童顔は、常に相手をリラックスさせるはず……しかし彼女には通用しない。警察官に呼ばれていると思えば、誰だって緊張するだろう。

「はい、富永です」

八神は諦めず、さらに愛想のいい笑みを浮かべて手帳を広げた。

「お名前は？　決まりなので、記録させて下さい」

「富永優佳《ゆうか》です」と名乗って、丁寧に字を説明してくれた。

「お仕事中、申し訳ないです」八神は頭を下げ、本筋とは関係ない話から入った。優佳はまだ緊張しているようだから、少し身の上話でもしてリラックスさせる必要がある。

「ここでずっと働いているんですね？　大学一年生の時から」

「ええ」

「今、四年生ですか？」

「そうです」

「もう就職も決まったそうですね。どこですか？」

「実はこのスーパーなんです」

「本社？」

「はい」

「じゃあ、バイトの経験が生きたわけだ」

「そんな感じです」

優佳がようやく笑みを浮かべる。これで少しは緊張も解《ほぐ》れただろうと、八神は本題に入った。

「ここでバイトしていた竹本さんのことを調べています」

「はい……あの、放火事件で逮捕されるっていう噂を聞きましたけど」優佳の顔に影が差す。

「どこで聞きました?」

「ネットで噂が流れてて……やっぱりって思いました」

「やっぱり? やっぱりというのはどういう意味ですか?」この事件を予想していたというのか?

「竹本さん、変なことを言ってましたから。ここを辞める直前ですけど」

「どんな?」

「世直しをするんだって」

マジか、と八神は自分の耳を疑った。世直し――竹本から見れば、反政府的な自説を展開する朝村は「世を乱す人間」なのかもしれない。あまりにも勝手な理屈だが……。

「それは聞いてないです。『選挙にでも出るんですか』って聞いたら、笑ってましたけど」

「あなたは、彼が何をすると思ってましたか？　それこそ選挙に出るとか？」

「それは……自分で言っておいて何ですけど、そういうことは絶対にないと思ってました。選挙なんかには、興味がなさそうな感じだったので」

「結構話してたんですね」

「そうでもないですけど……竹本さんがＳＮＳをやってる話を聞いて、フォローだけしたんですけど、その内容もちょっと気持ち悪くて」

「『Ｚ』の話ですね」

「『Ｚ』って、正体不明の人ですよね？　何か、ヤバいことをいろいろ暴露している人」

「そうですね」それこそ世直しなのかもしれない。腐った官僚を攻撃して、世の中を正そうとしている……。

「俺は『Ｚ』信者だってよく言ってました。だからそれを広めるんだって。でも、そんなことして、世直しになるんですかね」

「何とも言えません」

「今回の放火も、そういうことだったんですか？」優佳が訊ねる。

「具体的には？」

「その可能性はありますね」

ただ、「Z」の主張と朝村の言説に大きな隔たりがあるとは思えない。「Z」は官僚を攻撃し、朝村は民自党——政権与党をきつく批判する。現在の「体制」に批判的なのは同じだし、「アジテーター」としての役割も似通っていると言っていいだろう。もしかしたら朝村こそ「Z」なのでは、と八神は一瞬考えた。いや、それはないか……ネットでの論戦は、「右」「左」の大枠での戦いだけとは限らない。攻撃する相手の発言の細かい矛盾を突いて、どうでもいいような罵り合いに転落していくことも多いはずだ。そもそも竹本の朝村攻撃には、ほとんど根拠がない。朝村が、テレビなどで発言するよりもさらに過激な主張——現政権の「下野」ではなく「打倒」を打ち出して、物の分からない「左」の夢想家たちを扇動していると言うのだが、朝村のツイッターやブログには、そういうニュアンスはまったくないのだ。基本的に、テレビなどで話している内容とさほど変わらない、と捜査本部も結論を出している。短い時間で完全に精査できたとは限らないし、本人の名前が特定しにくい裏アカウントで過激な主張を展開しているかもしれないが……そんな行動は、朝村にとってはリスクが大き過ぎるだろう。

「怖いですね」優佳が顔をしかめる。「そういうの、冗談だと思ってたんですけど、本当に世直しのつもりで放火したんでしょうか」

「どうでしょうね。単純に考えれば、誰かの家に放火したぐらいで、世直しできるわけもないと思いますけど」

竹本は「警告」と言っていた。反政府的な発言を繰り返す朝村を日本人として許せない、と。

竹本の言い分は、すぐに受け入れられるものではない。そもそも放火犯と見られる三人は、闇サイトの掲示板で知り合ったことになっている。ただし、三人のうち誰が主導権を握っていたかは、まだ分からない。こういうのは、誰かが切り出さないと始まらないわけで、言い出した人間が「主犯」だと考えていいだろう。もしかしたら竹本は、自分が主犯と認定され、罪が重くなるのを恐れて、供述を曖昧にしたのかもしれない。

捜査本部は、この犯行の背後にはやはり「Z」がいると想定している。今の日本では、一応誰が何を言っても自由だが、それが犯罪につながったら、警察としては看過できない。しかし、捜査はできるだけ慎重に進める必要はある。「Z」の正体は不明だが、ネット上では一定の影響力を持つ人間だ。逮捕したら「警察権力の不当な行使」と批判の声が巻き起こる可能性もある。ネット上だけのことなら、どんなに激しい炎上になっても無視できるが、それが外に漏れ出すと面倒なことになる。

しかし、あまり先のことを考えて動いても仕方ないだろう。まずは竹本の動機、それに放火事件を扇動した人間を特定しなければどうしようもない。

「他に何か聞いていませんか？　放火事件を起こしそうな話とか」

「いやー、ないですね」優佳が首を横に振る。

「彼は、スーパーで働いている人とはろくに話をしなかったそうですけど、あなたとはどうして話したんですか？」

「年齢が近いからじゃないですか？」

「今は若い人が多いって、店長から聞きましたよ」

「あ、でも、若いっていうのは三十代前半っていうことだと思います。二十代なんて、私と竹本さんぐらいでしたから」

「他に、竹本さんと仲がよかった——話をしていた人はいますか？」

「うーん、どうですかね」優佳が首を傾げる。「前にバイトしていた時に一緒だった田《た》上《がみ》さんぐらいかな」

「その人はどういう人ですか？」手帳に名前を書きつけながら八神は訊ねた。

「やっぱりバイトの人で、その頃は大学生でした。もう就職してるはずですけどね」

「竹本さんの友だち？」

「友だちと言えるかどうかは分かりません」優佳が躊躇《ためら》う。「ここで煙草を吸いながら話しているところは、何度か見たことがありますけど」

「その田上さんの連絡先、分かりますか？」

「私は分かりませんけど、店長は知ってると思います。勤務の記録が残ってるはずですから」

「分かりました。確認してみます」八神は一度手帳を閉じた。

「あの……」優佳が遠慮がちに切り出す。

「何ですか？」

「これ、私の就職には関係ないですよね？　警察の人に話を聴かれたなんて知られたら……」

「もちろん、関係ないですよ。非常によく協力してもらって助かりました。私の方から、本社にお礼状を書いてもいいぐらいです」

「それはやめて下さい」優佳が真顔で訴えた。「どうか、内密で」

プラスでもマイナスでも警察とは関わり合いにならない――人生は、その方がいいに決まっている。

田上という元バイトは、やはり既に就職していて、しかも東京を離れていた。出身地の京都に戻って、地元の銀行に勤めているという。となると電話で話を聴くことになるのだが、八神は話がスムーズにいくように、予め田上に電話しておいて欲しいと店長に頼みこんだ。「警察から連絡が入るから」――顔見知りから教えられていれば、向こうも必要以上に用心しないで話してくれるだろう。

八神が警察官になった頃には、こんなことはなかった。電話をかけて「警察だ」と名乗れば、どんな相手でもすぐに話してくれたものである。しかしここ十年ほど、電話の地位は低下する一方だ。登録していない番号からの電話には出ないという人も多いし、出ても、こちらの正体を疑って、話にならないことも少なくない。まったく、面倒なことになったものだ。生活に完全に入りこんで、今や必需品となったスマートフォンとどうつき合っていくかは、本当に難しい。もう少しすると、娘たちにも与えることになるだろうが、どういう風に使わせるか、教育が難しいところだ。そういうことは、学校ではちゃんと教えてはくれないだろうし。

「電話で申し訳ありません。警視庁の八神と申します」

「八神さん……ああ、なんか名前が似てますね」

確かに「田上」と「八神」は、読みでは一字違いだ。向こうが緊張せず、気楽な調子で切り出してきたのでホッとする。

「田上さん、東京にいる時に、登戸のスーパーでバイトしてましたよね？」

「正確には、東京にいたわけじゃなくて、大学が都内にあっただけです。住んでたのも、向ヶ丘遊園です」

ということは、竹本と同じ街にいたわけだ。それは、親しくなる要因になるだろうか？　バイトの帰り道に一緒になり、「軽く一杯やろうか」というところから……しかし竹本は、バイト仲間とのつき合いをほぼ拒絶していたという。

「竹本さんと親しかったそうですね。竹本雄太」

「あの、竹本さん、放火の疑いを持たれてるって聞きましたけど……」田上が急に声を潜める。

「ええ」

「放火って、どういうことなんですか？　放火されたのって、よくテレビに出てる大学の先生の家ですよね」

「ニュース、チェックしてましたか？」

「ええ」

「詳細はまだ分からないんです。逮捕されたわけではないですから、動機面も含めて捜査はこれからで――その関係でお電話しました」

「はあ」田上は納得できていない様子だった。「ちょっと意味が分かりません」

「こちらでも話せないことはたくさんあるので……竹本さんは、何か政治的な話をしていましたか？」

「政治的？　今時、政治的な話をする奴なんかいるんですか？」

「どこの政党を支持しているとか、そういう話は？」

「聞いたことないです」

「右翼的な言動は？」

「ええ？」田上が驚いたように、急に大きな声を上げた。「右翼って、何ですか？　物騒だなあ」

「ＳＮＳなんかでは、そういう人は珍しくないじゃないですか」

「ネトウヨですか？　いや、そんな話は聞いたことないですね」

「あなたがあのスーパーでバイトしていたのは……三年ぐらい前ですか」

「そうですね」

「期間はどれぐらいですか？」

「半年です」

「竹本さんとはどのくらい仲がよかったんですか？　彼は、他のバイトの人とはほとんど話さない感じだったと聞いていますけど」

「そんなに仲がいいわけじゃなかったですよ」どこか言い訳めいた口調で田上が言った。「ローテはあまり被ってなかったんです。竹本さんは昼中心で、僕は夕方から夜が多かったので……竹本さんがたまに夜のローテに入ってくる時に、一緒になったぐらいです」

「呑みに行ったりは？」

「何度かはありました」

「その時、どんな様子でした？」

「普通ですよ……あの、他のバイトとほとんど話さなかったって言いますけど、あの時期は、バイトはおばさん中心だったんです。二十代はほとんどいなかったから、話すも話さないも……共通の話題もないですからね。僕だって、他のおばさんバイトとはそんなに話はしませんでしたよ」

なるほど。店長が言っていたのは「今現在」の状態だったわけだ。スーパーは、年齢にあまり関係なくバイトを募っているし、入れ替わりも多いはずだから、平均年齢が高くなったり低くなったりするのは、さほど珍しいことではあるまい。

「じゃあ、当時は貴重な若手だったんですね？」

「そうなりますね。年齢が近い人間がいれば、何となく話すようになるでしょう」

「竹本さんはどんな人間でした？」

「こんなこと、僕が言っていいかどうか分からないけど、元引きこもりだったそうです」

「いつ頃ですか？」

「中学の頃。三年生の時は、ほとんど学校に行かなかったそうです。何とか高校には入ったけど、やっぱり休みがちで、辛うじて卒業したって言ってました」

「そんな人が、よくバイトできるようになりましたね」

「親が厳しかったらしいですよ。『家から蹴り出された』って言ってましたからね。本当かどうか分からないけど、家でゴロゴロしているわけにはいかなかったんじゃないですか。本人は、バイトなんかしたくないって言ってましたけどね」

「ずっと引きこもっていたかった？」

「ネットにはまってましたし」

「ＳＮＳ？」

「そうですね。でも、よく変な話をしてましたよ」

「というと？」

「ＳＮＳなんかでは分からない、本当の情報があるんだって。そういう情報は限られた人間しか得られない……何のことかと思いましたけど」

「闇サイト」

「はい？」

「普通の人はアクセスできない闇サイトがあるんです。その内容は、通常のサーチエンジンには引っかからない」

「そんなの、あるんですか？」

「ええ」

「なるほどねえ」田上が納得したように言った。

「何がなるほどなんですか？」

「ネットの世界では俺は優位に立ってる、みたいなことを言ってたんです。当時は意味が分からなかったけど、そういうことなら理解できますよ。陰謀論みたいなものを信じてたんじゃないですか？」

「そうかもしれません」

ということは、「Z」との接点も数年前からあったのかもしれない。自分だけの考えに凝り固まり、さらに「Z」に洗脳されて今回の犯行に走った可能性もある。

本当にそうなら、「Z」は危険人物だ。洗脳して自由に動かせる人間を何人も抱えていたとしたら、これからさらに危険な犯行に走る可能性もある。

「陰謀論って、どういう感じの話でした？」

「日本を本当に動かしているのは、表に出てこない一族だ、とか」

「本当にそんなことを？」

「冗談だと思ってスルーしてたんですけど、あれもマジだったんですかね」

「そういう風に思いこむこともあるかもしれません」

「怖いですね。ネットの世界との関わり方はいろいろだろうけど、竹本さんが本気でこんなことをするなんて……そういうことをするタイプだとは思わなかった」

「引きこもりがちだったから？」

「バイトするのも嫌がってたんですよ？　そんな人間が放火するなんて」

それとこれとは別かもしれない。引きこもっていても、夜中になると家を出て歩き回る人もいるわけだし。

「他のバイトが決まったから、スーパーでのバイトを辞めた、と聞きました」

「あ、そうなんですか？　私の方が先に辞めたので、その辺の事情は知らないんです」

「辞めた後、連絡は取っていませんでしたか？」

「全然。考えてみたら、メアドや電話番号も聞いてなかったんですよ」

「そうなんですか？　普通、親しくなったらその辺の情報は交換するものじゃないですか？」

「一度、一緒に呑んでいてメアドを交換しようって言ったことがあるんですけど、やんわり拒否されたんですよね」

「そうですか……」

これでもまだ、竹本という人間のことが分からない。前回バイトしていた二年前――二十三歳の時には、既に闇サイトにはまっていた可能性がある。その辺をさらに掘り下げて調べるにはどうしたらいいいか。

家族に話を聴くしかない。

引きこもりがちで、外出といえばバイトぐらいだった男の交友関係は、極めて限定されているはずだ。バイト仲間にも友人が少なければ、後は家族ぐらい……しかし家族との接触には、細心の注意を払わねばならない。竹本は、自分が監視されていることを意識しているだろうが、警察が家族に接触してきたことを知れば、さらに用心するだろう。疑われている身だから、抗議してくるようなことはないと思うが、今後の捜査がやりにくくなるのは間違いない。

ここは、捜査本部と相談しなければならないだろう。一人で動いていいとお墨つきを得ていても、自分はあくまで組織の一員だ。しがみつかないと不安になることもある。

3

世田谷西署に赴くと、ＳＣＵのメンバーは綿谷がいるだけだった。

「どうした」八神が顔を出すと、綿谷は意外なものを見たように目を見開く。

「朝方、キャップに呼び出されたんですよ」

「それは聞いてる。その後、一人で聞き込みしてたんじゃないのか」

「そうなんですけど、今後の捜査方針について話したいんです」

「そうか」

綿谷は立ち上がり、刑事課長の室橋のところへ向かった。八神はその後を追う。ちょうど電話を終えた室橋が顔を上げた。

「どうした」

「ちょっとご相談を」八神は立ったまま切り出した。「竹本がバイト先で知り合いだった人とは話ができました。でも、十分ではありません。できれば、一度家族に話を聴きたいんですが」

「いいんじゃないかな」室橋があっさり言った。

「本当にいいんですか？　家族に話をすると、竹本は用心すると思いますよ」

「家族からはもう、話を聴いた——奴を呼んだ直後にな。竹本を放した時も『捜査は継続する』と言ってあるから、こっちが話を聴きに行っても当然だと思うだろう」

「家族の反応は……」

「困りきってる。中学の頃から家に引きこもりがちだったから、親にも迷惑——心配をかけただろう」

「でしょうね」

「母親は未だに心配して、あれこれ世話を焼いている。しかし父親の方は距離を置いている……自分の面子《メンツ》の問題もあるだろうしな」

「会社役員ともなると、家族がトラブルを起こしたら大迷惑でしょうね」このご時世、ネットで拡散すると、会社にもダメージを与えかねない。

「そうだ。だから、警察とも話はしたくないと思う。ただし、そういう事情はこっちには関係ないからな。話を聴く必要があれば聴くだけだ。ただ、できるだけ慎重にやってくれよ」

「分かりました」これで次のターゲットが決まった。「竹本は、数年前から闇サイトにはまっていた可能性があります」

「そうなのか？」室橋が身を乗り出す。

「昔のバイト仲間が証言してくれました。自分だけが秘密の情報に触れているようなことを話していたそうです」

「なるほど。胡散《うさん》臭い話だな」室橋が眉間に皺を寄せる。「陰謀論みたいなものか」

「実際、そのような感じで話していたらしいです」

「それが、今回の事件の動機につながっている可能性もあるか……」室橋が腕を組んだ。

「根が深そうだな」

「取り敢えず、竹本の思想的な背景を探ってみます。『Z』との関係がはっきりするかどうかは分かりませんが……」

「何でも調べてみることだな。そっちでやってくれるか？　うちは手一杯なんだ」

「承知してます……竹本と滝田の方は、何か動きはありますか？」

「今のところは何もない。竹本も滝田も、今日は家から出てきていないようだ」

家から出なくても、いくらでもやりとりはできるのだが……二人は、放火事件の後始末について相談しているかもしれないし、「Z」との関係で、さらに新たな犯行を計画しているかもしれない。もしもそうなら、絶対に止めないといけないのだが、そのためにはまず、様々な背景を探り、最終的には「Z」に迫る必要がある。やはり「元締め」を何とかしないと、根本的な解決にはならない。

いきなり訪問して話を聴くのは難しいだろう。しかしターゲットの竹本がいる家での事情聴取は避けたいので、アポを取って会社で摑まえることにした。午後一時過ぎ。今からなら動きやすい。向こうがOKなら、すぐに出かけようと思った。

しかし、なかなか電話がつながらない。直通の番号が分からないので、会社の代表番号にかけて呼び出してもらうしかないのだが、「警察です」という一言が向こうを警戒させてしまったかもしれない。「しばらくお待ち下さい」と言われた後、電子音の「レット・イット・ビー」を延々と聴かされる。

「どうした?」受話器を耳に当てたままじっと待っている八神の姿を見て、綿谷が怪訝そうに訊ねてくる。

「電話に出ないんですよ」

「たらい回しか?」

「たらい回しというか、何か相談でもしてるんじゃないかな……あ、もしもし？」

「竹本です」

「警視庁の八神と申します」

「息子のことですか」話は早いが、いかにも迷惑そうな口調だった。

「そうです。ちょっとお時間をいただけますか」ここは少し強引に行くことにした。下手に出ると、向こうは高圧的に対応してくる可能性がある。

「今、忙しいんですが」

「そちらに伺います。三十分だけ、時間をいただければ結構です。家は避けた方がいいですよね？」

「それは……」竹本が躊躇う。

「会社へ伺います。何時にしますか」八神はさらに強引に迫った。

「では、四時に来ていただけますか。受付で声をかけて下さい」

八神は、事前にネットで調べておいた会社の住所を確認した。新宿なので、行くのにさほど時間はかからない。

「OKでした」電話を切って、綿谷に報告する。

「どうする？　一人で行くか？　何だったら俺もつき合うが」

「綿谷さんはコントロールタワーでしょう？　ここで待機しておいてくれないと困りま

すよ」

「司令塔は、キャップがやってくれればいいんだけど」綿谷が頭を掻いた。「あの人のことは、何だかよく分からないんだよ」

「綿谷さんでも？」

「謎が多い人なんだ」

「でも綿谷さん、人脈が自慢なんでしょう？　その網に、キャップは引っかかっていないんですか？」

「公安はねえ……」綿谷が困ったような表情を浮かべる。「もう極左の捜査なんか流行らない時代なのに、未だに昔ながらの秘密主義だから。警察学校の同期はいるけど、そいつらも口が重い。まあ、思わせぶりなだけだと思うけどな」

「キャップは昨夜、ＳＣＵにいたんじゃないかと思うんですよ。日曜なのに。しかも泊まったんじゃないかな」ＳＣＵには泊まり部屋もなく、せいぜいソファで横になるぐらいだろうが。

「実際、たまに泊まってるみたいだぜ」

「家族は何も言わないんですかね」

「家族がいるかどうかも分からないんだ」綿谷が首を横に振る。

「そんなの、あるんですか？」八神は思わず目を見開いた。最近は、同じ職場の同僚だからといってプライベートがダダ漏れということはないはずだが、それでもこれは異常だ。

「お前、キャップと飯を食いに行ったこと、あるか?」

「——ないですね」

「俺は、SCUに来た頃、何度か誘ってみたんだよ。でも、いつも何だかんだと理屈をつけて来てくれないんだ。あのポジションまで上がってきた人だから、人間として致命的な問題があるわけじゃないと思うんだけどな」

警察官は、警部までは試験で昇任できる。しかしそこから先、警視や警視正への昇任は、それまでの仕事の評価を上層部が勘案して決めることになっている。仕事だけでなく、私生活も評価の対象になるので、家族と深刻なトラブルを抱えていたりすると、昇任が見送られることもよくある。結城は無事に警視になっているのだから、少なくとも上の方は「問題なし」と判断したわけだ。もっとも、警察の人事評定は意外に雑で、昇任した人間が後に問題を起こすことも珍しくない。

「糖尿か何かじゃないかと思ってるんだけどね」綿谷が言った。

「見た目、全然そんな感じはしませんけどね」結城は中肉中背……糖尿病患者というと、病的に太っているようなイメージがあるのだが。

「見ただけじゃ分からないよ。特別な弁当が必要で、それを食べているのをメンバーには見られたくない、とかな。弱みを見せたくない人はいるだろう」

「そんなものですかねえ」

「ま、あまり考えない方がいいよ。仕事で問題は起こしてないんだから、私生活には首を突っこまないのが無難だ」

綿谷のアドバイスに素直に従うことにしたが、もやもやした気持ちは残る。ＳＣＵの他のスタッフは、普通につき合える人間ばかりだが、キャップだけが謎――私生活が分からなくても仕事に差し障りはないだろうが、どうしても気になってしまうのは、刑事の性《さが》かもしれない。そもそも好奇心のない人間は、刑事になれないのだ。


竹本の父親が役員を務める食品会社・アマヤフーズは、小田急線の南新宿駅近くに自社ビルを構えていた。住所は「渋谷区代々木」になるのだが、この場所なら「新宿」と言った方が通りがいいし分かりやすい。

しかし……この会社の二代目は大したものだと思う。駄菓子の製造メーカーが、サプリメント製造に乗り出して一山当て、五階建ての自社ビルを建てるまでになったのだから。

受付で話をすると、ロビーで待つように言われた。商談をしている人もいるし、社員の出入りも多い。静かに話をするには適さない場所で、ここで話をするのだろうかと心配になってくる。

すぐに受付から呼ばれて、四階にある役員室に行くよう指示される。自分の「城」で警察と対峙するつもりかもしれないが、それならそれで構わない。こちらは、静かに話ができればいい。

四階が役員フロアで、分厚い絨毯《じゅうたん》敷きの廊下の脇に、マホガニー色のドアが並んでいる。言われた通り、「401」のナンバーが振られた部屋のドアをノックし、向こうの返事を待たずにドアを開けた。あくまで主導権はこちらで握るつもりだった。

部屋はそれほど広くない。大きなデスクと、四人が利用できる応接セットだけで、ほぼ空間は埋まっている。部屋の奥にあるデスクの向こうで、竹本が立ち上がった。慌てた様子で、椅子の背に引っかけていた背広に腕を通す。

八神は、竹本がソファに座るのを待って、向かいに腰を下ろした。竹本がまた立ち上がり、背広の内ポケットから名刺を取り出す。八神も立ち上がり、名刺交換をして準備完了――竹本は落ち着かない様子だった。警察から何度も事情を聴かれていても、まだ気持ちの整理がついていないのではないだろうか。

「息子さんはどうしていますか」

「どうもこうも」竹本が疲れたように首を横に振る。「相変わらず部屋に閉じこもったままですよ」

「そうですか？　出かけたようですが」

「出かけた？」

「車で出かけて、朝方戻って来たのを私が確認しています。土曜——日曜日の未明の話です」

「いや、それは——」竹本が慌てた様子で顔を上げる。

「その件について、どうこう言うつもりはありません。ただ我々は、息子さんの動向を把握しているということです」

「監視、ですか」

一瞬、重苦しい沈黙が降りる。息子を監視するということは、すなわち自分の家の監視——四六時中見張られていると思ったら、いい気分ではいられないだろう。

「最近話はしていますか」八神は話題を変えた。

「いえ」

「してないんですか？」八神はわざと驚いたように言った。「警察に事情聴取されているし、親としては説教するものだと思ってました」

「もう、無駄ですよ」竹本が溜息をつく。

「無駄？」真意は分かっていたが、八神は敢えて訊ねた。「どういうことですか」

「あいつは、中学生の頃から道を踏み外してしまったんです。学校に行かなくなって部屋に引きこもって……よく高校を卒業できたと思いますよ」

「引きこもり、だったんですね」

「ええ。完全に、ではないですが」

「原因は何なんですか」

「それは今でも分からない」

「話し合ったんですか」

「もちろん話し合いましたよ、徹底的に」竹本が少しだけ強い口調で反論した。

「ご自分で？」

「当たり前です。息子ですよ」

「でも原因は分からなかった……」

「学校の先生やスクールカウンセラーにも相談しました。大学の児童心理学の先生とも話をしましたけど、どうしても原因は分からなかった……学校でいじめに遭ったわけでもないし、極端に成績が落ちたわけでもない」

「極端に？」八神は些細《ささい》な一言が引っかかった。「少しは落ちたんですか？」

「八十点が七十点になるぐらいですよ。激しく悩んで引きこもるような問題じゃないでしょう」

「息子さんは、いつ頃からスマートフォンを使っていましたか？」八神は話題を変えた。

「その件ですか？」竹本がうんざりした表情を浮かべた。「中学生になる頃には、スマートフォンでした。私よりも早かったんじゃないかな」

竹本が中学生の頃というと、十数年前だ。まだスマートフォンは出始めたばかりで、今ほど普及はしていなかっただろう。となると、竹本は相当早くに、新しいデバイスに馴染んでいたことになる。

「もしかしたら、パソコンも子どもの頃から使ってました？」

「小学生の頃から……今の子どもは、皆そうじゃないですか」

「ということは、当然ネットも早い時期に使い始めていたんですよね？　その影響はなかったでしょうか。ネットで時間を食い過ぎて、勉強が疎《おろそ》かになったとか、悪い仲間の影響を受けたとか」

「それは、我々も疑ってました。スクールカウンセラーも、しつこく聞きました。本人は完全否定していたし、パソコンやスマートフォンの閲覧履歴も調べましたけど、怪しいものは一切なかったです」

しかし履歴は簡単に消せる。しかも匿名化してサイトを使っていたとしたら、専門家でない限り、閲覧記録の追跡は困難だろう。父親の話を聞いている限り、そこまでの調査はしていない感じがする。

「今回、息子さんは、ある人物の影響を受けたと供述しました」

「『Z』でしょう？　そんな人間、実在しているんですかね」竹本が挑むように言った。

「それを確かめるのも我々の仕事です。逆に、この『Z』という人物がいないとしたら、今回の事件は息子さんが自分で計画してやったことになるかもしれません。責任はより重くなります」

「脅されても、分からないものは分からない。私は『Z』という人間など知らない！」

竹本が声を荒らげる。

「『Z』の正体は、我々にも分かりません」八神は意識して冷静に対応した。「あなたが言うように、架空の人物の可能性もあります。息子さんたちのようなネットユーザーが作り上げた……自然に出来上がったようなものとも考えられます」

「そんなことがあるんですか」

「噂なのか本当なのか分からないことが、ネット上ではいくらでもありますから」

竹本が黙りこむ。混乱しているのは見ただけで分かった。事前に調べた情報では、竹本は五十六歳。人生の途中でインターネットが入ってきた世代だろう。この世代のネットに対する対応は様々で、竹本の場合は「仕事で仕方なくつき合う」レベルではないだろうか。

「高校卒業後は、いくつかのバイトを経験してきたそうですね」八神はまたいきなり話題を変えた。「引きこもりは解消したということでしょうか」

「仕事は……仕事ぐらいはちゃんとやらないと。私は、何年かかってもいいから大学へ進むように言ったんです。今でも、大学へ行くか行かないかで、生涯賃金に大きな差が出てくる」

「学歴に関係なく、起業で成功した人もいますが」八神は指摘した。

「起業で成功する確率は、極めて低い。冒険と言っていい。それに起業するには、まず何をやりたいのか、目標がはっきりしていなくてはいけない。目標を達成するために会社を作るんだから。そのための勉強も必要でしょう？　そういうのは大学で学べます」

「息子さんには、そういう気持ちはなかったんですか」

「何をやっていいのか、自分でも分からなかったんでしょう。だから、小遣い稼ぎのバイトぐらいしか、やることがなかった」

「息子さんは、本当は何をやりたかったんですか？」

「どういう意味ですか」

「今回の放火事件は、息子さんにとっては『世直し』だったのかもしれません。被害者の大学教授の言説を許せない、反政府的だと批判していますから。家で、そういう政治的な話は出たんですか？」

「そういうのは一切ない」竹本が即座に否定した。「そもそもろくに話をしなかったんだから、分かりません」

「じゃあ、息子さんの政治思想についてはまったくご存じないんですね」八神は念押しした。

「政治思想……まともな政治思想を持った人間が、あんなことをするかね」

「私には何とも言えません」

「あなた、私と議論をしたいのか、それとも警察の仕事をしようとしているのか、どっちなんですか」竹本が怒りを滲ませながら言った。

「私は議論はしません。これは事情聴取です」

「しかしね……」竹本が腕組みした。

「息子さんは、夜中に出かけたりすることが多かったんですか？」

「まあ、そういうこともあったようです」竹本が認める。

「誰と会っていたかはご存じですか」

「いや……外へ出てしまえば、何をしているかは分からない」

「今回の事件の犯人は、三人と見られています。そういうことをしそうな人間とは、つき合いがあったんですか？」

「息子が誰と会っていたかは、全然分からない」

この父親が、そもそも息子に対する関心を持っていないのか、引きこもるようになってから親子関係が切れてしまったのかは分からない。いずれにせよ、健全な親子関係とは言えない。

「奥さんは、息子さんとはよく話していますか？」

「いや」

「話していない？」八神が念押しした。

「向こうに話す気がないんだから、どうしようもない」

「親子断絶の状態ですか」

「あなたは、家庭問題評論家か何かなんですか」竹本が皮肉を吐いた。

「現状を把握したいだけです」

「実際は……そういうことです。親子で話はしていない」

「警察から戻った後もですか？」

「私は話そうとした！」義務は果たした、と言わんばかりの強い口調で竹本が言い放つ。

「だけど向こうが話さないんだから、どうしようもないでしょう。話そうとしない相手とは会話できない」

「そうですか」この事情聴取は失敗だ、と八神は悟った。おそらく竹本は、息子が引きこもり始めた中学校時代以来、ろくに話をしていないに違いない。竹本自身、出世の階段を駆け上がっている時期のことで、子どもと向き合う十分な時間がなかったのかもしれないが。

「私もね……会社で立場がないんですよ」

突然の泣き言に、八神は無言でうなずいた。そういうことはよくある——家族が犯した罪の責任を問われて、それまでの生活を手放さねばならなくなった人を、八神は何人も見てきた。近々、犯罪被害者支援課が改組して発足する「総合支援課」は、加害者家族のケアまですると聞いているが……八神としては、絶対にやりたくない仕事だ。捜査ならともかく、傷ついた人のケアを専門にする仕事など、こちらが精神をやられてしまう。

「息子が逮捕される、という噂が流れているみたいですね。それで社長に呼ばれました。『責任を感じる必要はない』と言われましたけど、あんなに早く情報が回っているのがむしろ怖かったですよ。社長も事情を知って、気にしているわけですからね。今は普通に仕事をしていますけど、これからどうなるかは分からない。何らかの形で責任を取らないと、いずれ株主総会で吊《つる》し上げられるかもしれません」

「会社を辞めなくてはならないとか？　あなたは関係ないでしょう」そもそもまだ逮捕されてもいないのだ。

「日本の社会では、そうもいかないんです。特に、本当に政治的な動機があったとしたら、普通の犯罪よりも問題——悪質じゃないんですか」

「悪質かどうかの線引きは難しいところです」

「そうですか……。まったく、どうしてこんなことになってしまったのか」竹本がゆっくりと首を横に振った。「息子は誰かに騙《だま》されたんだ。その『Z』かどうかは分かりませんが」

「どうしてそう思われます？」

「小学校の頃から流されやすいところがある子だったんです。友だちにすぐ影響されて、趣味もコロコロ変わって……何をしても長続きしない子でした。『自分』というものをなかなか確立できなかったんです」

「息子さんをよく見てたじゃないですか」その頃はまだ、子どもの成長に興味があったのかもしれない。

「小学生の頃はね……中学生になっても、そういう傾向は変わらなかった。入学するとすぐに、友だちに誘われて野球部に入ったんです。でも、一ヶ月ぐらいでその友だちが辞めると、雄太も辞めてしまった。その後は、ブラスバンドに入りました。それも友だちに誘われて……その友だちが辞めると、すぐ辞めてしまった。要するに自主性がないんです」

「野球や楽器の経験はあったんですか？」

「まったくないです。友だちに引っ張られただけなんですよ」

「逆に言うと、当時は友だちとのつき合いを大事にしていたということですよね」八神は指摘した。他人に引っ張られて今回の犯行に走った、とも考えられる。

「小学生の頃は活発だったんです。友だちともよく遊んでいました。中学生に上がる頃まではそんな感じで……でもブラスバンド部を辞めた後は、友だちとのつき合いもなくなって、引きこもりがちになってしまった。それが中二の頃です」

「そのきっかけが分からないんですね？」

「分かりません」

「ネットにはまったことがきっかけでは？」

「そうかもしれません」竹本が嫌そうに認めた。

「オンラインゲームなどに時間を取られて、他のことができなくなる人もいますよ。そういう習慣が、とんでもない額の課金で発覚したりすることがあります」特に自分で携帯代を払わない、カードも持たない子どもの場合、親が高額の課金に驚いて、初めて子どもの習慣に気づく場合も少なくない。

「そういうことはなかった。無料のゲームをやっていたのか、他のことにはまっていたのか……」

「闇サイトとか」

「中学生が、そんなもの使えるんですか？」

「物心ついた時からインターネットがあった世代の場合、そういうものに対する抵抗感も少ないと思います」

「そういうことか」ふいに竹本が、何かを思い出したようだった。

「何か心当たりがありますか？」

「引きこもっていた頃――中学生の頃に、何度か夜中に出かけて行ったことがあるんです。叱責したんですけど、息子は訳の分からないことを言うだけだった」

「どんなことですか？」

「自分は、世の中の本当の真実を学んでるんだって」

「本当の真実？」

中学生の夜遊びは、悪い先輩や仲間に誘われて……というパターンがほとんどだろう。煙草やシンナー、今だったら違法薬物というのも珍しくない。そういうことではなかったのかと指摘すると、竹本が無言で首を振って否定した。

「違うんですか？」

「煙草臭くもなかったし、ドラッグか何かを使えば、様子がおかしくなるからすぐに気づくでしょう」

刑事なら間違いなく分かる――実際に薬物中毒者を生で見ているからだ。そういうことに縁のない一般人も、すぐに気づくものだろうか？　しかし八神は、そのことは追及せず、うなずいて先を促した。

「あの時が、最後の言い合いだったと思います。息子は、今自分たちが見ているのはまやかし、誤魔化しの世界で、本当のことは隠されていると言っていた。私の仕事も否定した。母親の役目も否定した。自分は今、隠れた真実を学んでいるんだと言って……私は激怒しましたよ。そもそも世の中の仕組みが分かっていない中学生がそんなことを言っても、説得力がない」

「中二ぐらいだったら、強がってそういうことを言いそうな気もしますが」

「そうかもしれません。でも、今考えてみると、ネットを通じておかしな連中とつながっていたかもしれない。それこそ、『Z』とか」

「実際にそうかどうかは分からないんですね？」

「何度も言いますが、息子とはろくに話もしませんから」竹本が溜息をついた。「あの日、うちの親子関係は完全に崩れたんだと思います」

それでも話す努力を続けていれば、こんなことは起きなかったかもしれない。

それにしても……竹本雄太という人間は、中二で「Z」と知り合い、世の中の本当の真実を学んでいると勘違いしたまま大人になってしまったのだろうか。

誰かの考えを自分の考えだと勘違いして、結局操られていると気づかぬままに？

4

予定の時間を大きくオーバーして、事情聴取が終わったのは五時近くだった。会社を辞して外に出た瞬間にスマートフォンを確認すると、綿谷が何度か電話をかけてきていたのが分かった。すぐにコールバックする。

「終わったか？」声が急《せ》いている。

「今終わりました。何かありましたか？」

「竹本が動いた。監視している連中から連絡が入ったんだが、今、新宿にいる」

近い。八神は思わず腕時計を見た。指示によっては今日も残業確定だ……しかし疲れを感じるよりも、今は竹本の動きが気になった。

「新宿のどこですか」

「お前がいるところから遠くないんだ。西新宿三丁目」

八神は頭の中で地図を広げた。あの辺はちょうど区境……甲州街道の南側が渋谷区、北側が新宿区ではなかったか。

「近いと思います」正確な住所にもよるが、歩いて十分ぐらいではないだろうか。

「正確な住所はメールで送る。でも、行けば分かるんじゃないかな」

「どういうことですか」

「タワマンだ。あの辺でタワマンは一棟しかないから、嫌でも目立つと思う」

「あんなところにタワマン、ありましたっけ」

「よく分からないが、尾行している連中の報告によれば、そういうことだ。お前も合流して、様子を見てくれないか？　二人で尾行しているんだが、タワーマンションだと出入口が何ヶ所もあるから、カバーしきれない」

「分かりました。竹本は車ですか？」

「いや、電車だ」

「了解です」

八神はスマートフォンの地図アプリで現在地、そして目的地付近の場所を確認して歩き出した。すぐに綿谷からメールが入る。

ほどなく甲州街道に出たので、左右を見回してタワーマンションを見つけた。あれか……西新宿は日本有数の高層ビル街だが、ほとんどがオフィスビルやホテルなので、マンションは目立つ。八神はつい溜息をついた。元々高所恐怖症の上に、一年前の事件のせいで、タワーマンションには嫌悪感に近い感情を抱いている。いや、タワーマンションだけではなく、高い建物全般に対してだ。

交通量の多い交差点。信号が点滅し始めたが、ダッシュで渡り切る。甲州街道は道路幅が広いので、短距離ダッシュという感じではない……渡り終えて、呼吸を整えながら歩き出す。

五時過ぎ、既に十二月の街は暗くなっている。勤務を終えて帰宅の途につく人たちがそろそろ街へ出てくる時間なので、人出は多く、歩きにくかった。一刻も早く現着して、監視している刑事たちと合流したいのだが、思うように走れない。

タワーマンションに到着すると、八神は首が痛くなるほどの角度で上を見上げ、階数を数え始めた。よく分からない——同じようなデザインの窓が並んでいるので、途中で数えきれなくなってしまうのだ。そして、上を見上げているうちに、軽いめまいを覚えた。背筋を冷たいものが走り、思わず身震いしてしまう。

正面の出入口に行くと、明らかに刑事だと分かる男が手持ち無沙汰に立っていた。向こうもすぐにこちらに気づき、さっと会釈する。まだ若い——世田谷西署刑事課の古谷《ふるや》という刑事だと思い出した。

「古谷君、状況は？」

「二十分ほど前に、中に入りました」

「誰かを訪ねて来た？　それとも自分でキーを持っていた？」

「それは分かりません。すぐに中に入ってしまったので……ここからは様子が見えないんですよ」

確かに。覗きこんでみると、表のドアは誰が近づいても自動で開くが、その奥のドアはオートロックになっているのが分かる。表のドアのガラスに街の光景が写りこんで中がよく見えないし、自分たちも中に入れば、すぐに竹本に気づかれてしまっただろう。ここで待つしかなかったわけだ。

「キーを持ってたわけじゃないだろうな」八神は言った。「こんなところに部屋を借りているという話は聞いてない」

「そうですね」

「誰か知り合いの家を訪ねて来たんだろう」

「そんな感じだと思います」古谷がうなずき、同意した。

「この前会っていた人間――滝田以外にも会う相手がいたのか」

「どうですかね」古谷が首を傾げる。「だとしたら、ずいぶん金持ちの知り合いですよね」

「このタワマンだからなあ」

八神はまた上を見上げた。本当に、首が痛くなってくる。その時、古谷のスマートフォンが鳴った。古谷は相手の言葉に耳を傾けていたが、すぐに「分かった。そっちで待機してくれ」と指示する。

電話を切ると、八神に、「裏口もあるようです」と告げた。

「これだけでかいマンションだから、出入口はもっとたくさんあるかもしれない」

「今確認できているのは、ここと裏口の二ヶ所です。あとは、駐車場の出入口」

八神のマンションにも、出入口は二ヶ所ある。普通に出入りする正面の出入口と、裏にある自転車専用のものだ。いや、シャッターつきの駐車場の出入口もあるから三ヶ所か——ここと同じだ。

「駐車場は？」

「この脇です。甲州街道から直接入れるんですね」

古谷が右手を指し示した。パイプシャッターが降りている。そちらへ移動すると、急なスロープが地下に続いて、途中から暗くなっているのが見えた。このタワーマンションには何戸入っているのだろう……地下に全戸分の駐車スペースがあるとは思えないから、駐車場の抽選は結構な激戦だったかもしれない。いや、これだけ駅に近いと、車を持っていなくても不都合はないだろう。むしろ邪魔になるだけかもしれない。

正面出入口に戻り、古谷に待機の方法を相談する。

「裏口は？」

「もう張ってます」

「じゃあ俺たちは、ここを挟んで少し離れて左右から見守ろう。駐車場から出てくる可能性もあるから」

「でも、車で来たんじゃないですよ」古谷が反論する。

「中にいる人間の車で出てくる可能性もある」

「ですね」

古谷が、バツが悪そうに言った。それぐらいのことは思いつけよ……八神は駐車場側に移動してスマートフォンを取り出し、綿谷に電話を入れた。

「現着しました」

「どうだ？」

「今のところ、動きはないですね。マンションに入ったままです。一応、三人いれば監視には十分かと」

「応援はいらないか？」

「取り敢えず三人で大丈夫です」

「じゃあ、任せる。何かあったら連絡してくれ。俺も待機している」

綿谷も残業確定か。八神は徹夜を挟んでの勤務なのだが、不思議と「時差ぼけ」はない。昨日はちゃんと寝たせいもあるが、興奮で意識が研ぎ澄まされているのを自覚する。捜査一課時代は仕事に追われていたのに、SCUに来てからは待機だけの毎日——このところ急に仕事に追われるようになって、血が騒いでいるのを意識した。ワークライフバランスがうるさく言われる今、仕事中毒など時代遅れかもしれないが、こういう気持ちは自分ではコントロールできない。

とはいえ、ただ立って待機しているだけでは、興奮も何もない。しかもこの辺は高層ビル街のせいか、冷たい風が常に強く吹き渡っている。今日はウールのコートなのだが、ダウンジャケットでもいいぐらいの寒さだった。いつの間にか、左右の足に順番に体重をかけて体を揺らし始めてしまっている。何かを——誰かを待っている時の癖なのだが、今は少しでも体を動かして暖めたかった。

三十分経過。八神は二〇メートルほど離れた場所で待機している古谷に目配せした。そろそろ交代するか。たまに場所を入れ替わるのは、退屈な張り込みを我慢する定番の方法である。

こちらの意図を悟った古谷が動き始めた瞬間、八神は自分の背後で駐車場のシャッターが動き始めるのに気づいた。慌てて右手を上げ、古谷の動きを制する。しかし古谷は気づかない様子で、早足で近づいてきた。

シャッターが上がりきらないうちに、駐車場のスロープからエンジンの非常識な爆音が聞こえてきた。狭い空間でこだましているせいかもしれないが……やがて、ヘッドライトが暗い空間を照らし出した。出てきた車はベンツのGクラス。普通に街を走っている車の中では、もっとも押し出しが強い一台と言っていい。

ハンドルを握っているのは男——見覚えがない。しかし助手席に座っているのは、間違いなく竹本だった。Ｇクラスは、甲州街道に出る時に一瞬スピードを落としたが、きちんと一時停止することなく、そのまま広い道路に飛び出していった。野太い排気音だけが耳に残る。そして八神は、後部座席にも人がいるのを見た。滝田かもしれないと思ったが、見慣れぬ男である。

八神は歩道から甲州街道に飛び出して、Ｇクラスのナンバーを確認した。すぐに手帳を取り出して書きつける。そこで、背後から走ってきた車に激しくクラクションを鳴らされたので、慌てて歩道に戻る。

「竹本だ」

「マジですか」古谷が目を見開く。

「見てなかったのか？」

「見てましたけど、認識できなかったです」

「間違いない。車のナンバーも控えた」

「照会します」

八神は車のナンバーを告げた。古谷はすぐに覚えてしまったようで、スマートフォンを取り出して電話をかけ始める。所有者はすぐに分かるだろう。

そして自分たちにもやることができた。ナンバーから車の持ち主が分かれば、竹本がどの部屋を訪ねていたか、確認できるかもしれない。そうすれば、新しく人のつながりが分かる。

そこから捜査は一気に動き出した。Ｇクラスのナンバーから割り出した車の持ち主は、佐川修斗《さがわしゅうと》、三十二歳。住所はまさに、このタワーマンションの十六階だった。この高さでは「中層階」だろうが、買ったにしても借りたにしても、相当の財力があることは間違いない。Ｇクラスも、最低でも一千万円以上はする車だ。都内には、八神が想像もできないぐらいの金を持った人間がいくらでもいるということか。

既に午後六時を回っていたが、古谷たちはそのまま現場での張り込みを命じられた。八神は世田谷西署へ撤収。このまま張り込みに参加してもいいと言ったのだが、綿谷は「捜査会議を開くからそっちに参加してくれ」と命じてきた。余計なことを言って顰蹙《ひんしゅく》を買わないようにしないとな……しかし考えるのはタダだ。戻る電車の中で、様々な疑問やアイディアが浮かんでくる。まず、佐川という人間の正体を探るのが先決だ。もしかしたら、まだ特定できていない放火犯の一人かもしれない。できるだけ早く、問題の部屋にガサをかける必要がある。そして、後部座席に乗っていた人間の正体も割り出さなければ。

世田谷西署に戻ると、捜査幹部とＳＣＵのメンバーだけが集まっていた。捜査会議というよりも、方針を決めるための幹部会、ということだろう。その場に結城がいるのに気づき、八神は思わず綿谷に「キャップ、どうしたんですか」と小声で訊ねてしまった。結城がそれを耳聡《みみざと》く聞きつける。

「俺が捜査会議に出たらまずいか」

「いえ……」バツの悪い思いを味わいながら、八神は結城から少し離れた席に陣取った。どうも今日は、機嫌が悪いらしい。もっとも、機嫌がいい時の結城を知らないのだが。

本部捜査一課の係長や管理官も同席しているが、あくまで所轄の刑事課長である室橋がその場を仕切るようだ。捜査会議ではないので、全員が座ったまま打ち合わせが始まる。室橋はまず、八神に突然鋭い視線を向けてきた。

「マンションから出てきた車に乗っていたのは、竹本だと断言できるのか」

「できます」

「あの時間だと相当暗かったはずだし、一瞬の出来事だろう」

「間違いないですよ」八神は反論した。これでは因縁ではないか。

「しかしな――」

「それは大丈夫だ」結城が割って入ってきた。「八神の目については保証する」

「そうですか……」

室橋はまだ疑っている様子だったが、それ以上の追及は諦めたようだ。今のはフォローなのだろうかと訝ったが、この場で確認するわけにもいかない。

室橋が一つ咳払《せきばら》いして続けた。

「車の持ち主については判明している。佐川修斗、三十二歳。本籍は山梨県甲府《こうふ》市。職業は不詳。前科前歴はない。竹本との関係はまったく分かっていない」そこでまた八神に視線を向ける。「八神、もう一人いたんだよな?」

「後部座席に乗っていました」

「特徴は?」

「年齢三十歳前後、座っていたので身長は分かりません。紺色のダウンジャケット、眼鏡……キャップはたぶん、ニューヨーク・ヤンキースのものです。眼鏡はサングラスというわけではありませんが、薄く色が入っていました」

室橋がぐっと唇を引き結ぶ。報告が細かいので疑っているのかもしれない。

「間違いありませんよ」結城がまた口を挟んだ。「そういう人間だという前提で、捜索して下さい」

「それは、まあ……」室橋がまた咳払いして説明を続ける。「現在、複数の場所で張り込みをしている。竹本と滝田の自宅、佐川のタワーマンション――三ヶ所だ。さらにタワーマンションの部屋についても調査に入っている。持ち主が分かれば何とか……ちょっと待て」

室橋が、目の前で鳴り出した電話の受話器を取った。うなずきながらメモを取っている。しかし途中で急に血相を変えて「確かなのか！」と叫んだ。

あまりにも激しい勢いなので、八神は引いてしまった。室橋は立ち上がって、「しっかり確認したのか！」と電話の相手を怒鳴りつける。しかしそこで、立っていてもしょうがないと気づいたのか、バツが悪そうにゆっくりと腰を下ろす。

「そうか、分かった……ああ。引き続き頼む」

叩きつけるように受話器を置き、自分を落ち着かせるためか、深呼吸する。それからいきなり爆弾を落とした。

「あの部屋を借りている――いたのは、藤岡だ。藤岡泰」

急に部屋の中がざわつき始めた。八神も唖然《あぜん》としてしまった。銀行で殺された藤岡が、あのタワーマンション十六階の部屋を借りていた？　かつかつのバイト暮らしだったのに？　訳が分からない。何とか想像しようとしてみたが、八神の想像力の限界を超えていた。

藤岡が「Z」なのか？

打ち合わせが終わり、翌朝、捜査本部の全刑事を集めた捜査会議が開かれることになった。新橋の殺人事件の特捜本部からも、幹部が参加する。

八神は言葉を失ったまま、会議室の片隅の椅子にぼんやりと腰かけていた。

「八神さん」声をかけられ、顔を上げると、由宇が紙コップを持って立っていた。「コーヒーです」

「ああ……ありがとう」

受け取ると、熱さが掌を激しく刺激する。持てないぐらいだったが、そのまま口に運ぼうとする。しかしすぐに、由宇からストップがかかった。

「何だよ。普通のコーヒーだろう?」

「煮詰まってますから、覚悟して下さい。漢方薬を水なしで飲むぐらいのつもりでいないと、吹き出しますよ」

「まさか」

しかし、ほんの少し口に含んでみただけで、由宇の言葉は大袈裟ではないと分かった。苦みだけでなく渋みさえ感じるほどで、漢方薬と言われれば確かにそんな感じがする。しかし無理矢理飲み下すと、一気に目が覚めた。後で胃に痛みを抱えこむことになるかもしれないが。

「今日はお手柄でしたね」

「謎を増やしただけじゃないかな」

「でも、八神さんじゃなかったら、竹本に気づかなかったかもしれませんよ」

「たまたまだよ。警戒してたから、出てくるかもしれない——半々ぐらいの確率で車で出てくると思ってたから」

確かにそういう意識はあったが、八神の目がＧクラスとその中に注がれていたのはほんの数秒だ。

結城が紙コップを持って通りかかる。同じものを飲んでいるはずなのに、まったく平気な顔だった。思わず呼び止める。

「キャップ」

結城がゆっくり立ち止まり、八神に視線を注いだ。

「何だ」

「さっきは……俺が見たことに、どうして何の疑いも持たなかったんですか？」

「どうして疑う理由がある？」

結城はそれだけ言って、室橋に話をしに行ってしまった。

「どういうことかな」

「さあ」由宇が、どこかとぼけた調子で言って肩をすくめる。「私も、疑うことはないと思いますけど」

「何なんだよ」八神は思わず唇を尖らせた。

「そんなことより、仕事ですよ、仕事」

「分かってる」

最上が、ノートパソコンを手にやって来た。視線は画面に注いだままだが、もう一つ目がついているように、テーブルの手前でぴたりと立ち止まる。

「佐川という人間ですけど、こいつはネットに足跡を残してますね」モニターを見たまま最上が言った。「ちょっと確認して下さい」

最上がノートパソコンを渡してくれた。開いているのはフェイスブックのページ。

「こいつだ。間違いない」八神は断じた。

普通の投稿だった。食事シーンや、友人たちと集まって撮った写真。その中で、Gクラスを運転していた人間——佐川を見つけた。

「了解です」

フェイスブックの投稿を全て確認しようと思ったが、かなり多く、短時間ではとても追いきれない。八神は最上にパソコンを返した。

「フェイスブックの情報を信じるとすれば、フリーのプログラマーですね」

「そしてあのタワマンに住んでいる……フリーのプログラマーっていうのはそんなに儲かるのか？　家賃、いくらぐらいなんだ」

「ええと……部屋の広さが分からないんですが、あのマンションの場合、１ＬＤＫで三十五万円、２ＬＤＫで五十万円ぐらいが相場ですね。今、売りに出ている物件がないので、買ったらいくらぐらいになるかは分かりませんけど」

「安くはないだろうな」いや、間違いなく高い。狭い部屋の家賃でも、八神が毎月払っているローンの二倍以上するわけだから……。

「フリーのプログラマーがどれだけ儲けているか分かりませんけど、そもそも契約者は藤岡ですよ」由宇が指摘した。

「そうだ。しかし、住んでいたのは勝どきのアパートだぞ？　何で新宿のタワマンを借りる資金的な余裕がある？」

「契約者が藤岡で、家賃は佐川が出していたとか」由宇が仮説を持ち出す。

「何でそんな複雑なことをするんだろう。だいたい、藤岡が家を借りるのは相当難しいんじゃないか？　何しろ指名手配中なんだから、契約に必要な書類も用意できないだろう。不動産屋の審査は厳しいぞ？　しかも高額な物件となるとなおさらだ」

「ですね……でも、その辺は契約内容を調べてみないと何とも言えません」由宇が言った。

「それは明日だな」八神は腕時計を見た。もう午後八時を回っている。そう言えば夕飯もまだで、珍しく空腹を覚えた。「断片的だけど情報はあるんだから、明日の朝からフル回転だ。今日はもう、いいんじゃないか？」

「ですね。腹が減りました」

最上が言った。由宇も「右に同じくです」と同意する。八神は近くにいた綿谷に「今日は解散しませんか」と宣言した。

「そうだな。今夜のうちにやれることは、もうないか……明日の朝一番で捜査本部の作戦を聞いて、俺たちの次の仕事も決めよう」

「せっかくですから、皆でご飯でも行きません？　全員揃ってますし」由宇が嬉しそうに提案した。

「全員じゃないけどな」綿谷が皮肉に唇を歪める。「キャップはさっき、さっさと引き上げたよ」

「俺たちを避けてるんですか？」八神は顔が歪むのを感じた。

「そういうわけじゃないだろう。しかし、飯はいいな。何か美味いものを食っていこう」

　ＳＣＵのメンバーが揃って食事をするのも初めてだ、と気づく。同僚同士の会食は、捜査一課で仕事をしている時には当たり前だったのだが、ＳＣＵに来てからはとんとご無沙汰している。何も四六時中一緒にいる必要はないのだが、警察というのは他の仕事に比べてチームワークを重視する。たまには飯でも食べて、馬鹿話をして、普段から何でも話せるようにしておかないと。

　そういうやり方はもう古いかもしれないが。他のスタッフと一緒に行動しない結城の方が、よほど最近の人のような感じもする。

大きな街道沿いには、大抵ファミリーレストランなどがあるのだが、世田谷西署の近くには、食事ができる適当な店がない。仕方なく、最寄り駅である小田急線千歳船橋《ちとせふなばし》駅まで出ることにしたのだが、この駅から署まで歩いてくる間にも、ほとんど店がないことを八神は思い出していた。結局最上が、歩きながら店を検索して、環八沿いにあるチェーンの焼肉店を見つけ出した。昨夜も焼肉……二日続きで焼肉は、八神の胃にはヘビーだが、皆で揃って食べられる店ということこぐらいしかない。ここは合わせていこう。

盛大に肉を頼んで、少し遅めの夕飯に取りかかった。最上と由宇は旺盛な食欲を発揮して次々に肉を平らげていくが、八神はあまり食べられない。腹は減っていたし、焼肉の匂いはどんな時でも食欲を呼ぶのだが、いざ肉を前にすると食欲が消えていた。

「お前、本当に食わないな」気になったのか、綿谷が心配そうに訊ねる。

「肉ばかり、そんなに食べられませんよ」

「コースだから、食わないと損するぞ」

「別に損はしないでしょう」二人の食べっぷりを見ていると、肉が残る恐れはまずなさそうだ。

焼肉は勝負が早い。肉は一斉に出てくるから、食べる方のスピードが速ければ、一時間もかからずに食事が終わってしまう。若い二人のスピードのせいで、九時過ぎには皿はすっかり空になっていた。

八神は、別に頼んでいたドリンクバーで、アイスコーヒーのおかわりを持ってきた。外は身を切るような寒さなのだが、店内は十分過ぎるほど暖房が効いているし、火の傍《そば》にいたので体が熱い。

「しかし、うちらしい事件になった」綿谷が満足そうに言った。

「うちらしい？」

「何だかよく分からない事件、ということだよ。公安が追っていた人間が、おかしな放火事件に絡んでいた可能性も出てきた、ということだろう」

「確かにそうですね」八神もうなずかざるを得なかった。「今のところ、どういうことなのか想像もつきませんけど」

「何とか、あの部屋を調べられないですかね」最上が、残ったサンチュを口に押しこみながら言った。

「できないこともないだろうな。竹本絡みの関係先ということで」八神は答えた。

「ちょいと弱いかな」綿谷が首を傾げる。「裁判所も、何でもＯＫするわけじゃないから」

家宅捜索には、裁判所が発行する令状が必要だ。実際には、警察が要請すれば拒否されることはないのだが、綿谷が言う通り、稀に「ノー」を突きつけられることがある。

今回もボーダーライン上のケースかもしれない。取り調べ後——解放された後で誰と会っていたかは、捜査に直接関係ないと判断されてもおかしくない。

「まあ、その辺は捜査本部が交渉するところだ。明日の朝、うちからもきちんと進言してみよう」綿谷が話をまとめにかかった。

「受け入れますかね」向こうからヘルプの要請があったのだが、八神はまだ、捜査本部とSCUの力関係を把握できていない。余計なことを言えば、すぐに拒絶されそうな感じもする。

「それは、話してみないと分からない。捜査本部は捜査本部で、今夜は鳩首《きゅうしゅ》協議してるだろう。ただ悩んでいるだけかもしれないけどな」綿谷が皮肉を飛ばす。「さ、今夜は解散しよう。明日も早いから」

「中締めじゃないですよね、これ」最上が唐突に言った。

「まだ真ん中まで来てるかどうかも分からない」綿谷が突然表情を引き締める。「気を抜くなよ。今夜は酒はやめておけ」

「この辺だと、呑む場所もないですよ」由宇が言い返す。

「ま、そうだな……住宅地だし」綿谷が伝票を持って立ち上がる。「今日は俺が出しておくわ」

「いいですよ」八神は慌ててズボンのポケットから財布を抜いた。

「いいから」綿谷が手をひらひらと振った。「こういうこと、滅多にないんだから。朝比奈、ナイスアシストだ」

「はい」由宇が嬉しそうに言った。

「アシストって……」八神には訳が分からない。

「こういう時、飯を食おうって言い出すのは大事なことなんだよ。たまには気を抜く必要もあるからな。朝比奈は目配りができる。将来は、警視庁で女性初の部長を目指せるかもしれない」

まさか……そもそも警視庁の部長職の多くは、キャリアが占めている。ノンキャリアの人間が部長になれるのは、地域部、生活安全部、組織犯罪対策部、交通部に限られ、しかもノンキャリアの部長は同時に二人まで、というのが暗黙の了解だ。狭き門などというレベルではないし、部長になるためには「警視長」の肩書きが必要になる。由宇はまだキャリアの階段を上がり始めたばかり――巡査部長にはなっているが、ここから先は長い。

しかし由宇は「そのつもりです」と真面目に言うのだった。

この連中、いったいどうなっているんだ?

第五章　もう一つの人生

1

朝、世田谷西署に出向いた八神は、昨夜のうちに捜査本部が家宅捜索の令状を請求し、認められたことを知った。朝の捜査会議で、室橋が家宅捜索のメンバーを指名する。六人。

「部屋は2LDK、相当広いから、大人数で一気に勝負をかける。ちなみに家賃は五十二万円だそうだ」

室橋の説明に、会議室の中に溜息があふれる。そんなクソ高い部屋を借りるのはどんな人間なんだ、という羨望のうめき……八神も同じ気持ちだった。三十五年ローンを抱えた身としては、想像もできない家賃だ。毎月そんなに払って、しかも家は自分の名義にならないのだから、金をドブに捨てるのと同じではないか。逆に興味も湧いた。家賃五十二万円もする部屋がどんなものか見てみたいという好奇心もあったし、藤岡の「もう一つの生活」の実態も知りたい。

六人のメンバーが指名された後で、八神は手を挙げて立ち上がった。

「SCUからも行かせてもらっていいでしょうか。何かお手伝いできると思います」

「そうだな」室橋がうなずく。「だったら、二人ほど行ってくれるか?」

「分かりました」

あっさり認められたのでホッとして、腰を下ろす。自分は行くとして、あと一人はどうするか……由宇だな、と決めた。男性と女性では、探し物をする時の視点が違う。男が見逃しているものを女性があっさり見つけることもあるし、その逆も珍しくない。だから家宅捜索の時には、男女半々で行くのが理想だ。もっとも、警視庁の女性職員の数は、全体の五割には程遠いのだが。

会議が終わると、すぐに由宇に声をかけた。

「一緒に行ってくれるか?」

「もちろんです」由宇が張り切って応じる。

「そうしろよ」綿谷が鷹揚《おうよう》に言った。「それで八神は、力を見せつけてやれ」

「力って……」

「頼んだぞ」

世田谷西署から最寄り駅の千歳船橋駅までは、歩いて十五分もかかる。小田急に乗ってしまえば、新宿までは近いのだが……タワーマンションの前の甲州街道に何台も覆面パトカーが停まっていると怪しまれるから、今日は電車移動だ。押収するものが出てきたら、後から車を呼ぶ手筈《てはず》になっている。

新宿駅からまた歩いて、問題のマンションに向かう。マンションの前では、不動産屋の担当者が待機していた。中に佐川か誰かいれば、開けさせて立ち会わせるのだが、いない場合も想定しなければならない。念のための措置だった。

佐川は家にいた。世田谷西署の刑事がインタフォンを鳴らすと、低い声で返事がある。

「はい」

「佐川さんですか？」

沈黙……向こうはインタフォンの画面を見て、人相の悪い男たちを確認しているはずだ。無視するべきだった、と悔いているかもしれない。しかしそうしたら、今度は勝手に鍵を開けられる——そこまで見越しているとしたら、佐川はかなり警察のやり方に詳しい人間ということになる。

「警察です。世田谷西署です。当署管内で発生した放火事件について、お話を伺いたい。お部屋も見せていただきたいのですが、鍵を開けていただけますか。捜索令状もあります」

刑事が、カメラの前に令状を提示した。これで内容まで確認できるものでもあるまいが、問題はない。どうせ後でしっかり見せるのだから。

「……開けます」

直後、オートロックのドアが開いた。八人の刑事と不動産屋の担当者が、揃って中に入る。エレベーターは大型だが、九人は乗れないので、不動産屋の担当者が下に残った——体重一〇〇キロはありそうな巨漢なのだ。

ぎゅう詰めのエレベーターで十六階に上がる。内廊下で、敷き詰められた絨毯は分厚い。しんと静まりかえっていて、生活の匂いはまったく感じられなかった。内廊下のマンションというのは、どこかホテルのような感じがするものだが、ここも同様だった。

先ほど令状を提示した刑事が、インタフォンを鳴らす。反応なし。急に捜索を拒絶して、立て籠もる気になったのだろうか。何度かインタフォンを鳴らしてみたものの、まったく返事がない。その時点で八神は異変を感じ、周囲を見回した。廊下の端まで視線を投じたところ、異変の原因に気づく。

非常階段のドアが閉まり切っていない。

ああいうドアは、閉まっているのが普通のはずだ。八神は小走りにそちらへ向かい、ラテックス製の手袋をはめてからドアを引き開けた。ここから逃げたのか？　耳を澄ませたが、階段を駆け降りる音はしない。それはそうだろう。自分たちを避けて逃げるつもりなら、一階下まで降りて、下行きのエレベーターを摑まえればいい。

八神は部屋の前まで走って戻り、「逃げたかもしれません」と告げた。刑事たちが一斉に振り向く。一瞬動きが止まってしまったが、由宇がすかさず前に出てドアのレバーハンドルを引いた。音もなくドアが開く。

「クソ！」叫んで、八神はエレベーターに向かって走り出した。由宇が遅れずについて来る。先ほど乗ってきたエレベーターがまだ同じフロアにいたので、飛び乗った。一階ではなく、「B1」のボタンをプッシュする。

「駐車場ですか？」

「ベンツのGクラスを置いて逃げるとは思えない」この部屋の借主は藤岡だが、車の持ち主は佐川である。自分の財産だけ持ち出そうと思ってもおかしくない。それに、車の方が逃げるのに便利だと判断するのも自然だ。ただし、ナンバーは分かっているから、検問やMシステムで引っかけられる可能性がある。

タワーマンションのエレベーターだからスピードも速いはずなのに、妙に遅く感じられて苛立った。地下一階に着いてエレベーターから駐車場に出た瞬間、Gクラスが目の前を猛スピードで走り過ぎる。駐車場の中なのに、高速の料金所から走行車線に合流するかという勢いだった。あまりのスピードに、八神はその場で急停止してしまい、後ろから来た由宇が背中にぶつかった。

「逃げられた」つぶやき、慌ててスマートフォンを取り出す。こういう時は無線があると便利なのだが、ないものはしょうがない。しかも同行している刑事たちの電話番号が分からないので、綿谷に電話するしかなかった。由宇には、すぐに上に行って、待機している刑事たちに情報を説明するように頼む。電話がつながると、一つ深呼吸して第一声を発した。

「逃げられました」

「何だと！」普段は穏やかな綿谷が、怒声を張り上げる。長く暴力団担当をやってきた人間の本性が垣間《かいま》見えた感じだった。

八神は状況を説明した。綿谷は黙って聞いていたが、八神が話し終えると、怒りを押し殺したような低い声で、すぐに「手配する」と言って一方的に電話を切ってしまった。

クソ、やられたか……しかし今のところ、手順は一つも間違っていない。何らかの形でオートロックを突破して、ドアの前まで行ってからインタフォンを鳴らすべきだったかもしれないが、実際にはそこまで慎重になれないものだ。

呼吸を整え、十六階に戻る。既に、廊下からは刑事たちの姿が消えていた。ドアを開けると、立ち会いとして呼ばれた不動産屋の担当者が、不安そうな顔で玄関先に立っている。

「部屋の中に入って下さい」声をかけたが、担当者は動こうとしない。

「いや、私は部外者なので……」

八神はバッグに手を入れ、予備のオーバーシューズを取り出した。

「これを履いて下さい」これぐらいのこと、誰も言わなかったのかと腹が立つ。立ち会い役の人には、捜索全体の様子が見えるところにいてもらうのが原則なのだ。

中に入ると、リビングルームの異様さに驚かされた。生活の匂いがまったくしない。ここは「仕事場」だ。

広いリビングルームの真ん中にデスクが四つ置かれており、それぞれのデスクに巨大なモニターが載っている。まるでIT企業のような感じ……テレビや食器棚、ソファの類もなく、まさに仕事場という感じだった。

それぞれのデスクに刑事たちがつき、パソコンを調べている。電源が入っているかどうか……様子を見ると、電源は入るが、パスワードでロックされているようだ。しかし一人の刑事が「入れました」と声を上げる。電源が入っていて、かつスリープモードになっていなかったパソコンがあったのだろう。

八神はそちらには加わらず、室内をざっと見て回った。三つの部屋は全てフローリング張り。窓のカーテンは開いていて、西新宿の高層ビル街が望める。眺望はまあまあいい部屋だと言っていいだろう。エアコンはついたまま。佐川が、取るものも取り敢えず逃げ出したのだと分かる。

リビングルーム以外の二部屋は、それぞれ六畳ぐらいの広さだった。そのうちの一室に、辛うじて生活の匂いがある。ベッドとソファが置いてあったのだ。ベッドは乱れたままなので、佐川は起き抜けだったのかもしれない。しかしここで常に寝起きしている感じでもない。仮眠室のようなものだろうか。

もう一部屋もパソコンで埋まっている——いや、パソコンではない。ここはサーバールームだ。しっかりした金属製のラックに薄型のサーバーが収められ、薄暗い部屋の中で無数の小さなLEDが点滅している。佐川はフリーのプログラマーだというから、こんな設備があってもおかしくないかもしれないが。

「何ですかね、これ」由宇が不安そうに言った。

「分からない。それこそ、サイバー犯罪対策課に見てもらわないと」

「呼びます?」

由宇がスマートフォンを取り出したが、八神は手を挙げて止め、「もう少し観察を続けよう」と言った。その時、リビングルームの方から「おお」という声が上がった。急いで戻ると、他の刑事は全員、一台のパソコンの前に肩を寄せるように集まっている。

「何か出ましたか?」

「闇サイトだ」パソコンの前に座っていた一人の刑事が、八神の方を見もせず答える。

八神も後ろに回りこんで、モニターを見ようとした。しかしそこで、由宇が「ちょっと待って下さい」と声を上げる。刑事たちの視線が、一斉に由宇に向けられた。由宇はまったく臆する様子もなく「まず環境設定で、スリープモードにならないように設定し直して下さい。スリープになったら、もう入れないかもしれません」とてきぱきと指示した。

「……分かったよ」

パソコンに向かっていた刑事が、渋い表情を浮かべてマウスを動かした。命令されるのが——若い女性刑事に命令されるのが気に食わない様子だったが、反発の言葉は出てこない。由宇は当たり前のことを忘れないように釘を刺しただけなのだ。

「設定完了」刑事がボソリと言った。

「今、何を見てたんですか」八神は慎重に訊ねた。由宇のやり方のせいか、刑事たちは少しぴりぴりしている。

「闇サイト。そこに入るためのブラウザがあるようだ。見慣れないアイコンだと思ってクリックしたら、つながったよ」

「ちょっと……いいですか」八神は刑事たちの輪をかき分けてパソコンの前に出た。確かに見慣れぬブラウザだったが、そこに表示されているのはツリー構造になっている普通の掲示板のようだった。闇サイトというぐらいだから、画面は真っ黒ではないかと思っていたが、そんなにおどろおどろしいものでもない。

一番上に来ているスレッドは「竹本、間もなく逮捕」だった。見覚えがある——右側を見ると、書き込みの本数は五十六件。これが多いのか少ないのかは分からない。

「一番上のスレッドは、うちの刑事が立てたものです」八神は言った。

「そうなのか？」

「闇サイトでの反応を見るためです。大した書き込みはないと思いますが」最上が定期的にチェックして、内容を伝えてくれているのだ。今朝の段階でも「特に変わった書き込みはなし」。ここは最上を信用してもいい。

「いずれにせよ、押収してチェックだな」刑事が画面を凝視しながら言った。内容を全部調べるとしたら、大変な時間がかかるだろう。それにこの掲示板だけが、闇サイトの重要な部分ではないはずだ。もっと秘密めいたもの——二重認証がなければ入れない、会員制のページのようなものもあるはずだ。

八神は部屋の他の部分のチェックを始めた。とはいっても、本当に一種の仕事部屋、それもＩＴ系の仕事のための部屋だ。ここが、ネット系犯罪の本拠地だった可能性もある。

もう少し生活の気配があれば、と思う。唯一、多少生活感のある、ベッドが置いてある部屋に入った。由宇と二人でマットレスを外し、ベッド全体を分解する勢いで調べてみたが、特に不審なものはない。いや、ベッドそのものに何か仕かけがある可能性も……フレーム部分が中空になっていて、中に書類などが隠してあるかもしれない。そう考えて、一〇センチおきに拳でフレームを叩いていったが、特に異音がする箇所は見つからなかった。考え過ぎか。

ソファも、クッションを全て外し、ひっくり返して裏側までチェックする。ここも異常なし。クッションの中に何かを隠している可能性もあるが、表面の革には不審な継ぎ目らしきものは見当たらなかった。

「ここ、仮眠を取るためだけの部屋ですね」由宇が結論を出した。

「そうだな……それとさっき、よくぴしりと言ったな」

由宇の指示を思い出して八神は言った。褒めたつもりだったが、由宇はつまらなそうに肩をすくめるだけだった。

「あんなの、基本の基本じゃないですか」低い声で淡々と告げる。「気づいて最初にやらない方がおかしいですよ。アクティブになったままなら、サイバー犯罪対策課の手間が一つ減るし」

実際、パスワードの突破にはかなり手間取ると聞いている。ログインしている状態で、ハードディスクの中身を全てコピーしてしまえば、後の解析にはそれほど時間がかからないだろう。

「サーバールームみたいなところ、どうします？」

「機械には手をつけないで、軽く調べるだけにしよう。俺たち素人がいじると危険だ」

「もしかしたらですけど」由宇がクッションを元の位置に戻しながら言った。「藤岡や佐川は、ここで闇サイトを運営していたんじゃないでしょうか。それこそ、犯罪の温床だったかもしれません」

「そのためには、ここの設備はちょっと大袈裟過ぎると思うけど」八神は首を傾げた。「そういうのは、パソコン一台あればどこでもできるんじゃないか？　それに、その方が発覚しにくい。こんな風に大袈裟にアジトを構えたら、かえってバレやすくなるんじゃないかな」

「確かにそうですね」由宇が同意する。

「もう少し調べてみないと何とも言えないけど……クローゼットを見てみるか」

二人はクローゼットに取りかかった。とはいっても、中には何もない。やはり、ここで誰かが暮らしていたわけではなく、単なる仕事場ということなのだろう。空のクローゼットの中には埃《ほこり》っぽい空気が澱《よど》んでいるだけだった。

広さは一畳ほど。八神は中に入り、上板を押し上げてみたが、がっちりはまっていて、簡単には外れそうにない。マグライトで隅から隅まで照らしてみたが、上板に細工した形跡はなかった。一度でも釘を外し、さらに打ち直したりすると、必ずそれらしい痕跡が残るものである。

二人はサーバールームに入った。六畳ほどの部屋の半分は、ラックで埋まっている。こちらの部屋にもクローゼットがあるが、前にラックが置かれているせいで、半分しか開かない。八神は念のために、無理矢理体を捻って中に入り、調べてみた。やはり空――しかし、マグライトの光が照らし出した隅の方に、小さな金庫が置いてあった。

「金かもしれない」

言って、八神は屈《かが》みこんで金庫を引っ張り出した。横三〇センチほど、それほど大きくはなく、個人商店などで金を一時的に保管するために使うようなものである。床に置き、止め金に指をかける。

開いた。

「鍵もかかってなかったんですか？」由宇が驚く。

「おかげで俺たちは助かるよ――結構貯めこんでたんだな」

札束が複数入っている。八神はまず、写真を撮るように由宇に指示した。後で鑑識に調べてもらうために、できるだけ現状維持を心がける。札束は外に出さず、指を突っこんで調べた。

「正確には数えられないけど、百万円の札束が四つだと思う。その他にも、バラの札がある」

「何なんですかね、この人たち」由宇が呆れたように言った。「今時、現金商売なんて……」

「この方がバレにくいんじゃないかな。銀行に口座を持てば、そこから追跡される。電子マネーでも同じだろう。現金で保管しておくのが一番安全でバレにくい」

「確かにそうですね……これ、悪い金でしょうね」

「だろうな」

うなずき、八神はリビングルームに入った。捜査本部の六人の刑事たちは、それぞれ部屋の中を捜索中。二十畳ほどある広い部屋で、収納部分も多いので、手間と時間がかかる。八神は声を張り上げて「金が見つかりました」と告げた。

刑事たちが、一斉にサーバールームに入って来る。今にも金を数え出しそうな勢いだったので、八神は「まだ手はつけていません」と警告した。それからスマートフォンを取り出し、綿谷に連絡を入れる。一刻も早く、鑑識とサイバー犯罪対策課に臨場してもらう必要があった。

「四百万?」綿谷の声が少し高くなった。

「正確には、もう少しあります。数えてないので何とも言えませんが」

「分かった。応援を出そう」

「そうですね。かなり面倒な調査になると思います」

「それは任せておけ……ちょっと待った!」

「綿谷さん？」ごとり、と硬い音が耳に響く。綿谷が自分のスマートフォンを投げ出すようにテーブルに置いたのだろうと想像できる。「綿谷さん？　聞こえてますか？」

「どうしたんですか？」由宇が怪訝そうな表情を浮かべる。

八神は送話口を掌で押さえ「何かあったみたいだ」と告げる。

「綿谷さんですか？」

「ああ。ものすごく慌ててた」

「珍しいですね。綿谷さんが慌てるところなんか、見たことないですよ」

もう一度綿谷に呼びかけようかと思ったが、綿谷はすぐに電話口に戻って来た。

「そこをすぐに引き上げてくれ」

「どうしました？」

「佐川が事故を起こして、コンビニに立て籠もった」

「事故？」

「住宅街の中を猛スピードで走っていて、パトカーに見つかったんだ。それで暴走してコンビニに突っこんだらしい。現場は代々木——小田急線の代々木八幡《よよぎはちまん》駅の近くだ。後で詳しい住所を送るから、取り敢えずそちらに向かってくれ。俺もすぐに行く」

何なんだ——短い期間に二度目の立て籠もり。特殊班も、これほど短期間に出動が続くことなど滅多にないだろう。

「ここは任せて出よう」

「何ですか」由宇が不安そうな表情を浮かべる。

「佐川が事故を起こして、そのまま現場のコンビニに立て籠もった」

「何ですか、それ」由宇が目を見開く。

「パトカーに追われて暴走したらしい」

「馬鹿じゃないですか？」

「そもそも犯罪を企てるような人間は馬鹿なんだよ。行くぞ」

いずれ、他の刑事たちにも連絡はあるだろう。しかし彼らは、この現場を放棄できない。自在に動くのがＳＣＵなのだろう。

2

西新宿のタワーマンションから、小田急線代々木八幡駅まではそれほど遠くない。距離にして二キロぐらいだろうか……二人はすぐに駆け出し、甲州街道を渡ったところでタクシーを見つけた。由宇が伸び上がるようにして手を上げる。

「走った方が早くないか」

「いえ、一分でも早く着くためにはタクシーです」

由宇の勢いに押されて、結局タクシーに乗ってしまった。運転手に行き先を「代々木八幡駅」と告げると、近いせいか嫌そうな顔をされたが、バッジを示した途端に表情は消えた。車が走り出した瞬間、二人のスマートフォンで同時にメールの着信音が鳴る。由宇が先に反応して、バッグからスマートフォンを取り出した。

「詳しい住所が来ました……」言いながら、素早く指を動かして調べる。「うわ、最悪」

「どうかしたか？」

「近くまで車で行くと、すごく遠回りになりそうです。確かあの辺、ずっと工事してたし」由宇が身を乗り出して、運転手に指示する。

「小田急線の手前で停めて下さい。交差点があるので……名前は分かりませんけど、近くに行ったら言います」

運転手が無言でうなずく。厄介事《やっかいごと》に巻き込まれた、と後悔しているのかもしれない。

「道、分かるか？」

「地図を読むのは得意です」

「じゃあ、任せるよ」

八神も、綿谷から送られてきた住所を元に、当該のコンビニエンスストアの場所を調べた。代々木八幡駅からは少し離れた、狭い商店街の中のようだ。道路もぎりぎり、車がすれ違えるぐらいの幅だろう。佐川は自棄になっているのでは、と八神は想像した。

コンビニの店内への立て籠もりなど、そんなに長時間続くわけではあるまい。捕まるのは覚悟の上で、少しでも先延ばしにしようとしているだけでは、と八神は想像した。

山手通りの途中で車を降り、また走り出す。由宇は確かに地図を読むのが得意なようで、時々ちらりとスマートフォンを見ながら、迷わず走っている。ほどなく、一方通行の道路の先の方で、パトランプが光を振りまいているのが見えた。

「あそこだ」八神はダッシュした。由宇も遅れずついて来る。走りながら、八神はSCUの腕章をつけた。混乱している現場では、これがないと規制線の中にも入れない。パトカーが二台、覆面パトカーが一台停まっているだけだった。まだ、所轄から初期対応の交通課員が到着したばかりだろう。特殊班が出動する状況だが、到着にはもう少し時間がかかるはずだ。世田谷西署から綿谷たちが着くのと、同じぐらいになるかもしれない。

SCUの腕章を示しながら、現場の警官に話を聴いた——聴くまでもなく、ある程度の状況は分かったが。佐川のGクラスは、フロントからもろに店に突っこんでいた。本来の出入口は巨大なボディで塞がれてしまい、道路側からは出入りできなくなっている。しかし道路に面した窓から、中の様子は何とか窺《うかが》えた。レジの奥で、佐川がバイトの女性店員——外国人らしい——の喉元にナイフを突きつけている。もう一人の女性店員も近くにいて、緊張した面持ちで両手を前に組み、直立不動の姿勢で立っている。佐川の額には血が滲んでいた。衝突のショックで怪我したのだろう。

由宇が、体格のいい制服警官に向かって鋭い声を飛ばした。

「ここの仕切りは？」

「ちょっと待って下さい」

制服警官が駆け出す。由宇はそれほど体が大きいわけでも声が通るわけでもないのだが、何故か有無を言わさぬ態度だった。制服警官はすぐに、コートを着た四十歳ぐらいの刑事を連れて来た。

「SCUの朝比奈です」由宇が腕章を引っ張って示しながら言った。「現場には何人いますか？」

「八人……おたくが仕切るのか？」刑事が疑わしげな表情を浮かべる。

「本部なので仕切ります。裏は偵察しましたか？」

「裏？」

「このマンションの裏です」

八神はマンションを見上げた。五階建てで、一階部分がコンビニになっている。

「こういうコンビニの場合、裏口があるかもしれません。そちらも押さえておかないと、逃げられるかもしれない」

言われて、刑事が弾かれたように駆け出す。あまりにも堂々とした態度に、八神は

「俺はどうしようか」と思わず訊ねてしまった。由宇が苦笑する。

「八神さんはここにいて下さい」

「分かった――それにしても君は、命令するのに慣れてるな」

「そういう言い方、やめてもらえます？」由宇が真顔で抗議した。「何だか、すごく生意気な人間みたいに聞こえるので」

「天性のリーダー的な？」

「それは否定しませんけど、今、私のリーダー論を語ってもしょうがないですよね」

「そりゃそうだ」

「一言だけ言えば、リーダーというのは、指示するのが仕事というだけです。偉いわけじゃありません」

「一言じゃなくて二言になってる」

由宇が一瞬、八神を睨んだ。有無を言わさぬ迫力がある。由宇のリーダー像がどういうものかはまだ理解できないが、少なくとも人を黙らせる迫力があるだけで、リーダーの資格十分だろう。

裏へ偵察に回った刑事が、すぐに戻って来た。

「裏口がある」

「分かりました。そっちに二人配置して下さい」

「了解」刑事が即座に反応した。既に、由宇の命令を聞くのが当たり前という感じになっている。由宇は、一瞬でその場の空気を支配する能力に長《た》けているようだ。

現場の混乱は続く。所轄からはさらに応援がやって来た。刑事課長も顔を見せたので、由宇はそこで状況を説明し「後は指示をお願いします」と告げた。指揮権の交代もスムーズで、まったく遅滞なし。

「どうしますか？」由宇が判断を迫る。

「取り敢えず観察、待機だ。本部の捜査一課が臨場したら仕切ってもらう」刑事課長が言った。

「それまで待つんですか？」由宇の表情が厳しくなる。

「こういうのは時間をかけないと、被害が拡大する。そもそもこの状態では、中に入れない」

刑事課長が言う通りだ。Gクラスの巨体が出入口を完全に塞いでいるし、その周辺には割れたガラスの残骸が散らばっているので、危なくて一気に突っこめない。となると、裏口から密かに潜入するか……しかし、表裏で挟みこまないと効果はない。由宇が黙りこんだ。しかしそれも一瞬で、八神に「何か作戦を考えます。ここで見ていて下さい」と言い残して、マンションの裏に回った。

「おたくのお嬢さん、何なんだ？」刑事課長が、怪訝そうな表情を浮かべて八神に訊ねる。「えらく威張ってるけど」

「指示は間違ってませんよ。任せた方が安心です」彼女が毅然と指示を出すのを今日初めて見たが、リーダーとしての存在感は十分だ。後は、彼女自身が何か作戦を考えるのか、あるいは参謀役がやるべきか……この場合、自分が参謀になるべきかもしれないが、そんなに急に作戦は思いつかない。

「しかし、女の子だろう？」

「警視庁で初の女性部長になる人、だそうです」

「ああ？」刑事課長が目を見開く。「何十年先の話だよ。その頃、俺なんかとっくにやめてるぜ」

「でも、女性初の部長の指示を受けたことは、一生の自慢になりますよ」

「何言ってるんだ……捜査一課が来たら任せるぞ。連中はプロなんだから」

「それは状況次第で——」

八神は言葉を途中で切らざるを得なかった。激しい排気音。さらに急ブレーキの音。最上だ、とすぐに分かった。ＳＣＵの「緊急車両」であるメガーヌが、細い道路を猛スピードで突っ走ってくる。そして、覆面パトカー二台が縦列駐車している狭い隙間に、ブレーキ音を軋《きし》ませながらバックし、一発で停まった。スタントマンかよ、と驚くほどの運転テクニックだった。

運転席のドアが開き、最上がダッシュして来る。遅れて綿谷……こちらはフラフラで顔色が悪い。足取りも頼りなかった。

「どうしますか？」最上は張り切って訊ねてくる。

「裏手に回ってくれ。今、朝比奈が偵察してる」

「了解です」

最上がダッシュで、マンションの角を曲がって行った。入れ替わるようにやって来た綿谷が、ぼそりと漏らす。

「クソ、酔った」

「車酔いですか？　最上の運転は丁寧でしょう」

「お前は、緊急時に奴が運転している車に乗ったことがないから、分からないんだよ」

綿谷の顔は真っ青だった。「滅茶苦茶だぞ。今日も緊急走行じゃなければ、免許証が二枚ぐらいアウトになってる。見えない相手とカーチェイスをやってるような気分なんだろうな」

文句を言いながら、綿谷が店内を覗きこむ。すぐに「やばいな」と漏らした。

「佐川の野郎、相当焦ってる様子じゃないか。何か要求はないか？」

「まだ話せてません」実質的には、閉ざされた空間にいるのだ。

「朝比奈は何と言ってる？」

「今、裏を偵察に行ってます。だけど、作戦の立案まであいつに任せていいんですか？」

「あいつは立案も指示も一人でできる貴重な人材なんだよ。大将と参謀を兼ねてる」

「それは過大評価じゃないんですか」

「そんなことはない。見てろよ」

すぐに、最上と由宇が戻って来た。由宇が今度はGクラスを調べ、スマートフォンを取り出して電話をかける。すぐに所轄の刑事課長のところへ行って、スマートフォンを差し出した。刑事課長が顔をしかめながら受け取り、電話の相手の声に耳を傾ける。さらに嫌そうな表情になった。

由宇が戻って来て、「基本、私たちだけでやります」と宣言する。

「所轄は無視か？」指揮権は渡したはずなのに。

「所轄も入ると大人数になって、予想外のことが起きる可能性がありますから、少数精鋭で。今、キャップから説得してもらいました」

何と、動きの早いことか。八神が呆れているうちに、由宇がてきぱきと指示を飛ばす。

「正面と裏から挟み撃ちにします」

「正面から行けるのか？　車で塞がってるだろう」作戦はそれしかないのだが、綿谷が疑義を呈する。

「車のドアはロックされてません。後部座席は歩道にはみ出していますから、そこから中に入って、前のドアから店内に入れます」

「いきなり入ると危険だぞ」八神は警告した。

「それは、八神さんがやって下さい」

「俺？」八神は思わず自分の鼻を指さした。「何で俺が」

「八神さんが、一番害がなさそうだからです。向こうも、八神さんの顔を見たら油断するんじゃないですか？　童顔は、こういう時ぐらいしか役に立たないんですから、積極的に使って下さい」

「いや、ちょっと待ってくれ」犯人を追い詰める——その緊張感と嫌な記憶が、八神を躊躇わせる。

「いいからお願いします」由宇は有無を言わさぬ態度だった。「最上君も正面から同行。でも、直接顔は出さないで。あなたは圧が強いから」

「了解です」最上はあっさり由宇の指示に従った。

「綿谷さんは、私と一緒に裏へお願いします。準備運動しておいて下さい」

「分かった」

「八神さん、顔色悪いけど、大丈夫ですか？」由宇が心配そうに言った。

「当たり前だ」ここは強がるしかない。個人的な事情を打ち明ける暇はないし、当たって砕けろ、だ。

「じゃあ、お願いします」

「捜査一課を待たなくていいのか?」八神は思わず訊ねた。

「私たちの獲物ですよ」由宇がニヤリと笑う。

八神たちは散開した。心配になって、つい最上に訊ねる。

「こんな感じで大丈夫なのかな? 作戦らしい作戦もないじゃないか。佐川を店内に足止めできるぐらいだろう」

「八神さんが説得したら、上手く行くかもしれませんよ」

「俺は、そういう訓練は受けてないんだ」

「実地訓練ということで」

「馬鹿言うな」

由宇は何を考えているのか……もしかしたら、走りながら考えるタイプなのかもしれない。確かに、表と裏から攻撃をしかければ、佐川を挟み撃ちにできる。身柄が確保できなくても、捜査一課の特殊班が到着し、本格的な説得を始めるまでの時間稼ぎはできるとでも考えているのかもしれない。

それはそれで、悪い手ではない。人質事件では、時間を稼いで犯人を疲れさせ、最終的に無傷で投降させるのは、警察としてはよく使う手なのだ。

Gクラスの損害がどれぐらいかは分からないが、後部のドアは普通に開いた。やはりこの車の頑丈さは並大抵ではないようだ。もしかしたら、まだ普通に走れるかもしれない。突っこんだのがマンションではなく古い一戸建てだったら、そのまま薙《な》ぎ倒していたのではないだろうか。

先に中へ入り、シートの隙間を縫うように前部座席に移動する。そこで八神は、フロントガラス越しに佐川と対面することになった。途端に佐川の顔面が蒼白《そうはく》になる。「来るな！」という叫び声が聞こえた。どうする？　最上が助手席に体を滑りこませる。

「行きますか？」

「少し待とう。奴がどう出るかが分からない」実際は、八神もすぐには動けない。車から降りたら、足がすくんでしまうだろう。もう少しだけ、落ち着く時間が欲しい——。

「凶器は刃物だけでしょう？　少なくとも、撃たれる心配はないですよ」最上は強気だった。

「危険は危険だ」せめて防刃ジャケットでもあればいいのだが。

「大丈夫ですよ。今まで失敗は一度もありませんから」

「何が？」

「朝比奈さんの指示」

マジか、と八神は逆に心配になった。これまでSCUは、どんな修羅場を潜り抜けてきたのだろう。そういう話は自然に伝わるものだが、八神は聞いたことがなかった。いったいこの連中は……考えていても仕方がない。自分の役目は、相手の注意を引きつけて時間稼ぎをすることだ。危険はない——そう考えても、プレッシャーに変わりはないが。

八神は運転席のドアをゆっくりと開けた。佐川が再度「来るな！」と叫ぶ。それを無視して、コンビニの床に足を下ろした。靴の下で、割れたガラスがじゃりじゃりと硬い音を立てる。八神はゆっくり両手を上げ、佐川と対峙した。心拍数が異常に高くなり、心臓が喉元まで上がってくる。

「武器は持ってない」この言い方でいいのだろうかと思いながら八神は言った。「取り敢えず、店員さんを放してくれないか？　それからゆっくり、あんたの話を聴くから」

「話すことはない！」

こっちにはあるんだよ、と思いながら八神は一歩前に進んだ。足が震える。両肩を一度上下させて、何とか自分を落ち着かせた。

「落ち着いて話し合おう。とにかく、誰も傷つけるな」

「逮捕するつもりだろう」

「それもちゃんと話し合って決める」そんなことはない。誰がどう見ても、現行犯なのだから。こんな言い方で佐川が納得するとは思えない。

ドアが開く音がして、助手席から最上が降りて来る。両手を体の脇に垂らしているが、これは「危害を加えない」という意思表示ではない。それなら、両手を頭の横に上げないと。しかし最上はまったく気にする様子もなく、前に進み出て八神の横に並んだ。

「行きますよ」最上が低い声で言って、前に進む。何やってるんだ、と八神は慌てたが、一人で行かせるわけにはいかない。結局、二人並んで佐川に迫って行くことになった。

突然、佐川が人質にしていたバイト店員を突き飛ばす。店員の体から一気に力が抜け、その場にへたりこんだ。事前に存在を察知していたのかどうか、佐川は裏口へ向かって一気にダッシュしたが、それより一瞬早くドアが開き、綿谷が飛びこんで来た。

次の瞬間には、佐川は菓子の並んだ棚に背中から突っこんでいた。直後、体が宙を舞い、床に叩きつけられる。持っていたナイフが床の上を滑り、カウンターに当たって止まった。八神は……動けない。その場で固まってしまった。最上がダッシュして佐川に迫り、柔道の寝技をかけるように覆い被さる。すぐに、片手で器用に手錠をかけた。傍で不機嫌な表情で立っていた綿谷が、空いている佐川の左手を引っ張って強引に立たせる。最上が佐川の腕を捻るようにして背中に回し、改めて後ろ手に手錠をかけた。その間由宇は、カウンターの中に入って、ナイフを突きつけられていた女性アルバイトの怪我を確認している。無事なようだが、女性は泣き崩れて、由宇の肩に顔を埋めていた。由宇の方がずいぶん体が小さいので、支えるだけでも大変そうだったが。

八神だけが動けない。何もできない。

その後は、混沌《こんとん》だった。裏口、そしてGクラスの中を通って、所轄の警官たちが殺到してくる。車はまだ店に突っこんだままで動かせないので、手錠をかけられた佐川は、裏口から外に出された。人質になっていた二人の店員は、しばらくその場に留め置かれる。やがて、救急車のサイレンの音が遠くから聞こえてきた。見た感じ、二人とも怪我はないようだが、一応病院に搬送して調べないといけないだろう。

「クソ、明日は筋肉痛になるな。ちゃんとストレッチしておけばよかった」綿谷が店内を見回しながら、ぐるぐる肩を回した。

「さっきの……綿谷さん、何をやったんですか？」八神は訊ねた。

「何をって、タックルして動きを止めて、内股で倒しただけだよ。ちょっと勢いがつき過ぎたけどな」

「無茶しないで下さい！」八神は思わず怒鳴った。「相手は刃物を持ってたんですよ！下手したら、今頃刺されてた」もう絶対に、仲間を失いたくない。

「刺されるわけないだろう」綿谷がせせら笑った。「相手は素人だぞ」

「綿谷さん、トータル総合十段でしたっけ？」最上がいきなり訊ねる。

「柔道四段、剣道二段、空手二段……合わせて十一段だな」

「三段足りませんよ」最上が指摘する。

「将棋のアマ三段を忘れるな。それが一番大事だ」

笑いながら、綿谷が裏口から出ていった。呆気《あっけ》に取られた八神は、思わず由宇を摑まえて問い詰めた。

「綿谷さんに押さえさせるのが、君の作戦だったのか？」

「綿谷さんは人間凶器ですからね。ちなみに逮捕術も拳銃操作も上級です。SCUに来る前には、総務部からも誘われていたそうです」

「格闘技の先生役として？」

「綿谷さんぐらいの腕があれば、何でも教えられますからね。ちなみに趣味は、総合格闘技観戦。好きな映画は『リーサル・ウェポン』。これは別に、覚えておかなくてもいいですけど」

由宇は、最上と連れ立って店を出ていった。何なんだ、SCUって……俺だけ、何もない平々凡々な刑事じゃないか。

外では綿谷が待っていて、SCUの全員を集めた。

「今、世田谷西署の捜査本部と話した。今の事故と立て籠もり事件に関しては、当該の所轄で処理しないといけないが、竹本関連の捜査については、世田谷西署も入って来て調べる。佐川の前には、刑事の行列ができるわけだ」

一瞬、妙な間《ま》ができる。綿谷としては気の利いた台詞《せりふ》を口にしたつもりだったらしいが……気まずそうに咳払いして続ける。

「これからキャップと話して、今後の俺たちの動きを決める。ただし、ターゲットは本筋に戻るだろうな」

「竹本ですね」八神はうなずいた。

「今も動向監視中だが、一緒にいた人間がアジトから逃げ出してこんな事故を起こしたんだから、当然奴にも話すことがあるだろう。世田谷西署の調べは甘かったから、うちで引き取るか」

「そんなこと、できるんですか？」

「こいつはもう、ただの放火事件じゃなくなってるんだよ。まだ一枚も二枚も裏があるだろうな」

それは間違いない。事態は複雑になる一方で、底はまるで見えてこないのだった。

由宇と最上が連れ立って歩き出す。八神の足は止まったままだった。恐怖と嫌な記憶に体が縛りつけられている。

「どうした」綿谷が訊ねる。

「いや――」

綿谷が無言で、八神の肩を叩く。分厚い手の圧力で、凝り固まっていた体が、少しだけ解れた感じがした。

結城の指示で、世田谷西署ではなくＳＣＵの本部に向かうことになった。竹本にはがっちり監視がついているから、逃げられる恐れはない。世田谷西署で一度佐川を揺さぶってみて、それを材料にして竹本をきつく取り調べる——という手順でも十分間に合いそうだ。結城はその前に、捜査全体についてブレストしておきたいということだった。

結城が人数分のコーヒーを用意していたので、八神は驚いた。そういうことはまったくしない人のように思っていたのだが。

「混乱してるな」結城が最初に結論を口にした。「八神、どう思う？」

発言を求められ、八神はコーヒーを一口飲んだ。思うままに話すことはできるが、それではこの事件と同じで話がバラバラになってしまう。

「二つの事件が関連しているのは間違いないと思います。キーパーソンは、あくまで藤岡です」

「そうだな」結城がうなずく。

「我々が最初に摑んだ藤岡の生活は、ダミーだった可能性があります。アルバイト、それに家賃五万円の共同トイレの部屋は、自分の正体を隠すための作戦だったかもしれません。実際には、何らかの形で闇サイトを使って金儲けをしていた——そのためのアジトが、西新宿のタワーマンションだった可能性は否定できません」

「指名手配されていた元過激派が、闇サイトを使って金儲けですか……何だかピンときませんね」綿谷が首を捻る。

「俺も同じだ」結城が同意した。「ただし、あの事件からは四十年が経過している。当時学生だった藤岡も、もう還暦だ。その間に何があってもおかしくはない。闇サイトは極めて匿名性が高いから、藤岡のように身元を隠して生きていかなくてはならない人間にとっては、都合のいい場所だったのかもしれない。闇サイトでどんな金儲けができるかは分からないが」

「その辺は、佐川と竹本を叩く必要があります。奴らが藤岡と組んでいた、あるいは何らかの関係があったのは間違いないんですから」八神は指摘した。

「そうだな。それともう一つ——最初の事件はどうかかわってくる？　藤岡はどうして殺された？」

結城の問いかけに、全員が黙りこんだ。その中で、八神は唐突に浮かんだ一つのアイディアを提示した。

「もしかしたら殺人事件の犯人——中内は、かなり前から藤岡と知り合いだったのかもしれません」

最上と綿谷が顔を見合わせる。本気かどうか疑っている様子だったが、八神はその可能性は高いと考え始めた。

「キャップ、中内は動機について、まだはっきりしたことは言ってないですよね？」

「ああ」

「思い切ってぶつけてみたらどうでしょう？　特捜本部に進言して――」

「分かった。それは君がやってくれ」結城がいきなり指示した。

「俺ですか？」八神は自分の顔を指さした。

「君のアイディアじゃないか。自分で決着をつけてこい」

「勝手に取り調べなんかやったら、総スカンを食いますよ」

「俺が話を通しておく。これから新橋署で中内の取り調べにかかってくれ」

「本当にいいんですか？」八神は念押しした。

「構わない。ただし、絶対に落とせよ。こちらで取り調べを担当して、何も出てきませんでしたじゃ、それこそ総スカンだ。落とせば誰も文句は言えない」

それができるかどうか……今のところ「勘」が働いているだけで、それを裏づける材料は何一つないのだ。最初の質問に否定の答えが返ってきたら、それで終わってしまう。

「少し頭を整理してから、新橋署へ行ってくれ。それと――ちょっと待った」

結城のスマートフォンが鳴っている。座ったまま腕を伸ばし、相手の声に黙って耳を傾けていたが、すぐに「分かった。助かる」と礼を言って電話を切った。

「八神、ヘルプの材料がある。こいつは使えるかもしれないぞ」

「どういうことですか?」

「念のために調査を依頼していたんだ。こいつは強い材料になる」

聞いてみると、確かに補強材料になりそうだった。殺人事件の背後には、四十年の恩讐があるのか?

3

新橋署の特捜本部では、冷たい視線で出迎えられた。しかも、早々石岡に摑まって皮肉をぶつけられる。

「午前中は、俺らの分までご活躍だったそうだな」

先輩の恨みを買うのも当然か……コンビニ立て籠もり事件は、本来なら特殊班が出て解決に当たるべきものだったのだ。

「すみません、現場の判断です」そう言うしかなかった。由宇が仕切って指示を飛ばしたと知れたら、何を言われるか分かったものではない。

「まあ、いいけど……俺の班が出る順番じゃなかったしな。で、今日は何だ?」

「実は、中内の取り調べに来ました」

「お前が？」石岡が目を見開く。「何でまた」

「今日の事件と関係ありそうなんですよ。藤岡が、放火事件を起こした人間と関係しているらしい、という話は聞いてるでしょう？」

「ああ」

「代々木でコンビニに立て籠もったのは、放火事件の共犯かもしれない人間なんです」

「しかし、肝心の藤岡は、もう死んでるんだぞ」

「引っかかるんです——上に話は通してありますから」

「俺は聞いていない」と言い出すかと身構えたが、石岡はそれ以上何も言わなかった。上の方で話が通っていたら、それは絶対なのだ。

「じゃあ、失礼します」

一礼して、特捜本部を仕切っている捜査一課の管理官、宮島《みやじま》に挨拶に行った。宮島には当然結城から直接連絡が入っているので、すぐに了解してくれたが、決して機嫌は良くない。

「取り調べを担当している深谷《ふかや》には、あんたからちゃんと話してくれよ」

「分かりました」

「それと、記録担当はうちの人間がそのまま入る」

「了解です」

「で？」宮島が両手を組み合わせた。「いったい何を摑んだんだ？」

「中内のちょっとした過去です」そこで、スマートフォンが鳴った。最上——さらに

「援軍」になる情報が入ってくる。

「では……中内は今、取調室ですね」

「ああ」

宮島が立ち上がり、刑事課の隣にある取調室のドアをノックする。「はい」と不機嫌

な声で返事があり、宮島がドアを開けた。

「深谷、ちょっと」

「何ですか」

出てきたのは五十絡みのベテランで、いかにも不機嫌そうだった。八神の顔を見ると、

喧嘩を売るように睨みつけてくる。

「取り調べを、ＳＣＵの八神警部補に代わってくれ」宮島が命じた。

「何でまた」

「何か情報をお持ちなんだとさ」

「だったらこっちに流してくれればいいでしょう」深谷が、挑発するような目つきで八

神を見た。

「こちらで調べます」八神は宣言した。「いくつかの所轄に跨《また》がる事件に関係しているの

で、ＳＣＵの方で……うちが統括的に調整します」

「ああ、そうかい。じゃあ、お手並み拝見と行くか」

深谷が吐き捨てるように言って、大股で去って行く。宮島が「今は、一言謝っておいてもらいたかったな」と渋い表情で言った。

「そうですか？」

「深谷は、うちの係でずっと取り調べ担当をやってきたんだ。プライドもある」

これも仕事だから、と言おうとして八神は言葉を呑みこんだ。ＳＣＵの業務としては当然なのだが、逆の立場だったら……こういうことをしているから、他の部署に嫌われるのだろう。

「後で謝っておきます」ここはそう言って収めるしかない。

「頼むぜ。深谷は面倒臭い男だからさ」

うなずき、取調室に入る。後ろ手にドアを閉め、中内をさっと観察した。逮捕された時に一瞬見たのだが、はっきりと顔を拝んだわけではない。初めて正面から見る中内は、どうにも冴えない男だった。身長は一七〇センチに少し欠けるぐらい。ぼさぼさの髪はほぼグレーになり、顔の筋肉は弛《たる》んでいた。六十歳なのだが、実年齢より十歳ぐらい年取って見える。

八神は一礼して、正面の椅子に腰かけた。記録担当の若い刑事が怪訝そうな視線を向けてくる。何か言いたそうにしていたが、うなずいただけで黙らせた。外のやりとりは聞こえていたはずだ。

「特殊事件対策班の八神と申します。一時、取り調べを交代します」

中内は反応しなかった。寝ているのかと思えるほど、微動だにしない。

「中内さん、学生時代に、革連協という極左のグループで学生運動をしていましたね」

中内がびくりと身を震わせる。これは結城から回ってきたばかりの情報だった。極左の活動をしていても、逮捕歴がなかったので、すぐには情報網に引っかかってこなかったのだという。

「ただしあなたは、それほど熱心な活動家ではなかった。八〇年頃ですから、もう学生運動はすっかり下火になっていたと思います。過激に活動していたのは、本当に一部の人だけ——例えば藤岡さんとかですね」

中内が一瞬顔を上げ、八神の目を見た。唇が薄く開いたが、言葉は出てこない。八神はさらに畳みかけた。

「当時、あなたのように学生運動をしていた人の多くは、さっさと活動から離れて普通に就職しました。あなたも新日自動車という一流企業に就職したわけですから、優秀な学生だったんですよね。それで、定年近くまで勤め上げた。学生運動から早く離れたのは、正解だったんじゃないですか」

「それは……」かすれた声で中内がつぶやく。

「あなたは逮捕されたこともなかった。それ故、警察の正式な記録にはあなたの名前がなく、この情報を手に入れるまでには時間がかかりました。どうですか？　あなたは革連協で学生運動をしていた。間違いありませんか？」

「すぐやめたんです。一年もやらなかった」中内が認める。勾留が長くなって、弱気になっている様子だった。

「始めたきっかけは何ですか？」

「それは、友だちに誘われて……うちの大学では、学生運動がまだ盛んだったので、引っ張られる学生は多かったんです。軽い気持ちで、集会やデモなんかに参加していただけですよ」

「すぐに辞められたんだから、必ずしも熱心な活動家ではなかったんですね」八神は繰り返し言った。

「九十九パーセントがそうでした。あんなことは、長く続けるものじゃない」

「藤岡さんは希少な例外ですか」

中内がまた身を震わせた。確実にダメージを与えている、と確信する。八神は少しだけ身を乗り出して、中内との距離を詰めた。

「藤岡さんとは、同じ大学の同級生ですよね？　しかも同じ革連協で活動していた。当然、顔見知りですよね」

「……ええ」

認めた。ここで一気に詰めていくことにする。

「藤岡さんは、警察官を殺した疑いで指名手配されました。あの事件については、あなたは関与していなかったんですか?」

「私はもう辞めていた!」中内が突然声を張り上げる。「まったく関係していない!」

「そうですか……藤岡さんは、四十年間も身を隠していました。あなたはその間、彼と接触しませんでしたか」

一転して無反応。またうつむいてしまう。ここが攻め時だ、と八神は気合いを入れた。

「藤岡さんが殺されて、私たちは彼の周囲を改めて調査しました。藤岡さんは、勝どきの家賃五万円の風呂トイレ共同のアパートに住んで、バイト生活をしていました。しかしそれは、仮の姿だった可能性があります」

「私は何も知らない」

「会ってもいなかったんですか?」

「ずっと会わなかった」

「つい最近までは、ですよね?」

八神は念押しした。また中内が黙りこむ。両手を組み合わせ、何度かテーブルに軽く打ちつけた。まだ完全には観念していない——時間の問題だろうが、八神は時間をかけないことにした。こういう場合、勝負は早い方がいい。

「藤岡さんと会いましたね？」

「それは——」

「あなたたちがいつどこで会ったか、私たちは知りません。これはあくまで、私の推理です。しかし確信はある。藤岡さんとはいつ会いましたか？」

「最初はメールが来ました」中内が打ち明けた。「迷惑メールかと思ったけど、内容が……」

「脅迫だったんですね？」

「脅迫と言えたかどうか。あることを指摘してきたんです」

「新日自動車では、しばらく前に大規模なリコールがありましたよね？　しかし実際はそれだけではなく、他にもリコールになりそうなエンジンのトラブルを隠していた。しかも、国交省が絡んでの不正……隠蔽工作の中心にあなたがいた、という内容の脅迫だったんでしょう」

「どうしてそれを？」

「実は、闇サイトでこの件が取り沙汰されていたんです」

「闇サイト？」

「一般の検索エンジンには引っかからないサイトのことです。そこにはアングラ情報や犯罪絡みの情報が流れている。違法薬物の取り引きや、犯罪に関する情報交換も頻繁です。そこで、新日自動車のリコール隠し問題の情報が流れていた」

「そんなことが……」

八神はうなずいた。自動車メーカーのリコール隠しは大きな問題だ。人命にも関わることだから、トラブルを隠蔽するのは、自動車メーカーにとっては最大の犯罪とも言える。さらに管轄の国交省がリコール隠しに絡んでいたとしたら、最大級のスキャンダルだ。この情報は、最上が闇サイトからサルベージしていた。中内が勤めていた新日自動車の情報を闇サイトで探っているうちに引っかかってきたのだという——最上が探り当てたばかりの最新情報だ。

「私を名指しで、リコール隠しの責任者だと言ってきました」

「そのメールが来た時、あなたの役職は？」

「開発二部の専任部長です」

「専任部長というのは、どういう役職ですか？」

「五十五歳を過ぎて、役員の目がなくなった部長が就く役職です。給料も下がるし、部下もいなくなる」中内が自嘲気味に言った。

「それでも、仕事がないわけではないですよね」

「よく、特命の仕事を任されます。レギュラーではない仕事、という意味です」

「元々の所属は開発二部だったんですか？」

「三十年以上、二部にいます」

「エンジン関係の開発をする部署ですよね」

「ええ。開発本部は、それぞれの部署で開発の担当が決まっているんです。一部が車体やシャシーの関係、三部がエレクトロニクス系とか」

「リコールは、エンジン関係でしたね。つまり、まさに開発二部の担当です」

「……そうですね」

「このリコール隠しについては、当然表には出ていませんね？　私たちが捜査するわけではないですから、ここで詳しい事情は伺いませんが、あなたに与えられた特命は、まさに新しいリコールを隠すことだったんじゃないですか？」

「リコールは、自動車会社にとっては大変な問題なんです。経済的にも、社会的信用でもダメージを受ける」

「しかし、きちんと対応しないと、人命に関わる恐れもあるじゃないですか」八神は思わず批判めいた台詞を口にしてしまった。

「分かっています。しかし、上から言われたら逆らえないのは、宮仕えの人間の宿命です」

いくら宮仕えでも、やっていいことと悪いことがある。そしてこれは明らかに、「やってはいけない」ことだ。

「しかしいつの間にか、リコール隠しの情報が闇サイトに流れて、あなたがその責任者として指摘されていた」

「それは……内部からの情報流出ではないんですか」中内が憤りを見せた。

「調べてみないと分かりませんが、発信者を特定するのが極めて難しいのが、闇サイトの世界です。だからこそ、犯罪に使われるんですが」

「情報流出だったとしたら――」中内の顔が赤くなる。この怒りは本物だ。

「今は、その件は忘れて下さい」八神はぴしゃりと言った。「脅迫メールはどういう内容だったんですか？」

「要するに、国交省も絡んだリコール隠しがあって、それを主導したのが私だ、と。この件をバラされたくなかったら金を払え、ということでした」

「国交省とも話したんですか？」

「私はやっていません。国交省に話せる人がいるわけでもない」

「だったら誰が――さらに上の立場の人ですか？」

中内が黙りこむ。今の推論は当たっていた、と八神は確信した。役員クラスが国交省の担当者と話して、リコール隠しに引きずりこんだのではないだろうか。非常にヤバイ話だが、今ここで追及すべきことではない。

「真に受けたんですか？」

「受けざるを得ないような内容だったんです」

「それだけ詳しい指摘だった？」

「――はい」中内がうなずく。先程の怒りはまだ続いているようで、耳は真っ赤なままだった。

「額は？」

「百万」

藤岡のアパートにあった百万円の札束に意識が向く。藤岡は、巻き上げた金を、あの部屋に隠しておいたのではないか？

「渡したんですか？」

「バレるわけにはいかなかったんです。バレたら会社にも迷惑がかかる。私一人で何とかできるものなら、そうしたかった」

「会社のためですか」

「四十年近く世話になった会社です。裏切るわけにはいきません」

社畜、という言葉が頭に浮かぶ。しかしここで中内を批判するのは自分の仕事ではない。刑事は淡々と、感情を交えずに取り調べに徹するべし。

「それで、百万円を自分で用意したんですか？」

「会社には知られたくなかった」

「金は現金で？」

「はい。振り込みか電子マネーでのやりとりを指示されると思ったんですが……」

「その方が、足がつきやすいんです。それよりも現金を手渡しする方が、やりとりした証拠が残りにくい。ただそれは、金を渡す人間と受け取る人間が顔見知りではないことが前提条件です。あなたが金を渡した相手が、藤岡だったんですね？」

「一目見て、すぐに分かりました」中内がうなずく。

「四十年も会っていなかったのに？」

「一つ、聞いていいですか」中内が遠慮がちに切り出した。

「何ですか」

「藤岡は指名手配されて、地下に潜りました。四十年前にそれに手を貸していたら、罪に問われますか？」

「それは――」即答できない。罪状は犯人隠匿ということになるのだが、時効の問題などを除いても、四十年前の出来事を立件するのは事実上不可能だろう。適当なことも言えず、八神は「その件は私の担当ではありません」と逃げるしかなかった。

「それだけの情報では、判断しにくい話です」

「そうですか……」中内がそっと息を吐く。

「あなたが匿っていたんですか?」

「一日だけです。私の下宿に飛びこんで来たので、追い返すわけにもいかずに、一晩だけ泊めました。次の日の朝、私が起きた時には、もういなくなっていましたけどね。一言の礼もなく。それどころか、私の財布の金を全部抜いていった」中内が吐き捨てる。

四十年前に感じた怒りが蘇ってきたのかもしれない。

「恩知らずですね」

「それだけじゃない。活動していた頃、あいつは私を目の敵にして、皆の前で『自己批判しろ』と何度も迫ってきたんです。単なる言いがかりで、自分の優位性を証明するためだけにそんなことをしたんです。とんでもないクズ野郎ですよ」

中内の怒りは鎮まらなかった。四十年間、藤岡に対する怒りは熾火《おきび》のように熱を留《とど》めていたのだろう。それがふとした拍子に燃え上がり、悔しさで眠れぬ夜を過ごす――恨みは、そう簡単に消えるものではない。

「その後はずっと会っていなかったんですよね? 四十年ぶりに再会して、本人だと分かるものですか?」

「分かったんです。どういうわけか、すぐにピンときた」

中内が、時間軸を追って説明を始めた。最初に脅迫メールが届いたのは二ヶ月ほど前。

その後何度も同様のメールが届き、さらには携帯に電話がかかるようになった。その時点で中内は相手が本気だと判断したが、相談できる相手はいなかった。警察に駆けこむなどもってのほかだし、相手は個人攻撃をしかけているから、会社の人間にも打ち明けられない。悩みに悩んだ末、百万円を寄越せという相手の要求に屈するしかなかった。

要求通りに金を用意し、相手と会ったのが、銀行での立て籠もりを起こす一週間前だった。その日、中内には覚悟があった。もしも話がこじれたら、その場で相手を刺し殺して自分も死のう――それで、凶器にも使ったナイフを密かに懐に忍ばせていったのだ。

藤岡は、真昼間の時間を指定してきた。場所は新橋のSL広場。白昼堂々、しかも人通りの多い場所での受け渡しは意外と目立たないものだ。夜間、人目のない場所での受け渡しは、脅迫する方にもリスクがある。もしも相手が逆襲してきた場合、助けてくれる人はいない。人目があると、簡単には相手に襲いかかれないものだ。

その場で金を渡した瞬間、中内は相手が「あの」藤岡だと気づいた。一方藤岡の方では、中内を認識した感じではなかった。どうしてあの藤岡が……中内はひどく混乱し、その場では何も聞けなかった。しかしその後尾行を続け、藤岡が近くにあるビルの飲食店に入って行ったのを見届けた。それをきっかけに密かに調査を行い、藤岡が入って行ったのはバイト先の居酒屋だと割り出した。店の名前を確認すると、八神が聞き込みをした店「季節風」ではなかった。腰痛であの店を辞めたのが三年前。その後回復して、別の店で働き始めたのだろうか。そもそも腰痛は嘘で、別の理由で辞めた可能性もあるが。

中内はさらに尾行と調査を続け、藤岡の家まで割り出した。中内に言わせれば奇妙な感じ……四十年間、地下に潜って隠れていたはずの藤岡は、特に何の用心もしていない様子だったという。中内の不安はにわかに膨れ上がった。この百万だけで済むのか？これはきっかけに過ぎず、今後も金をむしり取られるかもしれない。破滅を避けるためには、こちらから打って出なければならない。

そして問題の日。

中内は決意を胸に、藤岡の家の前で張りこんだ。家に乗りこんで決着をつけようかとも思ったが、その決心は固まらぬまま、出てきた藤岡を尾行することになった。藤岡は新橋まで行って、犯行現場になった銀行へ入ったので、中内も銀行に入り、藤岡が用を済ませるのを待った。カウンターから振り返った藤岡と目が合う――その時藤岡は、慌てるでもなく、恐れるでもなく、嘲るような視線を向けてきたという。その瞬間中内は、藤岡も四十年ぶりに会った中内を認識していたのだと確信した。もしかしたら四十年前と同じように、「与《くみ》し易《やす》し」の相手と見て自分をターゲットに定めたのかもしれない。

そう考えた瞬間、カッとなって、懐に忍ばせていたナイフで斬りかかってしまった――。

筋は通る。その後すぐに逃げず、カウンターに飛びこんで行員を人質に取ったことは、ほとんど覚えていないのだという。自分でも何を考え、どういう計画で動いていたのか、説明できない様子だった。

それは仕方あるまい。ゆっくり思い出してもらうしかない——八神の役目はこれで終わった。

本部に戻ると、既に夕方になっていた。取り調べの状況を報告すると、結城は「ご苦労」とだけ言って受話器を取り上げた。話の内容から推測するに、世田谷西署の捜査本部にかけているようだ。もう少し労いの言葉があってもいいのではないかと思ったが、こちらも駆け出しではない。褒められてやる気が出るような年齢は、とっくに過ぎた。

既に勤務時間は過ぎているから、このまま引き上げてもよかったが、何だかそんな気分になれない。捜査一課時代にもよく、こういう感覚を経験した。いわく「レコード」状態。針が確実にレコードの溝を捉えて、美しい音楽が流れ出すように、捜査が上手く進んでいる状況だ。アルバムの片面が終わるまで、止まりたくない。自分が奏でる音楽が、フィナーレに向けて進んでいくのを感じていたい。

ＳＣＵには八神と結城の二人だけ。結城は低い声でぼそぼそ話しているので、内容までは聞き取れない。結城が受話器を置いたタイミングで立ち上がり、彼の席まで行った。

「帰るか？」

「他の連中はどこですか？」

「渋谷北署だ。佐川を叩いている」

「俺もそっちに合流します」

「そうか」結城は賛成も反対もしなかった。

「キャップは……」

「俺は適当にやる」

「では」さっと一礼して部屋を出る。このキャップは、やはりどうにも苦手だ。今後腹を割って話せるかどうかも分からない。ＳＣＵに来てから感じている息苦しさの原因の半分は、正体を見せない結城の存在にあると思う。経歴からしてしょうがないのだろうか？　公安の人間が、全員こんな感じだとも思えないが。


渋谷北署では、綿谷が自ら佐川の取り調べを買って出たという。記録係には最上が入り、ＳＣＵが完全に渋谷北署を乗っ取ってしまった感じだった。八神は、刑事課の片隅の席にぽつんと座っている由宇を手招きし、廊下に出た。刑事たちはまだ外の捜査に散っているようで人は少なかったのだが、刑事課では話したくない。

「綿谷さん、大丈夫なのか？　佐川の取り調べ、渋谷北署から強奪したんだろう」

「強奪って……よく話し合って、取り敢えず交代しただけですよ」苦笑しながら由宇が言った。「八神さんの情報をぶつけるためです。署と署を行ったり来たりしていたら、話が進まないでしょう。SCUの中なら、ダイレクトに話が進みますから」

「それはそうだろうけど……」

「八神さん、本当に心配性ですよね」由宇が微笑んだ。「SCUは潤滑油なんですよ」

「潤滑油？」

「部と部の間、署と本部、間に溢《こぼ》れそうな事件を拾い上げて、捜査がスムーズに進むようにする」

「逆にギスギスさせてないか？」

「そう感じてるのは八神さんだけじゃないですか？」由宇が肩をすくめる。「取り調べ、見てみます？」

「ああ……そのつもりで来た」

二人は、取調室の前に移動した。ここにもマジックミラーが貼ってあって、中の様子を窺える。マイクで拾った音声は、外のスピーカーで聞くこともできる。

十二月だというのに、綿谷は上着を脱ぎ、ワイシャツ一枚になっていた。肩と背中が筋肉で大きく盛り上がっているのが分かる。筋トレで鍛えた体ではなく、実戦でつけた筋肉だ。しきりに首を傾げ、肩を小さく回しているのは、先程の格闘でどこか痛めたからかもしれない。いかに格闘技の有段者とはいえ、準備運動もなしでいきなり激しく動けば、怪我しかねない。

「——西新宿のあのマンションの契約者は、藤岡泰、六十歳だ。知ってるな？」

佐川はむっつりと黙りこんだまま、うつむいている。額の大きな絆創膏《ばんそうこう》が痛々しいが、コンビニエンスストアに突っこんだにもかかわらずこの程度の傷で済んだのだから、Gクラスの頑強さが実感できる。

「金は誰が出していた？　あんたか？」

無言。どこまで粘れるだろう。この男はおそらく、複雑な事情を抱えている。それを上手く説明できるか……取り調べる側でリードしてやらねばならないのだが、それは難しい。下手をすると、誘導尋問になってしまい、後で「言わされた」と反論される恐れがあるからだ。

こういう時、取り調べの達人である大友鉄ならどうするだろう。「容疑者の前に座っただけで相手が喋り出す」とまで言われているのは大袈裟だと思うが、大友が取り調べを得意としているのは事実だ。容疑者を落とす確率は百パーセント、問題は「いつ」落とすかだけ……綿谷の場合、大友とはまったく事情が違う。彼の出身母体、組織犯罪対策部は、暴力団や半グレの連中を相手にする。この手の人間は、理詰めで攻めても情に訴えても、そう簡単には落ちないものだ。ある程度の脅しも必要なはずだが、佐川のような相手に、そういう手が通用するかどうか。そして今のところ綿谷は、脅しの言葉を一切口にしていない。

綿谷の表情を見る限り、上手く行っていないのは明らかだった。佐川は「認めない」というより、喋っていない。これでは先へ進めないだろう。

八神は一芝居打つことにした。この芝居に綿谷が上手く乗ってくれるかは分からないが、試してみる価値はある。失敗しても大した邪魔にはならないし。

八神は取調室のドアをノックした。綿谷の野太い声で「はい」と返事がある。ドアを開けると綿谷に向かって目配せした。不審げな表情を浮かべた綿谷が立ち上がり、ドアのところへ来る。

「どうした」

「俺の報告を聞いてる体《てい》をして下さい」

「ああ？」

「中内の件、聞いてますよね？」

「聞いた」綿谷が小声で答える。

「佐川にはもう確認しました？」

「まだだ」

「だったら、このブレークをきっかけに……新しい情報が入ってきたという感じでぶつけてみたらどうですか？」

「つまらない小芝居をするなよ」文句を言いながらも、綿谷の顔は笑っていた。「まあ、適切なブレークは大事だけどな」

どうやら綿谷はこちらの意図を理解してくれたようだ。取り調べを受けている人間は、自分を守るために沈黙することがよくある。一度そうなると、調べる方が押しても引いてもしばらくは動きが止まってしまう。口をつぐんだ容疑者が恐れるのは「新しい情報」だ。実際、取り調べの途中で、他の刑事が新しい情報を持ってきた直後、容疑者が一気に崩れるのを八神は何度も経験している。

「何ですか？」由宇が不思議そうな表情で訊ねる。

「チェンジオブペース。ちょっと注目しててくれ」

綿谷が座り直す。その動きも不自然なので、腰か背中でも痛めたのだと分かる。相手にダメージを与えるのはともかく、自分も痛みを抱えるようでは、単なる自爆ではないか。

「殺された藤岡さんが、ある人間を脅迫して金を奪っていた事実が確認できている」綿谷が切り出す。実際には「確認」はできておらず、中内の証言が得られているだけなのだが。しかし綿谷は、堂々とした口調で続けた。「闇サイトで引っかけてきたネタで脅して、百万円を奪ったんだ。この被害者は逆ギレして、藤岡さんを刺し殺した。真昼の銀行の中で」

綿谷の喋り方は、どうも大袈裟だ。まるで芝居の台詞を読むような感じだが、佐川には確実に影響を与えたようだ。

「あんたら、闇サイトで情報を収集して、人を脅していたんじゃないのか？　西新宿のマンションからは現金も見つかっている。あそこがアジト——違うか？」

佐川が、一瞬うなずいたように見えた。しかし実際に認めたかどうかは、マジックミラー越しでは確認できない。綿谷も自信がなかったのか、そのままさらに追及を進める。

「あんた、放火事件の容疑がかかっている竹本とは知り合いだな？　竹本が、西新宿のマンションに入って行ったことを、我々は確認している。その後、あんたの車に乗って出てきたことも分かってる。知り合いでなければ、そんなことはしないよな？　竹本も、脅迫犯だったのか？」

「あれは……」消え入りそうな声で佐川が言った。

「ああ？」綿谷はテーブルの上に身を乗り出した。「脅迫犯だったのか？」

「奴は、そういうもんじゃない」

「じゃあ、何なんだ」

「ただの使いっ走りだ。というより、藤岡に影響された人間だ」

「つまり、藤岡が『Z』だったんだな？」

佐川がびくりと身を震わせる。話が核心に入りつつあるのを八神は意識した。自分で取調室に入って、直接締め上げたいという欲求を、八神は辛うじて押さえつけた。取り調べは一対一の勝負。三人目が割りこんできたら、事態は混乱し、まとまらなくなるだろう。

「『Z』が闇サイトで流した情報を、普通の人が見られるネットで流していた人間がいる。竹本もその一人だろう。竹本はそれだけに留まらず、『Z』が批判の対象にしていた大学教授の家に放火した可能性が高い。ただネットで騒いでいるだけではなく、実害が出た。あんたもそれに嚙んでいたのでは？」

「俺は、そういうことはしていない！」突然、佐川が大声で怒鳴った。ここで関与を認めると、罪が一段重くなる、と焦り始めたのだろう。

「そうか、やってないのか」綿谷がゆっくり身を引いて、納得したようにうなずいた。

「だったらあんたが何をやったのか、じっくり聞かせてもらおうか。やったこととやっていないことの切り分けをしっかりやっておこう。余計な罪を背負《しょ》いこむことはないぞ」

4

翌朝、ＳＣＵのメンバーは世田谷西署に集合した。「Ｚ」を中心にした事件の全体像が見えてきたので、今後関係する事件の捜査がこの署に集中することになったのだ。新橋の特捜本部からは石岡ともう一人の刑事が、さらに佐川の立て籠もり事件を担当する渋谷北署からも、オブザーバー的な感じで刑事が参加している。所轄だけではなく、本部からは捜査一課、公安の幹部も来ていて、全体に緊迫した雰囲気が漂っていた。

八神たちは会議室の隅の方に固まっていたのだが、そこへ石岡がやって来る。

「お前、どこまで引っ掻き回せば気が済むんだよ」石岡が、第一声でいきなり文句をぶつけた。

「わざとじゃないですよ」我ながら下手な言い訳だと思いながら言った。「たまたまこうなっただけです」

「そうか？　本当は、最初から何か摑んでいたんじゃないのか？」

「それだったら苦労しません。後で色々分かってきたから、今、厄介なことになっているんです」

「本当かね。ＳＣＵは隠し事が多いからな」

実際には八神も、結城——今日もこの場にはいない——を疑っていた。あの人は、自分たちに言っていなかっただけで、最初からある程度事件の筋を読んでいたのではないだろうか。それを隠しておく意味が分からないが……公安出身者は、何かと秘密を持ちたがる。その秘密が、大したものでなくても。

「では、始める」室橋が立ち上がる。あくまで進行役は自分で務めるつもりのようだ。しかしすぐに由宇を指名する。「朝比奈巡査部長、前へ」

由宇？　いったい何をさせるつもりだろう。しかし彼女は、さも当然といった感じで立ち上がり、背筋を伸ばして堂々と前方に歩いて行った。

参加した刑事たちに向き合う格好で壇上に立ち、丁寧に一礼する。平均的な身長だが、今日はやけに堂々として大きく見える。まさか、彼女がＳＣＵを代表して報告するのか？　八神は思わず綿谷に訊ねた。

「朝比奈が俺たちの代表ってことですか？」

「他に誰がいるんだよ」不思議そうに綿谷が言った。

「こういう場だったら、立場上、綿谷さんとか」

「馬鹿言うな。俺は人前で話すのが苦手なんだ。三十年後に警視庁の部長になる朝比奈が話すのが自然じゃないか」

「その話、マジなんですか？」

「警察官は冗談は言わない」綿谷が真顔で告げる。

「しかし――」

由宇が話し始めたので、二人の会話は強制終了になった。

「おはようございます。ＳＣＵの朝比奈です」

普段は聞かない、堂々とした通りのいい声。八神たちと話している時は、どちらかというともっと若く細い感じなのだが、様々な声を使い分けられるようだ。

「新橋の銀行立て籠もり事件に端を発して、様々な事件との関係が判明しました。部をまたがる複数の事件が関係していることが分かってきましたので、今回はSCUの方から説明させていただきます」

そこで由宇が一呼吸置いた。表情まで変わっている。今朝は普段よりもずっと引き締まっていて、目つきが鋭い。

「まず、ネット上で話題になっていた『Z』という人物がいます。『Z』は、通常の人がアクセスしにくい闇サイトで官僚批判を繰り返していましたが、『Z』に感化された人間が、その主張を通常のネットで拡散させていました。この状況が、全ての事件のベースにあることを、まず念頭に置いて下さい」

由宇の喋り方は無駄がなく適切だ。会議に参加した刑事たちも、一気に彼女の説明に集中したようで、手帳にペンを走らせる音だけが聞こえた。

「この『Z』が、どうやら藤岡泰という人物だと分かってきました。公安ではお馴染みの人物ですが、四十年前、デモで警察官を殺害し、殺人容疑で指名手配されていました。そして『Z』は、ただ官僚の不祥事を暴くだけでなく、様々な機密情報を集めて、それを元に脅迫事件も起こしていました。その被害者の一人が、新橋の銀行で藤岡を殺した中内です。中内自身も学生運動をしていて、藤岡とは顔見知りでした」

　そこから先は、八神が昨日聞き取った話の報告が続く。驚いたことに、理路整然とまとまっていた。八神は結城に簡単なメモを渡し、口頭で報告しただけだ。当然由宇の耳にもその報告は入ったはずだが、夜のうちにきちんと筋道立ててまとめている……八神が渡したメモよりも遥《はる》かに分かりやすい。中内が脅迫のターゲットになり、百万円を渡してしまったこと。脅迫犯が藤岡だと分かり、昔の因縁を思い出した中内が一気に憎悪の念を募らせ、藤岡を刺し殺したこと。

「藤岡は殺されましたが、藤岡と一緒に闇サイトを使って脅迫などを繰り返していた人間、佐川が逮捕されました。昨日、世田谷西署が家宅捜索をかけようとしたタイミングで逃げ出したんですが、途中でパトカーに見つかって暴走し、渋谷北署管内のコンビニエンスストアに車で突っこむ事故を起こして立て籠もったものです。昨夜の取り調べでは、藤岡と組んで、闇サイトで様々な情報を収集し、それを使って脅迫行為を繰り返していたことを自供しています。かなり多くの被害者が出ているようですが、これから裏取りをしていくことになります」

　これはなかなか難しい捜査になるだろう。弱みを握られて金を払ってしまった人間は、自分を被害者と認めたがらない。弱みを警察に知られると、自分も罪に問われる——そうでなくても、社会的に抹殺されるのではないかと恐れるのだ。

「一方、『Z』の情報を流し続けていた竹本という容疑者は、その思想に感化されて、実際に放火事件を起こしました。ただし、必ずしも義憤に駆られて、ということではなかった可能性があります。佐川は、被害者の大学教授を脅して金を奪い取ろうとしていたことを認めています」

これは昨夜、綿谷が気を利かせてぶつけた質問が奏功したものだった。この件については、今日改めて、八神が朝村に確認することになっている。

「『Z』の正体は藤岡一人ではなく、佐川たちも含めた複数の人間のグループを指していると見られます。捜査の今後の方針は、『Z』の全体像を明かすことになると思います——SCUからは以上です」

見事なまとめだ、と八神は感心した。一般企業でプレゼンをやらせても、必ず成功するタイプだろう。営業マンなら成約率百パーセントではないか。

さて、自分は——地道に行くしかない。まずは朝村に、聴きにくい話を聴きに行く。

朝村に連絡を入れると、今日は大学へ行っていることが分かった。由宇と二人で、大学のある御茶ノ水へ向かう。八神はその間ずっと、どうやって話を切り出すかを考えていた。いきなり問題の核心に迫るか、あるいは世間話から切り出すか。

地下鉄の新御茶ノ水駅で降り、ビル街の寒風が吹き荒ぶ中、歩き出す。今日は一際気温が低いようだ。八神はマフラーをきつく巻き直した。

「冷えますねえ」由宇が両手を擦り合わせる。確かに手袋が欲しいような冷え込みだ。

「ラーメンでも食べたいところだな」

「終わったら食べていきます？　この辺なら、カレーとラーメンの店はいくらでもありますよ」

「そうだな……一つ、聞いていいか？」

「何ですか」

「君、何か特殊な訓練でも受けてたのか？」

「特殊って？」

「さっきの報告、見事だったじゃないか。短時間で、よくあれだけ綺麗にまとめたな」

「どうも」歩きながら、由宇がひょいと頭を下げる。「でも別に、特別なことは何もしてませんけどね」

「じゃあ、生まれ持っての才能か」

「こういうの、才能って言うんですか？」

「メモをきちんとまとめて、それを読み上げても支離滅裂になる人もいるじゃないか」

実際、捜査会議で聞き込みの成果を報告するだけで四苦八苦している刑事もいる。

「うーん……よく分かりません」

「そうか」

天性の才能だったら、確かに自分では説明できまい。八神としては、学ぶところ大、というしかなかった。

今日は講義が午後に一コマあるだけだという朝村は、自分の研究室にいた。連絡はしてあったが、この訪問を嫌がっているのは明らかだった。被害者とはいえ、警察の訪問を何度も受けるのは煩わしいだろう——こちらの本当の狙いを知っているとは思えなかった。

大学教授の研究室に入ったことは何度かある。事件の関係者として事情聴取したり、専門的な話のアドバイスを受けたり……何故かどの部屋も、整理整頓とは縁遠い場所だった。ちょっとでも火が出たら一気に燃え上がってしまいそうなほど、本や書類が積み重ねられている。

二人は空いている丸椅子に座り、自分のデスクについている朝村と対峙した。結局、どうやって切り出すかは決めていない。事実関係の説明から行くことにした。

「先生の家に放火した疑いのある竹本ですが、その後、共犯らしき人間を割り出せました」

「放火犯は三人、でしたよね」

「その三人以外に、です」

「そんなに大人数でうちに火を点けたと？」朝村が目を見開く。

「いえ、放火の共犯というわけではありません。『Z』の協力者という意味です」

「無責任な噂を流す協力者？」朝村が皮肉っぽく言った。

「被害者から金を搾り取る脅迫事件の犯人です」

「それが、私に何の関係が？」朝村が、いかにも迷惑そうに顔を顰める。

「先生も脅迫されていましたね」八神はずばり切りこんだ。

「私が脅迫？　どうして」

「脅しのメールはたくさん来ていた、と仰《おつしや》ってましたよね」

「ああ」

「全部削除して、警察にも相談していなかった、と。先生のような方なら、念のために証拠として残しておきそうな気もしますが、そうしなかったのは、脅迫の内容を他人に知られたくなかったからじゃないですか？」

朝村の喉仏が上下した。急に目を大きく見開き、八神を凝視する。八神も彼の顔を真っ直ぐ見たまま続けた。

「先生が補助金の不正受給に関わっていた、という情報があります。この件は、『Z』の闇サイトで流れていたものではありません。ただ、彼らが情報を摑んでいた、ということです」

「何の根拠もない話だ！」

「馬鹿なことを言わないでくれ！」朝村が言葉を叩きつける。「何の根拠もない話だ！」

「根拠があろうがなかろうが、先生はこの情報で『Z』に脅されていたんじゃないですか？」八神は続けた。「この情報を流されたくなかったら金を払え、と。しかしあなたは拒否した。それで『Z』たちは、見せしめのためにあなたの家に放火したんです。あなたの発言に関して、義憤に駆られて犯行に及んだ、というのは嘘でした。そもそも、先生の発言で、『Z』を怒らせるようなものはなかったはずです」

「因縁だよ」

「脅迫に関しても、ですか」

「そんなことはない」

「だったら、我々が逮捕した人間が嘘をついていると？」

「そうとしか考えられない。とんだ迷惑だ」朝村が怒りを滲ませながら言った。

「補助金の不正受給はないと？」

「ない」

「だったら、犯人が口から出まかせを言ったんですか？」八神は念押しした。

「そうじゃないのか？　いや、犯罪者が考えていることは、私には分からない。ああいう連中のメンタリティは、そもそも理解できないからね」

「どんな人も、自分から罪を重くするようなことは言いません」

「何だって？」

「いいですか？」八神は少しだけ身を乗り出した。「放火は重罪です。そして、この放火事件の背後に脅迫の事実があったら、罪はもっと重くなる。わざわざそんなことを自供する人間はいませんよ。相手の言動が許せなかったから火を点けた、という説明の方が罪は軽くなります」

朝村の顔が、目に見えて蒼くなった。こういう人には、理詰めで迫った方が効果的だ、と実感する。

「我々は、補助金の不正受給については調べる権利がありません」

警察なら捜査二課の仕事……しかし、文科省と大学教授が絡む事件なら、地検が持っていくだろう。警察の業務なら何でも介入していいことになっているSCUも、地検の仕事にまで口出しするわけにはいかない。八神は声を低くしてさらに続けた。

「しかし、脅迫事件については、絶対に立件しなくてはいけません。『Z』は一人ではなくグループで、似たような事件を何件も起こしています。それが原因で殺された人間もいるんです。殺人事件が起きたとなったら——たとえその人間が脅迫犯であっても、きちんと実態を把握しないといけません。他の脅迫事件を調べるのも大事な仕事なんです。協力していただけませんか？」

「それは……私に破滅しろと言うのか！」

「先生個人の問題なんですか？」

「私は……私は大学の一部に過ぎない」

「まさか、大学ぐるみだと言うんですか？」もしもそうなら、話が一気に大きくなってしまう。しかし事件化できる可能性は低いだろう、と八神は思う。大学の補助金不正受給は頻繁に起こる。よほど悪質ならともかく、大抵は不正な受給額を返還して、関係者が処分されて終わりだ。警察として事件化する意味があるとも思えない。もちろん、表沙汰になれば大学は世間から叩かれ、信用を失うわけで、ダメージは小さくないが。

「私からは何も言えない」

「脅迫事件の被害者として、捜査に協力してくれるつもりはないんですか？」

「それは……」

「他にも被害者がいます。『Z』の卑劣な行為を、このまま見過ごすわけにはいかないんですよ。先生にご協力いただかないと、正義の実現は叶《かな》いません」

結局朝村は折れた。改めて、世田谷西署捜査本部の事情聴取を受けることを了承した。彼にとっては、自分が築き上げてきた世界が、いきなり足元から崩壊してしまうような感覚だろう。脅迫事件の被害者ではあるが、不正な方法で補助金を受け取っていたのは間違いないのだから。今までのようにメディアへの露出はできないだろうし、下手したら大学を追われる恐れもある。生活の、人生の全てが崩壊する――。

世田谷西署の捜査本部に連絡を入れ、朝村が事実関係を概ね認めたことを報告した。その結果、捜査本部の刑事が来て、世田谷西署に任意同行、そちらで詳細な事情聴取を行うことになった。待つ間、放置しておくわけにもいかず、部屋に一緒にいるわけにもいかず、八神と由宇はドアを開け放した研究室の前に立ったまま、「半監視」とでもいうべき状態を続けた。部屋を出て逃げ出そうとすればすぐに分かる。研究室は五階にあるので、窓から逃げるのは不可能だろうし……研究室内で自殺でもされたらたまらない。緊張した時間だったが、それは一時間も続かなかった。最上と刑事が二人、エレベーターから降りて来たのでホッとする。二人の刑事は蒼い顔をしてふらつく足取りで研究室に入り、朝村を連れていった。

「お前、またやったのか」八神は心配になって訊ねた。車に慣れている刑事が目を回しそうになるぐらいだから……。

「所轄の覆面パトじゃ、大したスピードは出せませんよ」最上が不満そうに言った。

「そもそも今は、緊急走行の場面じゃないんだから」

「帰りはゆっくり行きます。八神さんたちはどうしますか？」

「六人も乗れないじゃないか。俺たちは、飯でも食ってからゆっくり電車で戻る」

朝村を最上たちに任せて大学を出て、ラーメン屋を探して歩き出す。体だけでなく、気持ちも冷え切ってしまった感じだった。つい溜息をついてしまったが、由宇は感心したように言った。

「八神さん、さすがの迫力でしたね」

「そんなこと、ないよ」

「いやいや、ちょっと脅しも効かせて」

「そういうのは、あまりやりたくないんだけどな。ガンさんなら平気かもしれないけど」

「ガンさんって、誰ですか？」

「岩倉《いわくら》さん――捜査一課時代の先輩なんだ。今は立川中央署にいるけど、結構悪い人でさ。利用できるものは何でも利用するっていうのがモットーだから、相手を脅すぐらいは普通にやる。それが表に出て問題にならないのは、ガンさんならではのテクニックだろうな」

「脅したことを相手が口にしないように脅す、という感じですかね」

「そう。だけど俺は、あんな風にはなれないな」岩倉は異常な記憶力の持ち主で、警視庁の中では既に「生ける伝説」になっているのだが、自分が目指すタイプの刑事ではないと思う。

食事を終え、千代田線から小田急線へと乗り換えて千歳船橋を目指す。しかし千代田線のホームに出た途端、電話が鳴った。結城。何だか嫌な予感がして、由宇に背中を向けて話し出した。

「八神です」

「朝村先生の方は終わったか」

「終わりました」この人は、どこかで自分たちを監視しているのだろうかと訝る。どういうわけか、いつも仕事が一段落したタイミングで連絡が入ってくる。「これから世田谷西署に戻ります」

「いや、君たちはSCUに戻ってくれ」

「何かあるんですか？」

「詳細はこっちで話す。今、朝比奈と一緒か？」

「ええ」

「そうか……二人とも今夜は遅くなるから、そのつもりでいてくれ」

何なんだ？　思わせぶりな言い方に、かすかに腹が立つ。由宇の方を向くと、怪訝そうな表情を浮かべて「何ですか？」と訊ねてきた。

「SCUに戻れってさ。今日は残業確定みたいだけど、大丈夫か？」

「私は平気ですけど、何ですかね」

「キャップ、何も言わないんだ。あの人、何を考えているのかな」

「さあ……でも、何かあるから電話してきたんでしょう。それだけの話ですよ」

「よくそんなに気楽でいられるな」

「キャップとつき合うコツは、何も考えずに気楽でいることです」由宇がさらりと言った。

「考えれば考えるほど、泥沼にはまりますよ」

第六章　裏に生きる

1

　張り込みと追跡用と最上が言っていたメガーヌの中で、八神は欠伸を嚙み殺した。既に午後十時。何もなければ、家で寝る準備を始めている時間である。早寝早起きは刑事の基本なんだよな……助手席の由宇を見ると、まったく平然としている。自分より十歳近く若いせいもあるだろうが、かなりタフなのは間違いない。

　東京メトロの虎ノ門駅からほど近い雑居ビルの前で、二人は既に四時間近く待機していた。結城は張り込み場所だけは指定してきたのだが、指示は曖昧だった。「ビルから出てくる人間を尾行して、次の行き先を確認」。渡された写真で、八神は今回のターゲットが警察官だと分かった。バッジに添付されている写真――いかにもの証明写真という感じで、一目瞭然である。当然結城に説明を求めたが、「まだ言えない」とあっさり拒否された。

「キャップは、いくら何でも説明不足だよ」我慢しきれなくなって、八神はこぼした。

「さっき言いましたよね？　キャップとつき合うコツは、何も考えずに気楽でいることですよ」

「こんなに秘密主義じゃ、全然気楽になれない」

「八神さんは、神経質過ぎますよ」

「俺は普通だと思うけどな」八神は言い張った。むしろ他のメンバーの神経が鈍っているのではないだろうか。

目の前の雑居ビルは七階建てで、都心部によくある鉛筆のように細い建物だった。入っているのは小さな会社ばかり。その中で一つだけ、使用者が分からない部屋がある。ちょうど道路からも窓が見える、二〇一号室。結城によると、ここがターゲットのいる部屋だった。

「公安の部屋じゃないかな」八神は言った。

「でしょうね」由宇も同意する。

公安は、都内に秘密の部屋をいくつも用意している——という噂だ。恒常的に使っている機密作戦用の部屋もあるし、監視用に一時的に借りることもある。ここがどういう部屋なのかは、想像もつかなかった。

八神はドアを押し開けて道路に降り立った。夜になって一際寒さが厳しくなり、吐いた息が顔の前で白く渦巻く。子どもの頃は二月が一番寒かったような記憶があるが、最近は寒さのピークは十二月後半から一月にかけてになっている気がする。そう言えばクリスマスが近いんだよな、とふと意識した。美玖も美桜もませているというか、小学校に上がる前から「サンタさんはいない」と夢のない発言をしていたが、それでもプレゼントがいらなくなったわけではなく、毎年しっかりリクエストしてくる。親の選んだものでは喜ばない……数年経ったら、家族は置き去りで友だちとクリスマスを過ごすようになるのだろう。

助手席のドアを開けて「運転には自信あるか？」と由宇に訊ねた。状況によって、徒歩と車、二手に分かれて尾行する必要も生じるだろう。

「大丈夫ですけど……八神さん、歩いて尾行します？」

「そうするかな。運転はあまり好きじゃないんだ」

「後部座席でふんぞり返ってる方がいいですか？」

「それは君だな。将来の部長」

「ですね」由宇が真顔でうなずく。八神もだんだん、こういうやりとりがジョークだと思えなくなってきた。自分が警察官を辞め、七十歳近くになった頃、「警視庁で初の女性部長誕生」のニュースを目にするかもしれない。

八神はこのまま外にいることにした。この寒さはなかなか辛いが、少なくとも暖かい車の中にいると悩まされる眠気は感じなくて済む。

五分後、エレベーターホールから一人の男が——写真の男が出てきた。八神はすかさず助手席の窓を拳で叩き、人差し指で男を指して、「徒歩で尾行する」と無言で伝える。

男は五十歳前後。濃いグレーの地味なウールのコートを着ている。身長は一七五センチぐらい。顔のラインが鋭角で、かなり痩せたタイプではないかと推測できた。誰かに監視されているとは思ってもいない様子で、左右を確認もせずに歩き出す。向かっているのは外堀通り方面。虎ノ門駅方面とも言えるが、外堀通りに面した地下鉄への出入口はパスしてしまったので、このまま徒歩で移動するつもりだと分かった。もしかしたら、行き先は本部かもしれない。この辺りからだと、二十分ほどで桜田門まで歩けるはずだ。

男は西新橋一丁目の交差点まで来ると、外堀通りを渡った。由宇は、八神をスマートフォンのGPSで追跡しているから、どっちの方面へ向かっているかは分かり、既に車を発進させているはずだ。念のため、電話をかける。

「今、西新橋の交差点を渡った。このまま外堀通りを新橋方面に向かいそうな感じだ」

「こちらは外堀通りに出ました」由宇は淡々としている。

「確認して——ちょっと待ってくれ」

外堀通りの信号が青になって車が流れ始めたところで、男が車道に身を乗り出すようにして右手を上げた。タクシーを停めようとしているようだが、この時間だと新橋方面へ向かう空車は少ない。八神は慌ててスマートフォンに向かって話した。

「タクシーを停めようとしてる。乗りこまれたら面倒だ」

「交差点の手前で一度停車します。それで様子を見ましょう」

「了解」

相変わらず由宇の指示はてきぱきしている。彼女が上司になったら、何の迷いもなく命令に従えるだろうな、と思った。やはり天性のリーダーとしか言いようがない。

八神は男の姿を視界に収めたまま、ゆっくりと後ろ向きに歩いた。まだ人出は多いから、気をつけないと誰かにぶつかってしまう。交差点から二〇メートルほど離れたところで、一台のタクシーがすっと道路端に寄っていくのが見えた。男が車道に出て、タクシーに乗りこむ。由宇は……心配になって振り向いた途端、クラクションを鳴らされた。八神は急いで助手席に乗りこみ、確認したばかりのタクシーのナンバーを告げた。

「八神さんが見てて下さい。八神さんなら見逃さないでしょう」

「暗いところでも見えるわけじゃないよ」

そうは言いながら、八神の目は前に停まったタクシーをしっかり捉えていた。個人タクシーのクラウン。いい車だけど、後部座席は意外に座りにくいんだよな、とふと思った。運転している方は満足かもしれないが。

タクシーは、外堀通りを新橋方向に向かって走り出した。ほどなく、JRの高架下を抜ける。どこかに曲がる気配はなく、大きく左側へカーブしていく道路で東銀座方面へ向かう――と思った瞬間、一気に車線変更して右折車線に入った。

「気づかれたかな」心配になって八神はつい漏らした。

「指示が遅れただけじゃないですか」由宇は、こんなところでも楽天的なようだった。

蓬萊橋《ほうらいばし》の交差点で右折。高速にでも乗るつもりかと思ったが、実際は首都高沿い、海岸通りを走り続ける。そして汐先橋《しおさきばし》の交差点で左折――そこで行き先が読めてきて、八神はカーナビの画面を睨んだ。地図は北が上になる形で表示されている。自分たちが進んでいる方向を見た瞬間、自分の勘は当たっていると確信した。

「勝どきじゃないかな」

「方向的には合ってないでもないですけど……勝どきに行くには、普通、東銀座で晴海《はるみ》通りに入りませんか?」由宇が指摘した。

「用心しているのかもしれない」

「大した用心になってないですけどね。こっちの尾行には気づいてないようだし」皮肉を吐いて、由宇が右側から真ん中の車線にメガーヌを走らせる。新大橋通りは広々とした片側三車線で、夜十時過ぎのこの時間だと交通量も少ないから、運転も尾行も楽だ。

ナビの画面を見て、築地《つきじ》四丁目の交差点がポイントだと判断する。ここで右折して晴海通りに入ると、後は勝どき橋を渡ってすぐ勝どきに入る——藤岡がアパートを借りていた街に。

タクシーは予想通りの動きを見せた。しかし、藤岡のアパートからはかなり離れた場所で停まる。由宇はタクシーを通り越して、次の交差点を右折してからメガーヌを停車させた。八神はすぐに車から降り、交差点に近づいて、ビルの陰に身を隠しながら男の様子を観察する。

男はちょうどタクシーから降りたところで、八神がいる方には向かわず、タクシーが走ってきたルートを引き返すように歩いて行く。八神はそのまま徒歩での尾行を開始し、途中で由宇に電話をかけた。

「大回りしてはいるけど、方向的には藤岡のアパートへ向かっていると思う」

「一応、このまま車で向かいます」

「頼む」

白い息を吐きながら、距離を置いて尾行を続ける。人通りがないので心配になったが、男は一度も振り返る気配を見せなかった。

予想通り、男は藤岡のアパートに入って行く。ほどなく部屋の灯りがついた。つまり男は、あの部屋の鍵を持っているわけだ……新たな共犯者か？　それとも公安が密かに鍵を入手して、何か調べているのか？

ヘッドライトに照らされて振り返ると、由宇のメガーヌが一〇メートルほど後ろで停まったところだった。駆け寄り、助手席に体を滑りこませる。この位置からでも、ぎりぎり藤岡の部屋の窓は見えていた。

「公安は、まだ藤岡を調べているんですかね」由宇が言った。

「どうかな……銀行立て籠もり事件の捜査からは、もう手を引いたはずだけど」

もちろん、藤岡を被疑者死亡のまま送検するための準備は進めているだろう。あの部屋に入って行ったのもそのためなのか？　しかし、わざわざ夜中にやる意味が分からない。

「どうします？　キャップは行き先を確認しろって言ってただけですけど」由宇の声には戸惑いがあった。

「ここが行き先かどうかは分からない。まだ動くかもしれない」

「きりがないですね。家に帰るまで見届けることになりますかね」

「取り敢えず、キャップに連絡するよ」八神はスマートフォンを取り出した。尾行している間は集中していて何も考えなかったのだが、こうやって動きが止まると、あれこれ気になってしまう。

結城は呼び出し音が一回鳴っただけで電話に出た。

「問題の男は、藤岡のアパートに入りました」

「分かった。今日は引き上げてくれ」

「自宅まで割り出しておいた方がいいんじゃないですか？」

「それは分かってる。内輪の人間だから」

「内輪？　マル対は公安一課なんですか？」

「ああ」今度は結城があっさり認めた。

「何者なんですか」

「それは明日の朝、説明する。明日もSCUに集合だ。ただし、時間は遅めでいい。十時」

「はあ」

「頼むぞ」

結城はさっさと電話を切ってしまった。まったく、この人は……仕方なく、由宇に「明日、十時にSCU集合だ」と告げる。

「ラッキーですね」由宇がエンジンをかけた。「ちょっと寝坊できます」

「俺は無理だな。小学生の子が二人いると、朝はどうしても起こされる」

「ですよね……私だけでも寝坊しておきます」

「それは慰めにならないよ」

「じゃあ、取り敢えず家まで送ります。この車は、うちの近くの駐車場に停めておきますから」

「そんなことして、いいのか？」

「よくやりますよ」由宇がさらりと言った。「そうじゃないと、遅くなったら家に帰れなくなるじゃないですか」

「そうか……」部署によってルールは違うものだ、と実感する。

カーナビに住所を打ちこんで、運転を由宇に任せる。シートに背中を預けて目を閉じたが、一向に眠気は訪れない。

今回取り組んでいる事件の捜査も、まだ中途半端なままだ。そして今また、意味の分からない新たな指令。ＳＣＵの仕事って、いったい何なんだ？


翌朝、八神は遅刻しかけた。彩に「少しだけ寝坊したい」と言って眠りにつき、起きたら既に午前九時近く。文句を言おうとした矢先、彩に「何度も起こしたのよ」と言われた。死んだように寝てしまったのか……こんなに深く長い眠りは久しぶりだった。疲れは取れていたが、時間がないので焦る。急いで着替え、五分で食事を終えて家を出る。ＳＣＵの部屋に着いたのは、十時ちょうどだった。

既に、八神以外の全員が揃っている。最上が持ってきてくれたコーヒーを、慌てて一口飲んだら火傷《やけど》してしまった。一人であたふたしている八神にちらりと視線を送っただけで、結城が朝のミーティングを始める。

「新橋の殺しから始まった三件の事件については、捜査の目処がついた。ＳＣＵとしてはこれで撤収する。今後、向こうからヘルプを求められた時には出動するが、後は基本的に各部署に任せておこう」

「大丈夫ですかね」綿谷が疑義を呈した。「各所の協力が必要な事件ですよ？」

「基本は、本部の捜査一課で仕切ることになっている。事件は殺人、放火、脅迫だからな」結城が立ち上がり、ホワイトボードの前に立った。何か書きつけようというわけではなく、全員の顔を見ながら喋れるポジションを取っただけだと気づく。「今回の事件のベースには、四十年間ずっと指名手配されていた藤岡という男の動きがある。八神、藤岡の動きに関して何か疑問は？」

「藤岡が、どうやって霞ヶ関のインサイダー情報を手に入れていたのかは、まだ分かりません」八神は反射的に答えていた。「藤岡は表に出られない人間でした。佐川についてはまだ調査が十分ではないですが、そういう内部情報を取れるような能力や人脈があったとは思えない。闇サイトで発信したり、ネタを摑んだ人を脅迫したりすることはできるかもしれませんが、そういう情報をどこから手に入れていたかは謎です」

「佐川の件だけどな」綿谷が言った。「あいつは、ネタは全て藤岡が手に入れていたと供述している。サーバー環境を構築したり、闇サイトで発信したりしていたのは自分だと認めているが、ネタは完全に藤岡頼みだった、と」

ますます分からない。藤岡は基本的に、自由に動き回って情報を収集できるような人間ではなかったはずだ。自由に動けたにしても、霞ヶ関の官僚たちのインサイダー情報を簡単に入手できるような伝手《つて》があるとは思えない。何らかの形で、一人、二人の官僚と知り合うことはあるかもしれないが、そういうところから出てくる情報は限定的だろう。

「他にもメンバーがいるはずですよね」佐川が竹本をGクラスに乗せてタワマンから出てきた時、後部座席にはもう一人の人間が座っていた。それを指摘すると、綿谷が困ったように顔をしかめる。

「その件は指摘した。だけど、あくまで知らないって言うんだ」

「放火の実行犯は三人いました。一人が竹本、一人が滝田、もう一人が正体の分からない人間ですね。あるいはそれが佐川かもしれない」

「いや、佐川に関してはアリバイがある。奴のGクラス、ＥＴＣの記録を調べたら、放火事件前後に伊豆まで行っていたことが分かっているんだ。帰りの高速を通過したのは、放火事件当日の夕方だ」綿谷が説明する。

「夜中に、下道で往復した可能性もありますよ」八神は指摘した。

「疑い始めたらきりがない。佐川は、この件は藤岡が指示して実行したのは竹本たち、自分は一切関与していないと言ってる」

「信じたんですか？」八神は疑いをぶつけた。

「裏はこれから取る。他の連中も徹底して叩くよ。そういえば、今日あたり、滝田も逮捕する予定だそうだ」

「佐川は、脅迫事件には関わっていなかったんですか？」

「本人曰く、その件に関しては手を出さないようにしていた、と。汚いことは完全に藤岡に任せていたらしい。そして藤岡も、自分が直接危ないことをやるような年齢でも立場でもないと考えたようで、竹本たちをテスト的に使ったんだ。それが、朝村教授宅への放火だった」

理解し難い犯行だ。藤岡たちが、脅迫でかなりの利益を得ていたのは間違いない。それこそ、西新宿のタワーマンションにアジトを構えられるぐらいには。竹本たち実行犯にも、金は払われていたのだろう。

そう言えば……八神は急に違和感を覚えた。

「放火事件が起きたのは、指示した藤岡が殺された日の未明でした。この二件には関係はあるんでしょうか」

「どうかな。あいつらは、藤岡が死んだことも知らなかったかもしれない」綿谷が首を捻った。

「いくら何でもそれはないでしょう」八神も腕を組んで首を傾げた。「それにしても、連絡も取り合ってなかったんですかね」

「少なくとも、表のメアドや電話では連絡を取り合っていなかったようだ」綿谷が説明した。「事前に日時を決めて、闇サイトの中で接触するのがルールになっていたらしい。だから奴らは、本当に互いの本名も知らないんだよ」

「アジトにも出入りしていたのに？」

「実際にどういうつき合いだったかは、これから本格的に調べることになるけどな……まあ、全容解明は時間の問題だろう。すぐ落とせる。やってることは悪質だけど、所詮は素人だからな」綿谷が鼻を鳴らした。

「ただ、本当に詳細は知らない可能性がありますよ」八神は指摘した。

「それはあり得ます」最上も同意する。「匿名でのやりとりは、ネット上だけでの話じゃないんです。普通の人も、実際に会った時にネットでのハンドルネームをそのまま使ったりする。プライバシーを守るために、ごく普通のやり方ですよ」

「しかし、ことは金儲けだぞ」綿谷が反論する。「実名でないと、相手を信用できないだろうが。特に、ヤバいことに手を染める場合は」

「名前は、必ずしも必須の条件じゃないんです。バレた時にグループ全員の名前が割れないようにするためにも、匿名でいる方が便利だし」最上は自説を曲げようとしない。

「ヤクザの世界とはまったく違うわけか」綿谷が鼻に皺を寄せる。「奴らも、今時は義理人情だけじゃないけどな」

「よし、そこまでだ」結城が手を叩き合わせる。「藤岡がどうやってネタを手に入れていたのか、八神が疑問に思うのは当然だ。公安でもそれを気にして、藤岡の過去をずっと洗っている。しかし今のところ、藤岡が霞ヶ関のインサイダー情報を入手できるような立場にあったかどうかは確認できていない」

「それと昨夜の人間と、どういう関係があるんですか」八神はつい訊ねた。

結城が、太いマーカーのキャップを外し、ホワイトボードに「小林真一《こばやししんいち》」と書きつける。意外な達筆に八神は驚いた。

「こいつは、公安一課第三係の刑事だ。五十一歳。通常業務は、極左に関する情報収集。しかしどうやら、別の役目を負っているらしい。我々はこれから、この男を徹底マークする」

「何者なんですか」八神は訊ねた。

「藤岡の逃亡を手助けしていたと思われる人間だ」

八神は、少し早めの昼飯に綿谷を誘った。内密の話ができる人間というと、やはりこのベテランになる。

「こんな滅茶苦茶な話、ありますか」

店に落ち着くなり、八神は言った。人に話を聞かれたくないので、今日は個室のある割烹だ。高い――ランチでも千二百円からだが、今は節約よりも機密保持だ。

「うーん」綿谷も困った様子だった。「都市伝説かな」

「都市伝説？」

「実態はないのに、噂だけが一人歩きしている。奴らは、そういうのを上手く利用している感じもあるな」

「そうですか？」

「予算と人員確保のためだよ」綿谷があっさり言った。「それは公務員にとって一番大事なことかもしれないが、ふざけた話だ。どんな部署だって、仕事の量に応じて人と予算の増減があって然るべきなんだ」

「分かります」

六〇年代から七〇年代、学生運動が盛んだった頃に、公安部が大量の刑事を必要としていたことは容易に想像できる。実際、人海戦術のように刑事を使わないと、あの混乱には対応できなかっただろう。その後――七〇年代半ば以降は、大衆運動的な極左の活動は次第に沈静化し、一部過激化したセクトがゲリラ事件などを起こす時代が長く続いた。活動の質が変わった結果、刑事を大量動員して捜査するような時代は過去のものになった。そして二十一世紀になって二十年経ってしまった今は、公安部の中でも、極左を担当する公安一課の大幅な縮小を提案する声が出ている。それは当然だろう。社会情勢は変わる。それに応じて警察が変化していくのも当然のことなのだ。警視庁でも、ネット犯罪に対応するためにサイバー犯罪対策課、行方不明者の捜索を専門にする失踪人捜査課、被害者支援を行う犯罪被害者支援課などの新しい組織が次々に誕生してきた。綿谷の出身母体である組織犯罪対策部も、元々は刑事部の捜査四課だったのが、大幅な組織改編で生まれたものだ。組織が硬直していては、社会の変化についていけない――その理念の最たるものがＳＣＵだと言っていいだろう。ただし今のところは、明確な効力を発揮しているとは言い難いが。

「今言ったこと、根拠は一切ないからな」綿谷が釘を刺した。

「でも、いかにもありそうな話ですよね。あそこ出身のキャップが、適当なことを言うとも思えませんし」

「うーん……」

綿谷が腕組みして首を傾げる。ベテランの綿谷でさえ困っているのだから、自分はどうしたらいいんだ、と八神は迷った。キャップの言うことを全面的に信じるとしても、その先に何があるかが分からない。自分の仲間の不祥事として告発する？　そんなことまでが、ＳＣＵの仕事なのか？

料理が運ばれてきて、会話は一時中断した。夜は相当高級な店が昼間のサービスとして出している定食なので、レベルが高い。八神が頼んだ鮭の幽庵《ゆうあん》焼きは、塩気が抑えられている代わりに旨味たっぷりだったし、綿谷の刺身定食も美味そうだ。しかし、ゆっくり味わう心の余裕がない。

「冴えないねえ」綿谷が溜息をついた。

「理不尽な命令が出たことはいくらでもありますけど、これはちょっと違いますね」

「問題は、俺らが今回の指示の意味を理解できていないっていうことだ」綿谷が言った。「自分が本来所属する部署でも、訳の分からない命令で悩むことはある。でもそういうのは、大体後で意味が分かるだろう?」

「ですね」

「でも今回は……納得できるかどうか、分からないな」

「綿谷さんが分からなければ、俺に分かるわけないですよ」

「厄介だ」自分に言い聞かせるように綿谷がうなずく。「SCUの仕事は実に厄介だな。改めて思うよ」

厄介なのはSCUの仕事ではなく、結城という男なのだが。

2

結城は事情を全て分かっている。それをはっきり言わないのが気に食わないが、議論を挑んでも肩透かしを食いそうな予感がした。無駄な力を使うのは馬鹿馬鹿しいと、八神はただ指示に従うことにした。

命令は簡単だった。小林真一という刑事の夜の動向を確認し、何をしているか、誰と会っているかをチェックすること。それによって、次の動きを指示するという。

その日の夜から早速尾行が始まった。初日の担当は由宇と最上。翌朝、八神は由宇の気の抜けた報告を聞いた。

「定時に本部を出て、そのまま家に直帰でした」

何もなければそんな感じなのだろうが、だったら、一昨日の夜の奇妙な動きは何だったのか。あの夜、藤岡のアパートをずっと監視していたら、誰と会っていたか、何をしていたか分かったかもしれない。

張り込み二日目、出入りをチェックするために本部へ向かう直前、八神は我慢できなくなって結城に訊ねた。

「誰と会うか、分かっているんですか？」

「分かっていたら、そっちを攻めるさ」結城の答えは素っ気なさの極地だった。やはり、この人とはまともな会話が成立しそうにない。背を向け、溜息を一つついてから、先にSCUを出ていた綿谷を追った。

夕方、張り込み場所は警視庁の正面出入口。警視庁には他にも出入口があるのだが、ここから出て来る可能性が高い。綿谷は公安一課の前で待機しており、そこから出てくる小林を追ってくる予定だ。別の出入口に向かう場合は、改めて連絡が入ることになっている。

初めて警視庁本部に入った時のことは、今でもよく覚えている。所轄の交番、それに刑事課での修業を終えて、いよいよこれから本部の刑事としての本番だ、と胸を張った——しかし最初に感じた「誇り」は、あっという間に日常の中に埋没してしまった。仕事とはそういうものかもしれないが、「これではいけない」と焦る気持ちが時々頭をもたげていたのも事実である。そんな日々が続いた後にSCUへの異動を命じられた——未だにこの部署の仕事を把握できておらず、誇りとやる気を取り戻すどころか、混乱するばかりだ。

小林が出てくるのに気づき、臨戦態勢に入る。すぐ後ろから綿谷が追ってきていた。八神は、二人が通り過ぎるのを待ってから尾行を始めた。一番手、綿谷。二番手、八神。途中でこの順番を適宜入れ替えることになっている。二人での尾行の基本中の基本だ。

小林は、正面出入口の階段を降りると、右手に向かった。すぐに、東京メトロ桜田門駅への出入口に入って行く。小林の自宅が、有楽町線平和台駅近くだということは分かっている。これだと、自宅へ直行する感じだが……小林が乗った車両は、まだそれほど混み合っていない。綿谷が近くで、八神は少し離れて監視を続けた。小林は吊り革につかまってだらしなく体を揺らしながら、スマートフォンを見ている。八神もスマートフォンを取り出し、時々画面に視線を向けながら小林の動向を観察した。駅に着いた時には特に警戒……ドアに近づき、小林がいきなり飛び降りる場合に備えた。

しかし結局、小林は自宅の最寄り駅である平和台までずっと乗っていた。地下鉄を降りる時になって、綿谷からスマートフォンにメッセージが入る。

改札を抜けたら前後交代

了解、とだけ返信した。このタイミングでの攻守交代は適切だ。改札を抜けると、八神は歩調を速めて綿谷を追い越した。小林は、環八通りに面した出入口から地上に出て、自宅とは反対方向――小林の家は環八を渡った向こう側にある――に歩き出す。真っ直ぐ帰宅するのではなく、どこかに寄り道するようだ。

何事かと緊張したが、小林が向かった先は本屋だった。買いたい本でもあるのか、単なる時間潰しなのか……近づきたくないので、外で待機する。そこへ綿谷がやって来た。

「中に入らなくて大丈夫か」綿谷が小声で訊ねる。

「鉢合わせしそうです」

「俺が中に入ろう。お前は顔を知られている可能性があるけど、俺は大丈夫だと思う」

「どうかな……相手は公安ですよ」八神は忠告した。

「お前、公安を買い被りすぎだよ」と綿谷が鼻を鳴らす。「ここで待て。出てきたら尾行再開だ」

「了解です」

綿谷が書店に入る。道路に面して全面が窓なので、中の動きはほぼ把握できた。これなら、外から見張っていてもよかったのではないか？　裏口はあるかもしれないが、普通の客はそちらからは出入りできないだろう。もっとも小林は、警察のバッジを使って強引に出てしまうかもしれないが……いや、それはないだろう。小林は尾行されていることには気づいていないと八神は踏んでいた。八神はしょっちゅう人を尾行しているので、尾行される側の感覚もよく分かる。追われているかもしれないと考えると、どうしても挙動が不自然になるのだ。

小林は、特に買う本がないようで、雑誌コーナーで立ち読みを続けていた。この本屋に寄るのが、何もない日の日課なのかもしれない。やがて雑誌――「週刊文春」のようだ――を持ってレジへ向かう。綿谷が店内から八神を見て、うなずきかけてきた。

小林がのんびりした足取りで出てくる。この後は……書店の隣はチェーン店の喫茶店である。ここでコーヒーでも飲みながら、買ったばかりの週刊誌をパラパラ――と想像したが、小林が向かった先は、環八通りに面した牛丼屋だった。この男が独身、一人暮らしなのは既に分かっているが、五十歳を過ぎて夕飯が牛丼というのも、なかなか侘しいものがある。

珍しくはっきりした空腹を覚えたが、まさか中に入って小林と一緒に牛丼を食べるわけにもいかない。しかし、小林はすぐに出てきた。テイクアウトか……少し離れたところで待機している綿谷に向かって、右手を掲げてみせた。綿谷が厳しい表情でうなずく。

小林は右手に持ち帰り用のビニール袋をぶら下げ、のんびりした足取りで環八を渡って自宅へ向かう。小林が住んでいるのはいかにも単身者用のマンションで、おそらくワンルームか1LDKだ。玄関ホールの中に消えたのを確認したところで、綿谷が追いつく。

「マル対、独身ですよね」

「離婚したらしいよ」

「そうなんですか？」

「人事の記録だと、二十八歳で結婚して三十五歳で離婚している。それ以来ずっと一人暮らしのようだ。子どもはいない」

「何があったんですかね」

「さすがにそこまでは、人事も把握してない」綿谷が首を横に振った。

「どうします？　今日はもう出てこないかもしれませんよ」

昨日の尾行の報告を思い出す。直帰は直帰だったが、今日週刊誌を買った書店の近くにあるファミリーレストランで、一人夕食を済ませていったという。基本的に自炊はしないタイプか……侘しさがいっそう募ってきた。

「どうするかね。帰宅まで確認できたから、これで終わりにしてもいいんだが」綿谷が疲れた口調で言った。

「もうちょっと待ちませんか？　まだ時間も早いですし、これから何か動きがあるかもしれない」

「捜査一課の刑事さんの勘かい？」

「俺の勘なんか当てになりませんけどね。失踪課の高城《たかしろ》課長じゃないんですから」

「あの人の勘はすごいらしいな」綿谷がうなずく。「そういうの、科学的に説明できないから面白いよな。でも、羨ましいよ。俺は、勘が当たったことが一度もないんだ」

「普通はそうじゃないですか」刑事に必要なのは、事実を積み重ねて真相に向かう忍耐力だ。勘というのは、積み重ねられた経験が熟成して、突然吹き出てくるようなものではないだろうか。その時脳内でどんな化学反応が起きているかは、分析しにくい。

「まあ、お前が言うなら、もう少し待とう」綿谷が腕時計を見た。「六時二十分か……腹減ったな」

「終わったら、夕飯、つき合いますよ」

「家の方、いいのか？」

「今夜は遅くなりそうだって連絡してあります。綿谷さんこそ大丈夫なんですか？」

「結婚して二十年も経つと、そういうのはどうでもよくなるんだよ」綿谷がなげやりに言った。「家で食える時は食う。食えない時は食わない。それだけだ」

「でも、奥さん、食事の用意をするかどうか決められなくて大変じゃないですか？」電話一本かければ済む話なのに。

「あのな、うちは六人家族なんだ」

「今時にしては大人数ですね」

「男の子が二人、それに嫁さんの両親も同居してる。子ども二人は高二と中二だから、いつも飯は大量に用意してあるんだ。俺は、その残った分を食べるだけで十分だよ」

それも何だか侘しい気がするが……そもそも、妻の両親と同居というのも珍しいのではないか。

「何か、いろいろ大変そうですね。賑やかで」

「悪くはないけどな。嫁さんの両親とは上手く行ってるから、そんなにきついことはない。実は、嫁さんと知り合う前から、嫁さんの父親と顔見知りだったから」

「そうなんですか？」

「独身時代に通っていた将棋クラブの常連だったんだ。親父と同じで、俺に将棋を仕込んでくれた人だよ。第二の師匠だな」

「じゃあ、今でも家で将棋をやるんですか？」

「いや、お義父《やじ》さんは、今は長男とばかりやってる。見どころありなんだとさ。プロ棋士になるわけでもないだろうけど……お前のところは、双子だったたな」

「女の子です」

「そうか……これから同時に教育費がかかってくるから、大変だな。兄弟は何歳か離れている方が楽だぜ」

「でも綿谷さんのところ、来年同時に受験じゃないですか」

「そこは、計画ミスだった」綿谷が鼻に皺を寄せる。

「こういう会話をするの、普通ですよね？」

「うん？　まあ、暇潰しの定番だな」

「だけどキャップは、自分のことは絶対に言わないでしょう」

「ああ――そうだな。家族構成も分からない。人事に知り合いがいるから、聞けば分かるかもしれないけど、聞いたことがバレたら痛い目に遭いそうだ」

「……ですね」

二人はしばらく、互いの家族の話をして時間を潰した。それがきっかけで急に彼と親しくなった気がしてきたが、気持ちを抜くことはない。話しながらも、三階にある小林の部屋の窓をずっと見上げたままだ。彼が少しでも外を覗いて様子を確認しようとしたら、さっさと離れなくては。おっさん二人が部屋を見ているのが分かったら、向こうは即座に警戒態勢に入るだろう。

張り込みを開始して一時間が経過した。普段ならもう夕食を終えている時間で、さすがに腹が減ってきている。何となく、これぐらいが潮時ではないかと思った。ところがそう思った瞬間、監視していた三階の窓の灯りがふっと消える。

「動きますよ」八神はつぶやいた。

「寝る――わけじゃないよな」

「さすがにまだ早いでしょう」

「尾行再開か」

二人は距離を取り、玄関ホールを見守った。ほどなく、小林が出てくる。ジャージの上下に膝まであるウォームアップジャケットという格好だった。まさか、ジョギングか？　いや、それはないだろう。あんなに長いウォームアップジャケットを着ていたら、走る邪魔になる。小林は、ウォームアップジャケットのファスナーを首のところまで引っ張り上げた。今度は綿谷が先に立って尾行を始める。八神は、綿谷の二〇メートルほど後ろの位置をキープした。

小林は駅の方へ歩き出した。しかし途中で環八に出ると、南西——杉並方面へ向かう。早足だが、追いつけないほどではない。本人はウォーキングのつもりかもしれない。

午後七時を過ぎたこの時間になっても、環八を走る車両は多く、騒音に苛つかされる。歩道を歩いている人は少ないので、相手を見失う恐れはないが、逆に何かの拍子に小林が振り向いたら、気づかれる可能性が高い。途中で八神は歩調を速め、綿谷に追いついた。何も言わず、軽く肩にタッチして追い越して行く。再度ポジション交代だ。

結局、二十分近く歩いただろうか。いつの間にか大江戸線の練馬春日町《かすがちよう》駅の近くまで来ていた。都内では、違う路線の駅が意外に近く、歩いているうちに思いもしなかった駅にたどり着くことも珍しくない。

小林は右折して、駅への出入口を通り過ぎた。行き先がはっきりしていない——よく知らない場所に行こうとしているようで、歩みを緩めて左右をきょろきょろと見回している。ほどなく、行くべき方向を間違えていたと気づいたようで、交差点の方へ戻って来た。八神は慌てて、駅への出入口に引っこんで姿を隠した。綿谷も上手くやってくれているといいのだが……十数えて道路に戻る。ちょうど信号が青になったところで、小林は交差点を渡り始めた。綿谷がその背中を追い、八神は再び後ろについた。

　交差点を渡った先には交番。小林は交番を気にすることもなく、右へ折れた。その先には、そこそこ背の高いマンションがある。低層階は商業施設になっており、スーパーやカフェなどが入っている。二階は図書館のようだ。

　小林は、一階にある銀行のＡＴＭコーナーの前でストップした。八神は手前で立ち止まり、綿谷と合流した。

「あれは、人待ちだな」綿谷がぼそりと言う。

「そんな感じですね」

　小林はスマートフォンをいじっていたが、しきりに顔を上げて左右を見回している。周囲の様子が気になるようで、あの感じだと目の前を過《よ》ぎって左右に展開するわけにはいかないだろう。それにしても誰を待っているのか……この感じだと、どんな人間が来てもおかしくはない。同僚、友人、仕事で使っているネタ元、あるいは恋人——考えていた候補は全て外れた。

　八神たちが待機している場所の反対側から、一人の男がやって来た。その姿を見た瞬間、八神はすぐに記憶が呼び覚まされるのを感じた。

「綿谷さん、あれは佐川のＧクラスの後部座席に乗っていた男です」

「マジか」

「間違いありません」それほど特徴的な顔でもなかったのだが、何故か記憶は鮮明だ。

「どういうことだ?」

綿谷は明らかに混乱していたが、それは八神も同じだ。この人間関係は、どこでどうつながっている?

見ていると、男が小林の前で一瞬立ち止まった。小林の手から男の手に封筒らしきものが渡る。金? 遠過ぎて分からない。手紙かメモの類かもしれない。

「俺が向こうを尾行します。綿谷さんは、小林が家に帰るまで見届けてくれませんか?」

「一人で大丈夫か?」

「ここへ歩いて来たということは、歩いて行ける場所に家があるということですよ」

「そうだな」綿谷がうなずく。「小林に気づかれないように、上手く回避してくれ」

小林がこちらに戻って来た。二人は少し距離を取り、歩道に背中を向ける。小林が通り過ぎる気配がした後、綿谷がすぐに動き出した。八神は逆方向へ向かう。男の姿は既に小さくなり始めていたが、蛍光イエロー色の目立つ上着を着ていたので、見逃すことはない。大柄で、かなりの早足——八神は距離を詰めるのに苦労した。向こうがどこまで用心しているか分からないが、ここは見逃さないようにするのが肝要だ。

男まで二〇メートルほどに近づき、ペースを合わせて一定の距離を保つ。駅から少し離れただけで、完全な住宅街になった。自転車専用レーンのある道路には、豊かな街路樹が両側から覆い被さるように並び、春から夏にかけては涼しげな光景を提供するのだろう。

五分ほど歩いた後、男は交差点を渡った。そのまま、車が通れないような細い路地に入っていく。到着したのは、古びた一軒家。ここで家族と住んでいるのだろうか？　男が家の中に消えた後、少し間を置いてから、八神は表札を確認した。「井澤《いざわ》」。よし。名前と家の場所が分かれば、後で何とでもできる。

しかし……闇サイトを舞台にした事件と、公安の刑事が結びついてしまった。

3

翌朝午前七時、八神はまた井澤の家の前にいた。五時起きなのでさすがに眠い。井澤は放火事件に関連している可能性もあるから、世田谷西署に応援を頼んでもよかったのだが、あまりにも人数が多いと目立ってしまうので、今朝はＳＣＵ単独の作戦になった。綿谷も由宇も既に到着している。

七時十分、最上が細い路地を走ってきた。彼は護送用の車としてランドクルーザーを用意してきたはずだ。

「すみません、遅れました」

「大丈夫だ。今のところ動きはない」八神は言った。郵便受けに朝刊が挿さったままなので、まだ家にいる——寝ていると考えていいだろう。

「綿谷さんは裏に回って下さい」全員が揃ったタイミングで、由宇が即座に指示する。「まずこっちでドアをノックしますけど、そのタイミングで裏口から逃げられる恐れもありますから、警戒をお願いします」

「俺一人でいいか？」

「綿谷さんなら、一人でもオーバーキル状態です」

「分かった」

うなずいて、綿谷が家の裏手に回る。八神は改めて家の様子を見た。かなり古びている——昭和の終わり、いや、もっと前に建てられたものかもしれない。

「八神さん、お願いします」

言われて、八神は前に進み出た。バックアップで背後に由宇と最上が並んで立つ。インタフォンのボタンを押しこむと割れたような音が響いたが、反応はない。もう一度押したが同じだった。続いて八神は、ドアをノックする。元々えんじ色だったようだが、かなり褪色《たいしょく》してしまった木製のドアは、叩くとべこべこと軽い音しかしない。これなら、いざとなったら蹴破れるかもしれない――そんなことにならないようにと祈った。何とか穏便に済ませたい。

「井澤さん！」八神は声を張り上げた。「井澤さん！　いますか！」

沈黙。寝ているのだろうか。寝たら滅多なことでは起きない人もいるから、ここは気長に待つしかないか……しかし一歩後ろに下がった瞬間、ドア脇のすりガラス部分に人影が映るのが見えた。その直後、いきなりドアが開く。

「何だよ！」出てきた井澤が怒鳴る。「何時だと思ってんだよ」

「世の中の九十パーセントの人は起きてる時間ですよ」

「ああ？　何言ってる」井澤が嘲るように言った。童顔の八神を舐めてかかっている――こういう場面は、迫力ある風貌の綿谷に任せた方がよかったなと思いながら、八神は前に出てドアを押さえた。

「何するんだよ」

「井澤颯太《そうた》さんですね」爽やかな名前は風貌に合わない。くたびれたジャージの上下という格好で、髪はぼさぼさ。髭も中途半端に伸びていて、全体に汚らしい印象しかなかった。

「何だよ」

「警察です」八神はバッジを示した。すぐに、思い切りドアを引いて玄関に踏みこむ。

「勝手に入るな」井澤が抗議する。

「特殊事件対策班です。あなたに、いくつか伺いたいことがある。ご同行願えますか」

「警察に用事はねえよ」

「こっちはある」

「俺は行かねえぜ」

「だったら、逮捕状を取って出直してきましょう。容疑は放火か脅迫か……どちらがいいですか」

「ふざけてるのか?」

「諦めろよ」八神は声を低くした。「あんた、もう完全に追い詰められてるんだ。西新宿のタワーマンションで何をやっていた? あそこは、闇サイトを使って悪さをしていた連中のアジトだろう」

「お前、俺が誰か分かってるのか」

「中途半端なワル」

「俺を逮捕できると思ってるのか? 俺は——」

「公安とつながってる、か?」八神はわざと軽い口調で言った。「そんなこと、何の役にも立たないんだよ。公安の連中は、いざとなったら簡単にあんたを切り捨てるぞ。諦めて出てこい。言い分はゆっくり聴いてやる」

「クソ……」

「行くぞ。準備する間だけ待ってやる」

井澤が頭をがくんと前に倒した。すぐに最上と由宇も玄関に入って来た。三人が立つと、まさに立錐《りっすい》の余地もないといった感じだ。

監視を二人に任せ、八神は外に出た。裏口で待機していた綿谷も、状況を察したのか、正面に戻って来ている。

「どうだ?」綿谷が訊ねる。

「喋ると思います」

「自信あるか」

「そんなに圧力に強い人間じゃないですよ。公安の名前を出したら、急にビビり始めました」

「この後、さらに厄介になりそうだな」

「……ですね」

しかしこの先何が待っていても、止まるわけにはいかない。この件は間違いなく、公安に帰結する。政治的な問題になってくる可能性もあるが、捜査一課の人間は政治のことなど考えないものだ。ただひたすら、事件の解決だけを目指す。

一行は、練馬中央署で取調室を借りた。八神が取り調べ担当、最上が記録係に入る。最上が記録係をやるのは、タイピング速度が異常に速いからだ。もしかしたら、速記よりも速く正確かもしれない。由宇と綿谷は待機していて、状況に応じて井澤の自宅の捜索にかかることになっている。

まだ逮捕したわけではないが、実質的には身柄を押さえた——それは井澤も理解しているようで、非常に緊張しているのが分かった。こういう時は、相手をリラックスさせるのではなく、一気に叩いて、まだ残っている殻をぶち割るのが効果的だ。

「どの容疑で逮捕して欲しい？　放火か？　脅迫か？」

「何を……」

「朝村先生の自宅に放火した犯人は三人いる。そのうちの一人はあんたじゃないのか？」

「俺は何も……」

「西新宿のマンションにも出入りしていたよな？　佐川も、放火犯の竹本も一緒だった。二人とは知り合いだろう？」

「名前は知らない」

そんなことだろうと思った。これは予想できていたこと——今回の事件に関連している人間は、全員がハンドルネームで呼び合っていた可能性もある。

「あんたの名前も、連中には知られていないんだな？」

「ああ」

「この二人だろう」

八神は、二枚の写真をトランプのカードのようにテーブルに置いた。井澤がすぐに視線を逸らす。顔の引き攣りを見た限り、二人を知っているのは間違いない。それを悟られないために、必死の努力をしているのだろう。

「どういう知り合いなんだ？」

「さあ……」井澤がとぼける。

「闇サイトで知り合った。違うか？」

「知らないな」

「公安一課の小林真一という人間を知っているな？　いや、名前は知らないかもしれないが」

「知らないな」井澤が口調を変えずに繰り返す。

「昨日の午後八時前に、練馬春日町駅前にあるＡＴＭのところで、あんたらは会っていた。あんたは、小林から何かを受け取った。封筒だよな？　中身は何だ？」

井澤が黙りこむ。この取調室は暖房の効きがよくないのだが、額には汗が滲んでいた。

「これから、あんたの家を調べさせてもらう。そこで何か出てくるか待ってから、ゆっくり話をしようか。あんたはまだ逮捕されていないんだから、これはあくまで任意の捜査だ。捜索の許可をもらえるかな」

「任意だったら帰らせてもらう」井澤が立ち上がりかけた。

「おっと、待った」

八神が声をかけると、井澤が力なく椅子に腰を下ろす。明らかに狼狽《ろうばい》していた。それほど強い人間ではなさそうだと判断し、強硬に行こうと決めた。

「そう焦るなよ。帰ってもいいけど、俺たちは明日も明後日《あさって》もあんたを呼び出す。夜中も監視する。だから絶対に逃げ出せない。あんたはもう、網にかかったんだよ」

「そんなの、任意でも何でもないじゃないか」

「任意だ」八神は強調した。「だけど、日本の警察の任意は任意じゃない。目をつけられたらそれで終わりだと思え。あんたがきちんと話すまで、永遠につきまとう」

「そんなことしていいのかよ」

「事件を解決するためには何でもやる。今日話すか、明日話すかの違いでしかないんだから、早く話して楽になった方がいいんじゃないか？　俺たちに永遠につきまとわれたら、あんたもたまらないだろう」

「クソ……」

「あんた、五年前に傷害容疑で逮捕されてるよな？　前科ありはきついぞ。素直に話すか抵抗するかで、今後のあんたの運命は変わる。今のうちに少しでも素直に話しておいた方が、検事や裁判官の心証はよくなるぞ。それが、裁判の結果にも影響するだろうな」

井澤の前歴については、昨夜のうちに調べ上げていた。八神はそれをぶつけたのだった。

「分かったよ」井澤がテーブルの上に両手を投げ出した。「何が知りたいんだ」

落ちる――八神はホッとして、口調を柔らかくした。

「その前にまず、名前と住所、生年月日から伺いましょうか」

「今さら？」井澤が目を見開いた。

「人定をはっきりさせるのは、捜査の基本なんでね。では、お願いします」

呆れたように井澤が首を横に振った。本当に呆れているかもしれないが、もう完全にこっちのペースにはまりこんでいる。勝負はついたんだ、と八神は密かにほくそ笑んだ。

供述を受けて、綿谷と由宇は井澤の自宅を調べに行った。昼前に、事情聴取は一時休憩。そこまでで井澤は、放火事件に関与し、さらに闇サイトを利用した脅迫事件にも関わっていたと認めた。特に後者の自供が大きい。佐川は曖昧な供述を繰り返していたのだが、井澤の供述により、どんな風にターゲットを定め、脅していたかが明らかになってきたのだ。

朝村と中内のケースが典型だった。

藤岡がどこかから闇情報を持ってきて、それを材料に脅迫にかかる。最初はメールで接触。それで相手が屈すれば、直接会って金を受け取るという、単純明快な手口だ。様々なスキャンダルが俎上《そじょう》に上げられ、井澤が知っている限り、この三年間で三十人近くから金を脅し取ってきたという。被害総額、三千万円。一人当たりの金額は平均して百万円程度で、「これぐらいなら払えるだろう」という金額を狙ってだったという。確実なやり方だが、経費もかかったはずだ。タワーマンションにベンツのGクラス……井澤がこの脅迫グループに参加したのは三年前だが、藤岡と佐川は、それ以前から同様の犯行を行っていたらしい。本格化したのが三年前からという可能性もある。藤岡がバイトを辞めたのが三年前。いよいよ本腰を入れて裏の商売を展開しようとしたのではないだろうか。藤岡亡き今、確認しようもないが。

八神は、コンビニで仕入れてきた弁当を食べながら、井澤の供述を思い出していた。

――藤岡はたまにあのタワーマンションに来て、佐川と打ち合わせをしていた。自分たちは後からその情報を聴き、二人の指示に従っただけ。

――狙った相手からは、百パーセント金を奪えた。下世話な女性スキャンダルなどは一つもなく、もっと重大な、社会的にも問題になりそうなネタばかりをぶつけた。そしてそのネタは、確実に当たっていた。今までに払いを拒否したのは朝村だけで、脅すために放火した。

——藤岡がどこから情報を持ってきたかは分からない。

——脅迫メールを送る時は全員で文面を考えて、向こうからの反応を待った。実際に会って金を受け取る時は一人。毎回違う人間が担当した。メンバーは藤岡、佐川、竹本、自分の四人は分かっているが、他にも人はいたようだ。ただし、そんなにしょっちゅう会っていたわけではない。必要な時に呼ばれただけ。

——報酬は、毎回公平に分配。結構いい金になっていた。

この集団は、いったい何なんだ……供述が厚くなるにつれ、八神は混乱の度が深まっていくのを感じた。おそらくこれを始めた藤岡は、確実に金を奪うための安全策を考えたのだと思う。例えば、大企業を相手にしたことは一度もない。そういうところは危機管理もしっかりしているので、返り討ちに遭う恐れもあると計算していたのだろう。狙いはあくまで個人。警察などに相談しにくいネタで金を脅し取る。一回当たりに奪う金は巨額とは言えないが、このやり方なら同時並行的に何人も相手にできるから、効率はよかったのだろう。

むかつくが、上手い手を考えたものだと思う。

やはり気になるのは、どうしてこれだけ頻繁に、際どいネタが取れたか、だ。昔から、闇情報に強い人間はいた。そういう人間たちがホテルのロビーなどでたむろし、密かに怪しい情報を交換していた時代もあったという。今はその舞台が、闇サイトに変わったということなのだろう。しかし井澤は、自分たちが扱っていたネタは闇サイトで拾ったものではないと明言していた。かといって、藤岡が闇情報に精通していたとも思えない。もちろん、指名手配されて、地下に潜っていたが故に入手できる情報もあったかもしれないが、積極的な情報収集活動ができたとは考えにくい。

脅迫グループを率いながら、アルバイトで最低限の生活費だけを稼ぐ。この二重生活の意味も分からなかった。バイトはダミーだったのだろうか……。

「八神さん、結構えぐい取り調べ、するんですね」最上が突然、感心したように言った。

「そうかな」

「ほとんど脅しでしたよ」

「しょうがないんだよ」八神は右手で頰を撫でた。「この顔だから、相手に舐められがちなんだ。強気に出ないと、向こうは普通に話してくれない」

「そんなものですか?」

「今までずっと悩んでたんだ。舐められるんなら、態度で押すしかない」

そこへ、家を調べていた綿谷と由宇が戻って来た。二人とも渋い表情である。

「何か出ましたか?」八神は訊ねた。

「ざっと見てきたけど、これというものはないな」綿谷がうんざりしたように答える。

「とにかくひどい家だ。一人暮らしなんだけど、ほぼゴミ屋敷なんだ。あそこをきちんと調べるには、業者を入れて大掃除しないと駄目だろうな。まったく、だらしない奴だ」

「そうですか……放火と脅迫について自供が得られましたから、今、世田谷西署で逮捕状を請求しています。午後には、向こうへ移管して逮捕という手順になると思います」

「それまでに、お前が徹底して叩いておけよ。うちの手を離れるのはしょうがないけど、中途半端でリリースするのも気分が良くない」

「もう一度話してみますよ。まだ、肝心なことを聴いてませんから」

「それは？」

「小林との関係です」

「まだ聴いてないのか？」

「放火と脅迫の件を確認するので、午前中は潰れましたよ」

「だけどキャップが一番気にしているのは、小林との関係だろうな」綿谷がうなずいた。

「嫌な予感がするんですけどね」

「右に同じく、だ。ただ、避けては通れないだろう。ここはやるしかない」

午前中は、井澤を完全に落とせたと思っていた。しかし小林のことになると、井澤は急に口が重くなる。

「昨夜会っていた公安の刑事について聴かせてくれ。彼と会うのは何度目だ？」

「覚えてないな」井澤が首を傾げる。とぼけているのか、本当に忘れたのか、その表情と仕草だけでは判断できない。

「初めてじゃないな？」

「違う」

「昨夜、何を受け取った？」

「金だ」意外にあっさり認める。

「いくら？」

「十万」

「それは何の金なんだ？」

「いや……」

井澤も公安のスパイなのだろうか？　公安は機密費でスパイを飼っているとよく言われるのだが、担当者以外にはその実態は分からない。

「小林というのがどういう人間かは知ってるのか？」

「刑事だという以外は知らない」

「昨夜は何のために会っていた？　金を受け取るためか？」

「ああ」

「謝礼なのか？」

「そういうわけでは……」この話になると、態度があやふやになる。

「藤岡と小林の関係は？」

「詳しくは知らない」井澤が目を逸らす。

「知ってる限りで教えてくれ。大事なことなんだ。この件の――脅迫事件の根本に関わる問題かもしれない。この件を話してもらわないと、いつまでも真相がはっきりしないし、あんたの立場もまずいことになる。刑事から金を貰っていて、その理由を詳しく説明できないとなると、ややこしくなるぞ」八神はまた脅しにかかった。

「俺は……」

「俺は別に、あんたを潰したいわけじゃない。佐川も竹本も、今まで曖昧に供述しているだけなんだ。奴らのせいで、捜査が前へ進まない。あんたがきちんと話してくれれば、俺たちの捜査は上手く行く。捜査に協力してくれれば、検察に意見書を上げてもいいぞ。そうしたら、罪一等を減じられる可能性もある。なあ、奴らを売っちまえよ」

「売っちまえ」という強い言葉に反応して、井澤の喉仏が上下した。また汗が滲んできて、こめかみを一筋流れ落ちる。

「どうせ、金でつながっただけの仲間なんだろう？　ここで本当のことを喋っても、後からあれこれ言われる心配はない。だいたいあの二人は、あんたの正体も知らないんじゃないか？　奴らを売ってあんたはさっさと刑期を終えるか、それとも喋らないでたっぷり食らいこむか、どっちがいい？」

「小林は……知り合いなんだ」

「知り合い？　いつから」

「五年前」

「もしかしたら、傷害事件で逮捕された時か？」八神はすぐにピンときた。

「あの時、あのおっさんは新宿中央署にいた。俺は、一緒に酒を吞んでいた相手を殴って……逮捕された時、現場に来たのがあのおっさんだったんだ」

調べればすぐに分かることだ。小林は五年前、所轄勤務だったのだろう。所轄勤務では、必ず当直が回ってくる。夜に事件が起きると、所属には関係なく現場で処理し、朝になってから担当部署に引き継ぐのが通常の手続きだ。小林も、そういう経緯で井澤と知り合ったのだろう。

「小林が捜査を担当していたわけじゃないだろう」

「現場で俺を現行犯逮捕して、引っ張っていったんだ」

「つき合いができたのは？」

「半年前。向こうが急に会いに来た」

小林は、井澤を監視下においていたのか。しかし、井澤は公安のターゲットになるような人間ではない。一瞬混乱したが、八神はすぐに、公安がターゲットにしている人間が、井澤のすぐ側にいたことに気づいた。

藤岡。

「藤岡を監視するように言われたんじゃないか？」八神は勘が告げるままに訊ねた。勘が働かないと思っていたが、今は違う。目の前に光の道ができて、真相に向かって一直線につながっている感じがした。

「監視というか、動きを定期的に報告するように頼まれた」

「あんたは引き受けた——つまり、その時点で仲間を裏切っていたわけだ」

「金になるからな」

「一回十万？」

「ああ」

この男が信用するのは、結局金だけなのかもしれない。虚しいとも言えるが、こんな風に割り切っていれば、人生はシンプルになるのではないだろうか。ただ、悪の方向にシンプルに突き進むと、引き返せなくなる。ヤバいと思った時には、だいたい手遅れになっているものだ。

「藤岡はもう死んでるんだぞ？　今さら監視でもないだろう」

「あれは、もっと前に受け取るはずになっていた金なんだ。あのおっさんも律儀だよな」井澤が皮肉を飛ばす。

「そうか……」

「藤岡は異常だよ」井澤が漏らす。「藤岡だけじゃなくて、小林も異常だ。警察ってのは、滅茶苦茶なことをするんだな」

「どういうことだ？」

「あんた、知らないのか」井澤が呆れたように言った。

「せっかくだから教えてくれよ」ここが問題の核心ではないかと八神は思った。「なかなか面白そうな話じゃないか」

「いや、全然面白くない」井澤が即座に否定した。「怖い話なんだよ、これは」

4

その日の夕方近く、井澤を世田谷西署に移送した後、ＳＣＵメンバーは全員が本部に集まった。結城が早速切り出す。

「早く実態が分かってよかった」

よかったのか？　本当に？　八神の感覚では、井澤の供述と同じで「滅茶苦茶」な話である。こんなことが表沙汰になったら、警察は世間の信用を一気に失ってしまう。

「この件、どうするんですか？」八神は結城にぶつけた。

「小林から話を聴く」結城が淡々と答える。

「うちがですか？　公安内部か、監察が処理するような話じゃないんですか」

「そういう不祥事になるかどうかは分からない」

「立派な不祥事でしょう」八神は即座に反論した。少なくとも八神の感覚では、万死に値する犯罪だ。「小林から話を聴いて、その先はどうするんですか？　キャップの狙いは何なんですか」

「それは、話を聴いてから決める。今日の君たちの頑張りで、藤岡が何をしていたかはだいたい見当がついた。それをぶつけて、小林が何を喋るか……後は、それに応じて話を進めていくだけだ」

「取り敢えず、どうしますか」綿谷が指示を求める。

「今夜、小林をここへ引く。井澤が逮捕された情報が耳に入ったら、あの男は逃げるかもしれない。できるだけ早く、決着をつける」

八神を除く全員が立ち上がった。結城が厳しい視線を向けてくる。しかしまだこの状況に納得できない八神は、このまま小林を引きに行く気になれなかった。幼稚な感覚かもしれないし、警察官としては間違っている——命令は絶対なのだ——が、それでも今は腰を上げられない。

「君が心配することはない」結城が八神を見て告げる。

「どういう意味ですか？」

「取り調べは俺が担当する。君は記録係として、しっかり話を聴いてくれ。公安部の人間じゃない君の方が、客観的になれるかもしれないからな」

八神たちは二手に分かれた。まず、綿谷と由宇が本部に向かい、小林が出てくるのを待つ。八神と最上は小林の自宅へ車で先回りして、身柄を押さえるつもりだった。警視庁の中で引っ張っていこうとすると、大騒ぎになりかねないから、自宅で狙うのが無難だ。ただし、しっかり尾行して動向を確認しておく必要がある。

午後六時過ぎ、八神は練馬のマンションに到着した。その二十分ほど前には、綿谷から「本部を出た」と連絡が入っていた。またどこかで夕飯を食べるかテイクアウトするかもしれないが、家に向かっているのは間違いなさそうだ。

六時三十分、小林が姿を現す。いち早くそれに気づいた八神は、車を降りて小林と対峙した。目が合った瞬間、急に怒りがこみ上げてくる。

小林が立ち止まる。待ち伏せされていたことに敏感に気づいたようだ。ゆっくりと振り向いて、今度は後ろから追って来た綿谷と由宇を見る。八神は小走りに駆け寄り、

「小林さん」と声をかけた。

　小林は無言で、少し充血した目で八神を睨むだけだった。

「SCUの八神です。ご同行願えますか」

「何のために」初めて聞く小林の声は少し高く、通りがよかった。

「それは、SCUの本部でお話しします」

「用件を聞かない限り、同行できない」

「拒否できないことは、小林さんだったらよくお分かりでしょう」

「……俺を逮捕するのか?」

「逮捕状は持っていません」八神は両手を広げてみせた。「話の内容次第で、どうするか決めます」

「何も話さないぞ」

「それは、状況によるんじゃないですか」

　八神は、ランドクルーザーに向けて手を差し伸べた。それが合図であるかのように、最上が後部座席のドアを開く。小林が吐息を漏らし、ゆっくりと歩き始めた。逃げ出す可能性もあると思って、八神は彼にぴったり寄り添った。背後は綿谷と由宇がしっかり固めている。格闘技の達人が発する気配は、小林の逃げる気を消し去ったようだ。

　八神が先に乗りこみ、小林がその隣に、小林を挟みこむようにして綿谷が最後に乗りこんだ。由宇が助手席に飛びこみ、準備完了。最上がすぐにランドクルーザーを発進させた。

八神は、横に座る小林の顔をちらりと見た。目は虚ろ――既に全てを諦めたのだろうか。あるいは、これは自分の責任ではないと、言い抜ける方法を考えているのかもしれない。何しろ組織挙げての話なのだ。自分は単なる駒に過ぎない――逃げ道はそれしかないだろう。

問題は、この件では駒しか見つかっていないことだ。どれが上ということもない。関わっている全員の責任とも言えるが、全員に責任がないとも言える。

この連中を動かしているのは誰――何なんだ?


SCUの部屋には、取り調べに使えるようなスペースはない。しかし結城は、八神たちが出ている間に什器《じゅうき》を動かし、それらしい空間を作り上げていた。部屋の中央で、二つのデスクが向かい合っている。容疑者がカッとなって手を伸ばしても、取り調べ担当者に届かない距離が確保されていた。

小林は結城の顔を見て、一瞬ぎくりとした表情を浮かべた。結城は公安出身だから、小林も顔を知らないわけではないだろうし、結城がSCUにいることも分かっていたはずだ。しかし、こんな形で自分を待ち受けているとは予想していなかったのか……。

「座ってくれ」結城が促す。小林は一つ溜息をついてから、臨時の取り調べ用デスクについた。結城が向かいに座る。

　八神は記録係を命じられていたが、それ用のデスクはない。普通の取調室では、対峙する二人に背を向けるような位置でデスクにつき、ひたすらパソコンに記録を打ちこんでいくことになるのだが……結局八神は、一番近いデスクに座ることにした。綿谷と由宇は応接セットのソファに、最上は自分のデスクで待機。八神は早速調書作成用のソフトを立ち上げ、振り返って、結城に「準備できました」と告げた。結城が素早くうなずき、突然訳の分からないことを切り出す。

「畑谷《はたや》グループはこれで終わりだ。畑谷さんも、ご高齢になってからこんな話を聞くのは残念だろうな」

　畑谷グループ？　初めて聞く言葉だ。結城はまだ、自分が抱えている情報をまったく明かしていない。どこまで秘密主義なのかと苛ついたが、ここで怒っても仕方がない。

「畑谷さんといえば、伝説の公安刑事だよな。七〇年安保の頃に公安一課の刑事になって、その後は極左の捜査一筋。最後は一課の理事官を務めて、二〇〇五年に退職、だったな。俺は一緒に仕事をしたことはないけど……ありがたいことに」

「畑谷さんはとっくに辞めてる」

「今、俺がそう言った」結城が冷たく告げた。「あんたは若い頃、畑谷さんの薫陶を受けただろう。畑谷さんが管理官の頃か?」

「……ああ」それは認めても問題ないと思ったのか、小林が短く言った。

「畑谷さんから何を教わった? 公安の裏の手口か?」

「忘れたな。俺が畑谷さんのところにいたのは、二十年も前だ」

その時、部屋の片隅にあるプリンターが急に音を立てた。最上が急いでそちらへ向かい、一枚の紙を摑んで戻って来る。そのまま八神のデスクに置いた。

短い時間にどこから引っ張り出してきたのか、畑谷という人物の警察時代の略歴だった。一九四五年生まれ、東京都出身。高卒で警察に奉職し、二十五歳で公安一課入りしている。以降、一度も公安一課を出ることなく——これは異例だ——キャリアを重ねた。主任、係長、管理官、そして最後が理事官で退職している。現場一筋の人間だったのは間違いない。

「畑谷さんが若い頃に何をやっていたか、知ってるか? 俺は噂、伝説として知っている。しかしあんたは、畑谷さんから直接聞いたんじゃないか?」

「さあ」

「畑谷さんは、主任時代——七〇年代の終わりから八〇年代にかけて、極左の情報収集のためにスパイを大量に飼っていた。その中に藤岡がいた——という噂がある」

「知らないな」

振り向くと、結城は小林の顔を射抜くように凝視している。小林が、居心地悪そうに体を揺らした。結城が両手を握り合わせ、デスクの上に身を乗り出す。

「藤岡は、デモで警官を殺した後に逃亡したが、それを手助けしていたのが畑谷さんだったんだよ」

「まさか」小林が呆然とした口調で言った。

「まさか？　否定するのか？」

結城が鋭く迫ると、小林が黙りこむ。結城が一段と声を低くして脅しつけた。

「話すつもりがないなら、黙って俺の話を聞け。畑谷さんと藤岡の関係は、違法なものだったと聞いている。絶対に表沙汰にはできない関係だ。どうやら、機密費が不法に使われていたようだな。公安としては、藤岡が革連協の内部にいて情報を流してくれる間はどうでもよかった。しかし警官を殺して逮捕状が出たとなると、さすがにまずいことになる。逮捕されて、畑谷さんとの関係を喋ってしまえば、公安のヤバい部分が表沙汰になるからな。公安は極端な縦割りで、隣の係が何をやっているかも分からない。重要なスパイだと気づかずに逮捕した結果、違法捜査が明るみに出てしまう恐れもある。そして上が止めても、そういう情報はいつの間にか漏れるものだ。畑谷さんはそれを恐れて、ずっと藤岡を逃がし続けた。金銭的な援助もしていたんだろう。おそらく、偽の身分証明書や住民票も用意していたと思う」

そんなことがあるのか、と八神は呆気に取られた。まるで藤岡は、公安内部の派閥対立の間に落ちこんでしまったようなものではないか。そもそも、四十年も逃走を助けるためにかかった金は、どれぐらいになるのか……それを考えただけで、目眩《めまい》がしてくるようだった。

「これはあくまで、公安一課の中で流れていた噂だ。本当かどうか、俺は知らない。ただ、畑谷さんが自分のスパイを逃がしたのではないかと疑って、背景を調べていた人間がいたのは間違いない。本当なら犯人隠匿だから、畑谷さんは逮捕されてもおかしくなかった。残念ながら、裏は取れなかったけどな。藤岡を逮捕できていれば、自供を引き出せたかもしれないけど、逮捕する前に藤岡は殺されてしまった」

「だから？　それに俺がどう関係していると言うんだ？」

「そこはあんたの口から直接聴きたいところだ。こっちの推測に同意してもらうより、あんたに自供してもらいたい」

「俺は何も喋らない」

「そうか……」結城が大袈裟に溜息をついた。「畑谷さんは退職するまで、藤岡を匿い続けた。畑谷さんが引退した後には、仕事としてではなく、畑谷さんの近くにいた人間が、同じ悪事を引き継いだ。あんたもその一人だ」

「だから？」

「ここからは俺の考えだ」

「考え？　今までの話もでっち上げだろうが」

「いや。木岡《きおか》が喋ったんだ」

突然、ガタンと椅子が鳴る。慌てて振り向くと、小林が立ち上がっていた。両手を拳に握り、全身を震わせている。綿谷が立ち上がって音もなく近づき、両肩に手をかけて座らせた。

「まさか……あり得ない」小林が力なく首を横に振る。

「昨夜は、ほぼ徹夜だったよ」結城が自嘲気味に言った。「俺も腕が落ちたな。一時間で決着をつけなくてはいけないレベルの話だったんだが」

「木岡が……」小林が呪文のようにつぶやく。「まさか、木岡が……」

「木岡は昔から畑谷グループにいて、内部の事情をよく知っていた。今までは口を閉ざしていたけど、もう畑谷グループはおしまいだと悟ったんだろう。知ってることを全部喋ったよ。奴はコウモリみたいな人間なんだろうな。あっちへ行ったりこっちへ飛んできたりして、情報を媒介している。クソ野郎だが、内部事情に通じているのは間違いない」

「木岡は何を喋ったんだ」

「あんたらが、藤岡のことを『匿っているスパイ』から格上げしたことだ。格上げ……

は変か。新たな事件を起こす火種《ひだね》として利用することにした」

　小林が黙りこむ。振り返ってちらりと見ると、腕組みをしてうつむいていた。必死で考えているようでもあり、全てを諦めてしまったようでもある。結城はまったく表情を変えず、淡々とした調子で事情聴取を進めていく。

「公安一課にとって、今は仕事を増やすことが大事だ。俺は、仕事が減れば人数や予算が減るのも仕方がないと思っているが、そうは考えない保守派もいるようだな。新たなターゲットは、ネット犯罪だ。政府などの機密情報がネット上で漏れていたら、特定秘密保護法違反の疑いが生じる。この法律自体、運用が極めて難しく、どこが担当するかも曖昧だが、公安は自分たちの事件にしたいと思っている。しかし実際には、そんなに頻繁に国家の機密情報が漏れるわけもない。だから、自分たちで『Z』を作り上げたんだ。その手先にされたのが藤岡だよ。畑谷グループは、自分たちが入手した官僚などの不正情報を藤岡に流し、藤岡はそれを闇サイトで流した。『Z』に感化された連中が、それを表のウェブに流して、『Z』はある種のカリスマ的な存在になる。流された情報はかなり正確で危険なものだから、こういう状況が続いたら、『Z』の正体を探る捜査をしなければならない。実際、公安もサイバー犯罪対策課も調査はしていたが、正体は摑めないまま――当たり前だ。『Z』は公安が作り上げた人間なんだから」

　まさか……八神は混乱の中、はっきりとした怒りを感じていた。公務員にとって、仕事と予算、人員をキープするのは極めて大事なことだ。しかしそのために、自分たちで犯罪者をでっち上げたとなったら、まさに犯罪だ。

「あんた、公安出身だろう？　裏切るのか？」小林がすがるように言った。

「俺は今、公安の人間じゃない」結城が冷たく言い放った。

「クソ……」

「というわけで、あんたにも知っていることを全部話してもらう。もしかしたら、まだ警察の中で生き残れる方法があるかもしれないぞ。俺も一緒に考えてやろう」

　小林ががっくりと首を落とした。完全に落ちる——普通の事件なら、これで万々歳だ。しかし八神は、まったくすっきりしなかった。警察官になって十五年、三十八歳になって初めて、警察の暗部をもろに見たような気分だった。


「結局、俺たちは公安内部の暗闘に巻きこまれただけなんだよ」夜、ＳＣＵの部屋で二人きりになると、綿谷が吐き捨てた。突然煙草をくわえて火を点ける。

「綿谷さん、煙草吸ってましたっけ？」

「五年前にようやく禁煙したのに、これで元の木阿弥《もくあみ》だよ。キャップには、損害賠償請求したいね」

「……ですね」

「畑谷グループだっけ？　滅茶苦茶な連中だな。藤岡が暴走し始めて、脅迫事件を起こしたのを知っても、止めさせなかった。それで、共犯者の井澤を使って藤岡を監視させていたんだから……最悪のマッチポンプとしか言いようがない」

「ええ」

「もしもキャップが、畑谷グループに敵対する派閥の人間だったら、公安内部の暗闘みたいなものじゃないか。俺はもうＳＣＵを辞めるよ。田舎の交番勤務でもいいから、異動させてもらう」

「綿谷さん……」

「俺はマジだぜ」綿谷が、まだ長い煙草を、コーヒーが入った紙コップに落とした。じゅっと音がして、すぐに嫌な臭いが流れ出す。

ＳＣＵはこれで崩壊か。

八神は、自分の先行きが本気で心配になった。

5

十二月二十三日。

中内による銀行立て籠もり事件、それに朝村宅に対する放火事件の捜査は既に山を越えた。竹本を含め、実行犯は全員逮捕され、取り調べが進んでいる。「Z」による脅迫事件だけが、まだ曖昧なまま……しかしSCUは、結城の指示で、全ての捜査から手を引いていた。八神はアンテナを張って、それぞれの事件を注視していたのだが、一番肝心なこと——結城の狙いが何だったかはまったく分からない。

藤岡の逃亡を助けていた一派に関しては、何の処分もないのだろうか？　明らかに犯人隠避《いんぴ》が成立するわけだし、最初にこの件を計画して実行した畑谷は健在なのだから、事件として立件できないこともない。しかし公安も監察も動いている様子がない。だったらSCUでやればいい——夕方、他のスタッフが引き上げた後、結城と二人きりになったので、八神は思い切って提案してみた。

「俺たちが関与することじゃない」結城があっさり言い切った。

「しかし、明確に犯罪なんですよ？」

「分かってる。しかし、公安や監察が捜査するかしないか、俺には何とも言えない。頭を下げて、『捜査してくれ』と頼むのも筋違いだ」

「本当にこれで終わり、ということですか？　SCUは何でも捜査していい部署なのに？」納得し難い……訳の分からない事件を必死に追いかけてきたのに、ゴール寸前でコースを外れて棄権してしまったようなものだ。

「ああ。俺が推測していることはあるが、証明はされないだろうな」

「例えば？」

「あの、西新宿のタワーマンション。最初にあそこを借りた時の資金はどこから出たと思う？」

「それも公安ですか？」八神は目を見開いた。

「その可能性はある。公安では誤魔化しているようだが……保証人が追えなくなったそうだ」

「公安が保証人だったんですか？　家を借りる金も出していた？」

「それぐらい、公安は藤岡をサポート——先兵役として使っていたんじゃないかな。裏が取れるかどうかは分からないが……座ってくれ」

促され、八神は自席に腰を下ろした。結城の表情は淡々としており、まったく気負いが感じられない。

「ＳＣＵが発足した経緯は分かってるな？」

「部際間の事件、どこが担当すべきかはっきりしない事件を捜査するためです」自分の言葉が「お題目」という感じに聞こえる。

「そうだ」結城がうなずく。「今回の事件は、まさにそういう類のものだ。公安が追っていた人間が、捜査一課が担当すべき事件の被害者になった。そして公安のターゲットが、サイバー犯罪対策課が追いかけている闇サイトに関与していた——まさにＳＣＵ向

「そうかもしれませんけど、本当の狙いは違うでしょう」八神は指摘した。「キャップは、私怨で捜査を指示していたんじゃないんですか？　そしてたぶん最初から——藤岡が殺された時点で、ある程度筋書きが読めていたんじゃないですか」

「まさか」結城が珍しく、かすかに笑った。「俺はそんな超能力の持ち主じゃない。君たちが捜査して、実態を明らかにしてくれたんだ」

「畑谷グループに対する個人的な感情はなかったんですか？　キャップは、対立する派閥の人間だとか……これは全部、公安内部の権力闘争だったんじゃないですか」

これは適当な推測だ。綿谷が人脈を駆使して、事件の背景にあるらしい公安内部の派閥争いを調べていたのだが、結局はっきりした情報は得られなかった。

「公安には公安の事情がある。それを他の部署の人間が知る必要はない」

「そうなんですか？」八神は突っこんだ。「結局、公安の中で揉み消されるんじゃないですか？」

「そうかもしれない。しかし、捜査は綺麗事だけじゃ済まない。今回の件は、表沙汰にはできない——みっともない話だし、警察に対する信頼が揺らぎかねない。それは避ける、というのが上の判断だ」結城が人差し指を天井に向けた。

「上というのは……」

「上は上だ」

「総監ですか」

「いや」

警視総監でないなら、上級官庁の警察庁の判断だ。とてもではないが、一刑事の八神が批判できるものではない……批判の声を上げても、虚空に消えて終わるだろう。もしもこの情報を外部に漏らしたりしたら、それこそ特定秘密保護法に引っかかってくるのではないか？　何だかんだと理屈をつけて、一刑事に圧力をかけるなど、容易いこと。

「こう考えてくれないか？　事件が起きても、政治的な理由で立件できないこともある。しかし実質的には、そこに絡んでいた連中は排除することができたんだ。外科手術のようなものだ。痛みは伴うが、一番確実に組織を浄化できるだろう。監察が正式に動いて調べなくてもいいんだ」

「患部が全部取り切れればいいですけどね」八神は思わず皮肉を飛ばした。

「今回は、俺の勝手な一存で捜査を進めさせてもらった。それは、ＳＣＵの今後に対する、俺なりの挑戦でもあった」結城が淡々と続ける。「部際間の事件を積極的に捜査する——そういう目標はよく理解できる。しかし、実際にはなかなかそういう事件は起きないし、ＳＣＵをどういう形で運営していくかも分からないままだった。せっかく作った新しい組織が、ろくに仕事もしないままではもったいないだろう。だから俺は、ＳＣ

Uを強化したかった。ここで仕事をする意味を作りたかった」

「SCUを強化するための材料として、古巣の公安を利用した、ということですか」八神は肩をすくめた。これもまた、呆れた話ではないか。

「今回の件には……公安の大掃除をする意味は確かにあった。しかしそれは、あくまで取っ掛かりだ」

「SCUが第一ですか」

「SCUの立場を強化するために、俺は人材を集めてきた。綿谷は警視庁内で幅広い人脈を持っているし、格闘技の達人でもある。最上はネットにもメカにも強い。朝比奈は、間違いなく将来の部長候補だ。若くても、リーダーシップに優れた人材はいるからな。そういう人間は、早くから人に指示する仕事に慣れておいた方がいい。ここでは指示役と同時に、作戦を考える参謀役もこなしてもらう。彼女の出身部署——生活経済課にいたら、そういう機会はほとんどない」

「じゃあ、俺は何なんですか？　俺は、三人みたいな特殊能力の持ち主じゃないですよ。もしかしたら……」八神は唾を呑んだ。こんなことは言いたくない。言いたくないが、ここではっきりさせておかないと、後にしこりが残りそうだ。「例の件で捜査一課から追い出されたのを拾った、ということですか」

「去年の件については、俺も知っている」結城がうなずいた。「大変なショックだったと思う。目の前で同僚に死なれるような経験は、滅多なことではないからな」

目を瞑《つぶ》ると、今も思い浮かぶ。

ちょうど一年前、去年の十二月だった。殺人事件の特捜本部に入った八神たちの班は、犯人を割り出し、自宅へ逮捕に向かった。しかし犯人は、一瞬の隙を突いて逃走した。八神と同僚の西田《にしだ》が先頭になって追ったのだが、犯人は自宅近くにある雑居ビルの非常階段を駆け上がり始めた。八神より五歳年下で体力自慢の西田が犯人に迫り、六階の踊り場で追いつく。二人が摑み合いになったのを、少し遅れて追跡していた八神ははっきり見た。すぐに応援に入る——声をかけようとした直後、目の前を、西田と犯人が一塊になって落ちていった。一瞬のことだったのに、ひどくゆっくり、スローモーションのように……恐怖に凍りついた西田の表情は、今も脳裏に焼きついている。

直後に下から耳に届いた、重い死の音。

八神は辞表を書くことまで考えた。自分が間に合わなかったから、同僚と犯人を死なせてしまった——しかし周囲は、八神が辞表を書く前にストップをかけた。「お前の責任じゃない」「あれは誰にも止められない」。そうなのだろう、と自分を納得させようとしたが、無理だった。今も夜中にはっと目が覚め、そのまま眠れなくなってしまうこともある。ぼんやりして同僚や家族の呼びかけに気づかず、相手を苛つかせてしまうこともあった。

この異動は、遅れてきた罰なのだと思った。馘《くび》にするのではなく、望まぬポジションに異動させる罰は、どんな職場でもある。異動先で腐るもよし、その後で辞表を書くもよし——自分は、そういう負のルートに入ったのだとばかり思っていた。

「俺が捜査一課に頭を下げて、君をSCUに異動させてもらったんだ」

「追い出されたんじゃないんですか？」

「誰がそんなことを言った？」結城が冷たく言い放つ。「君にとっても、気分転換になると思ったんだけどな」

「気分転換……」

「辛かったら、一人で悶々《もんもん》としていないで、吐き出せばよかったんだ。自分の中でずっと抱えているから、疑心暗鬼になる」

「西田は、大事な後輩だったんです！」八神は思わず叫んだ。「捜査一課に来た時、俺が教育係で一から育てた」

家にも、何度も遊びに来たことがある。双子も懐いていた。西田が死んだことは知っている様子だが、八神は事情を説明できない。もしかしたら、彩が「この話題は禁止」と厳しく釘を刺しているのかもしれない。

「君の間違いは、現場で彼を助けられなかったことじゃない。教え方が間違っていた。犯人と一対一になるような対決は避ける——それは基本中の基本だろう」

「……いずれにせよ、俺のミスです」

「ミスは取り返せばいい」

そう言われても、簡単に気持ちは上向かない。しかし、自分を見ていてくれる人がいたという事実は重い。たとえその相手が、理解し難い人間でも。

「俺は、君の目が欲しかったんだ」結城が打ち明ける。

「それは……」

「視力じゃない。視野——物事の見方の幅広さだ。捜査一課時代にも、君の目が捜査の役に立ったことは何度もあったと聞いている。これは、後天的には身につかない能力なんだ」

「そんなものですかね」

「藤岡のアジトで百万円を見つけただろう。あれで俺は、自分の読みが当たった、と確信した。後で、あの金を見逃していた鑑識の中では大問題になったそうだが」

あれは決して手柄だとは思わない。鑑識がしっかりしていなかっただけ——しかし「問題になった」と言われると申し訳なく思う。鑑識には知り合いもたくさんいるし、恥をかかせてしまったわけだ。

「こういう視点、視野を持った人材は、なかなかいないんだ。刑事として一番大事なものなんだけどな」

「自分では分かりませんが」

「捜査一課は、人材の使い方が下手なのかもしれない……しかし、ＳＣＵの戦力は、俺が期待していたよりも充実した。これからどんどん表に打って出るつもりだ」

「それは、公安的発想じゃないんですか？　人員と予算を確保するために仕事を増やすという意味では」八神は指摘した。綿谷がこの件で激怒していたのを思い出す。公安
「俺たちは、部と部の狭間に落ちて、隠れてしまいそうな事件も発掘する。公安とは、とは、志が違うんだ——そのやり方を、これからきちんと確立していくつもりだ」

「だけど、綿谷さんは辞めるかもしれませんよ。少なくとも、異動は願い出ると思います」

「あいつとはもう話したよ」結城の顔に笑みが浮かぶ。「綿谷の愚痴が多いのは昔からだ。でも、ちゃんと愚痴を聞いてやれば、ストレスが解消できて収まる」

　結局自分たちは、結城の掌の上で転がされていたわけか……こうやって部下を上手く乗せていけるのが、リーダーとしての結城の「特殊能力」なのかもしれない。

「とにかく、ご苦労だった。新しい事件が待っていると思うが、その時はまたよろしく頼む」

「まだ、何が何だか分かりません」

「ゆっくり考えればいいさ」結城が立ち上がり、ロッカーの中から大きな紙袋を取り出

した。「これ、持っていってくれ」

「何ですか」八神も立ち上がり、袋を受け取った。サイズに比べてずっしりと重い。甘い香りがかすかに漂い出した。

「明日、クリスマスイブだろう。シュトレンだ」

「シュトレン……」

「ドイツのクリスマスで定番のケーキだよ。娘さんたち用にケーキを用意しているかもしれないけど、こいつは日持ちするから、正月に食べても大丈夫だ」

「いただいていいんですか？」

「今回の敢闘賞、みたいなものだな」

「ありがとうございます」奇妙な感じだが、ここは素直に礼を言っておこう。「でもこういうの、高いんじゃないですか」

「材料費だけだ」

「材料費って……まさか、キャップが作ったんですか？」

「そうだけど、何か？」

「いえ」

「単なる趣味だ」

八神はこれまで多くの警察官に会ってきたが、「菓子作り」が趣味という人には会ったことがない。

ＳＣＵで最大の謎がこの人なのは、依然として間違いないようだ。

解説

池上冬樹

二〇二一年は堂場瞬一のデビュー二十周年で、二〇年の暮れから出版社をまたいで複数のシリーズのコラボレーションや様々な企画がたてられたが、なかでも面白かったのは、作者当ての企画だった。後に『ピットフォール』と題されて講談社文庫から上梓《じょうし》された小説で、アメリカ人を主人公にしたアメリカが舞台の私立探偵小説を堂場瞬一が書き、作者名を伏せて読者に当てさせる企画をやりたい、作品は「小説現代」に一挙掲載されるが、その書評を（作家が誰であるか触れないで）書いてくれないかと依頼があった。

海外ミステリを愛してやまない堂場瞬一ならではの愉《たの》しいお遊びということもあり、喜んで引き受けたのだが、一読して驚いた。心底驚いた。これはもうアメリカの新人作家の翻訳ではないかと思ってしまうほど、〝米国産〟の本格的な私立探偵小説なのである。堂場瞬一が出版されていない原書を見つけて、こっそり翻訳したのではないかと思うくらい〝海外ミステリ〟なのだ。日本には馴染《なじ》みのない単語がたくさん出てきて、いちいち割注がつけられ、まるで翻訳小説を読んでいるかのような気分になった。

物語の舞台は、一九五九年のニューヨーク。主人公はジョー・スナイダー。ニューヨーク市警の元刑事で現在は私立探偵。カンザスから女優を夢見てニューヨークに来ている妹シャーロットの行方を探してくれないかと女性から依頼されるのが冒頭で、ジョーは女優の行方を追い始めるのだが、やがて元プロボクサーの黒人の友人が何者かに殺されて、その殺人事件も追及することになる。

アメリカ人の読者なら、人種差別問題や東西冷戦などが大きくせりだす前の、ロックンロールが席巻《せっけん》しだした一九五九年の時代に郷愁を感じるだろう。当時の華やかなショー・ビジネスの世界の裏側、熱狂的に語られるメジャーリーグ（特にヤンキース）の動向も実に専門的で詳しく、筆致はまことに愉しげだ。ハードボイルドに必要な軽口（ワイズクラック）も冴《さ》えているし、フーダニットとしての意外性もあるし、終盤は予想外の展開をたどるのもなかなか。繰り返すが、堂場瞬一の新作というより、アメリカの新人作家のデビュー作！　といいたくなるほどアメリカ社会への言及が細かく自然なのである。長年の海外ミステリへの偏愛があるとはいえ、そう簡単に書けるものではない。ましてや（二十周年記念で対談する機会があり、執筆期間をうかがったら）二週間というから唖然《あぜん》である。お世辞ではなく、『ピットフォール』が英訳されたら、パブリッシャーズ・ウィークリーなどがこぞって、とりあげるのではないか。

さて、堂場瞬一デビュー二十周年の掉尾《ちょうび》を飾るのが、本書『ボーダーズ』である。堂場瞬一の待望の新シリーズ第一弾だ。この小説も海外ミステリの匂いがするが、それは後にして、大事な点を押さえておきたい。集英社文庫では、『検証捜査』で始まった「捜査ワールド」六冊（『検証捜査』『複合捜査』『共犯捜査』『時限捜査』『凍結捜査』『共謀捜査』）があるけれど、本書は、その発展的解消のあとの新シリーズともいえるからだ。

物語は、八神佑警部補が同僚と将棋をさす場面から始まる。一カ月前、警視庁SCU（特殊事件対策班）に異動になって来たばかりなのに暇だったのだが、ある日、事件現場に直行せよと命じられる。近くの新橋の銀行支店で立てこもり事件が起きたのだ。警視総監直轄の組織であるSCUは「何にでも手を出す部署」で、あらゆる事件現場に介入していいというお墨付きを与えられていた。立てこもりの犯人は銀行内で一人の男をいきなり刺していた。

だが、現場に向かうと、まもなく犯人は確保されて正面から出てくる。被害者は裏口から搬送されたという。犯人も被害者も六十絡みの男だった。一体何があったのか。

事件はすぐに動き出す。被害者の男は、藤岡泰。殺人容疑で指名手配されていたことがわかる。四十年前の五月に、成田闘争の一環として革連協のデモが行われ、機動隊と乱闘になり、藤岡は機動隊員一人を殺していた。以後、藤岡はずっと逃亡していた。公安出身のSCUのキャップ結城によれば、左派とはすでに切れているというが、過激派が組織の実態を明らかにするのを拒み、支援を続けている可能性も否定できない。八神は、同僚の女性刑事朝比奈由宇とともに、藤岡の過去を探っていく。

物語では、この藤岡の過去の探索とともに、大学教授宅放火事件も追及していく。政権批判を繰り返す教授への暴力と思われていたが、予想外の方向に事件が進み、やがて劇的な事実が明らかになるというもので、その段階で読者は思わず、おお！　と声をあげることになる。

警察ものはキャラクターが賑《にぎ》やかでないと面白くない。SCUには五人の刑事が集められている。まずは、主人公の八神は三十八歳だが、童顔で、小学生の双子の娘たちの授業参観にいくと、中学生が来たみたいといわれる。元警官の妻と二人の娘に囲まれて幸せそのものだが、一年前にある事件で躓《つまず》いている。

朝比奈由宇は唯一の女性刑事で、名古屋出身の三十歳。可愛《かわい》い顔をしているが、けっこう口が悪い。やせているが、大食いで、八神の食欲をかるく凌駕《りようが》する。凌駕するのは食欲ばかりではなく、ほかの面でも秀でていることが後半で判明する。

綿谷亮介は、岩手出身の二世警官だが、岩手で警察官になるのではなく、東京で警視庁に奉職した。将棋はアマチュア三段の腕前だが、もっとほかにも特技があることが後半で語られる。

後輩の最上功太は、二十代で、一八〇センチ、八五キロとでかく、体力は図抜けている。車の運転が抜群にうまい男で、SCU所有の車（どんな車があるかは読んでのお楽しみ）をときに颯爽《さっそう》と、ときに無謀に乗り回す。

キャップの結城新次郎は四十九歳、公安出身者で、部下の刑事たちと飲みにいくどころか食事も避けていて、当然私生活は謎に包まれている。八神たちに最低限の情報しか流さず、ときには全く流さず、駒のように扱うので不興をかっているが、この結城もまた最後の最後に意外な素顔を見せてニヤリとさせられる仕掛けだ。

本書を読みながら思い出したのは、昨年五月に翻訳が出たマウリツィオ・デ・ジョバンニの『P分署捜査班　集結』（創元推理文庫）である。「イタリア発、21世紀の〝87分署〟シリーズ!!」と銘打たれた作品で、文字通り、エド・マクベインの87分署シリーズのイタリア版だ。ロヤコーノ警部は独自の捜査方針が嫌われてナポリのピッツォファルコーネ署（P分署）に異動になるのだが、そこには暴力衝動を抑えきれない刑事、発砲騒ぎを起こした女性刑事、スピード狂の刑事などが集められているという設定。刑事たちは、女性資産家殺し、少女監禁事件、不審な自殺事件などを追及していく。警察捜査小説の元祖といってもいい、マクベインの警察捜査小説同様、複数の事件が同時に進行していくモジュラー型の警察捜査小説であるが、マクベインと比べると事件の派手さとケレン味が足りないものの、個性的な刑事たちの私生活（多彩かつ変化に富む）が生き生きと語られていて出色。娘との関係に気を揉《も》むロヤコーノの艶福家ぶりも気になるところだ。

という紹介をすると、本書とあまり似ていないではないかといわれるかもしれない。堂場瞬一は破天荒なキャラクターよりもホームドラマ的な落ちついたキャラクターを好むからで、八神はまちがってもロヤコーノ警部みたいな艶福家にはならないだろう。むしろ87分署ものの主人公といっていい、スティーヴ・キャレラ刑事みたいに愛妻家の道を歩むだろう。ただ不安定な要素としては、異動のきっかけとなった一年前の事件の不手際を引きずっていることである。八神は左遷させられてSCUに異動になったと考えている。いったい八神が犯した事件の不手際とは何なのか。その詳細も最後の最後に語られるし、本人が気づかない特殊な能力を自覚するあたりもいい。

ジョバンニのP分署に戻すと、P分署はいわば、はみだし刑事・訳あり刑事の巣窟である。といえば、堂場瞬一の「捜査ワールド」に近いものがある。P分署ものより複雑で、『検証捜査』で刑事たちがチームを組んだあとは、各自所属する地元の警察署（大阪、埼玉、福岡、北海道など）に戻って事件を扱うというスピンオフのような形をとっているからだが、それも第六作『共謀捜査』で終った。堂場瞬一は、あとがきで、次のように述べている。「私は一つの作品を書きながら、次の作品につながる萌芽《ほうが》を探す癖がある。それがはっきり見える時も見えない時もあるのだが、『捜査』には、次へつながる材料がはっきりとあった。／それはおそらく、来年新しい小説として結実すると思う。新たな作品を読んで『こういうことなのか』と楽しんでいただければ幸いです」。

来年の「新しい小説」とはまさに本書のことではないのか。SCUすなわち特殊事件対策班が生まれたのは、事件が複雑化している現在、従来の警察の縦割り組織では捜査がうまくいかないからで、一つの部署では対応しきれない境界線上、あるいは複雑な事件が起きたときに捜査にあたる。SCUは何でも捜査の対象にする。そこには「捜査ワールド」的な警察内部を捜査する方向性も含むし（本書もそういう読み所がある）、何かしら事情をもった刑事たちが助け合うという点で、「捜査ワールド」とつながる作品といっていいだろう。

本書『ボーダーズ』はSCUシリーズの第一作なので、顔見せ興行的な部分があるけれど、十二分に面白い。予想だにしない事件の交錯があり、奥行きが深く渾沌《こんとん》としてくるからである。それにともない刑事一人ひとりの意外な姿が見えてくるのも興味深く、第二作以降、どんな過去が語られ、どんな姿勢で事件と対峙《たいじ》するのか、とても楽しみだ。

（いけがみ・ふゆき　文芸評論家）

本書は、集英社文庫のために書き下ろされた作品です。

この作品はフィクションであり、実在の個人・団体・事件などとは、一切関係ありません。

堂場瞬一の本

検証捜査

左遷中の神谷警部補に、連続殺人事件の外部捜査の指令が届く。神奈川県警の捜査ミスを追うチームが組織され、特命の検証捜査を開始。執念の追跡の果てに、驚愕の真相が！

複合捜査

埼玉県内で凶悪事件が頻発。夜間緊急警備班の若林は、放火現場へ急行し初動捜査にあたる。翌日の殺人が、放火と関連があると睨んだ警備班は……。熱い刑事魂を描く書下ろし警察小説。

集英社文庫

堂場瞬一の本

共犯捜査

福岡県警捜査一課の皆川慶一朗は、誘拐犯を追い詰め溺死させてしまう。だが共犯者の存在が浮かび、次なる幼児誘拐が発生！　残忍な共犯者たちを追う若き刑事の活躍を描く書下ろし。

時限捜査

大阪で連続爆破事件発生。犯人は大阪駅で人質をとり、現金十億円と逃走用ヘリを要求。梅田署署長島村は早急な解決のため、狙撃を画策し……。巧妙な犯罪に挑む捜査チームの活躍。

集英社文庫

堂場瞬一の本

解

政治家と小説家という学生時代の夢を叶えた男達。二人の間には、忌まわしい殺人事件の過去が封印され……。彼らの足跡を辿りながら、平成という時代を照射する社会派ミステリー。

警察《サツ》回りの夏

甲府市内で幼児が殺害され、母親が失踪する事件が発生。大手紙の記者・南は警察情報から母親犯人説をスクープ。だが大誤報となり窮地に追い込まれる。やがて、驚愕の真実が判明し……。

集英社文庫

[S] 集英社文庫

ボーダーズ

2021年12月25日　第1刷　　　定価はカバーに表示してあります。
2024年11月6日　第2刷

著者　堂場瞬一《どうばしゅんいち》

発行者　樋口尚也

発行所　株式会社 集英社
東京都千代田区一ツ橋2-5-10　〒101-8050
電話　【編集部】03-3230-6095
【読者係】03-3230-6080
【販売部】03-3230-6393(書店専用)

印刷　大日本印刷株式会社

製本　大日本印刷株式会社

フォーマットデザイン　アリヤマデザインストア　　マークデザイン　居山浩二

ISBN978-4-08-744328-8 C0193